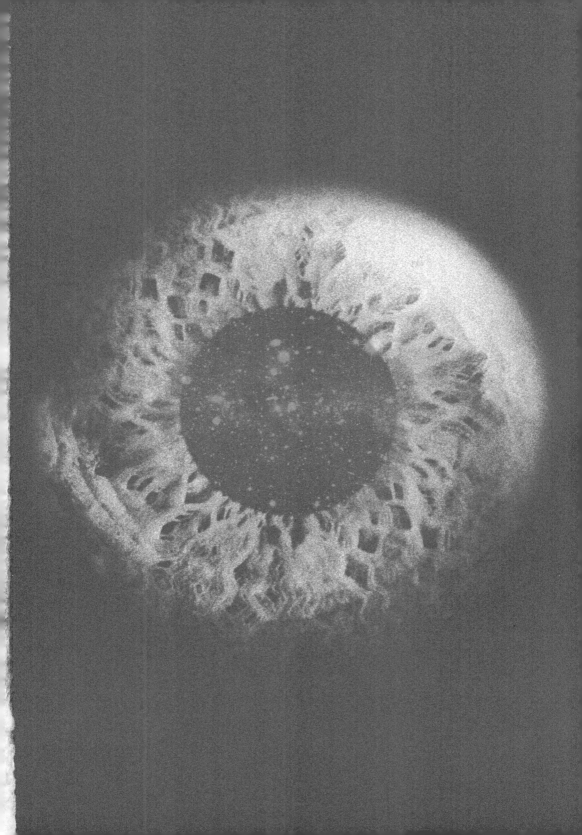

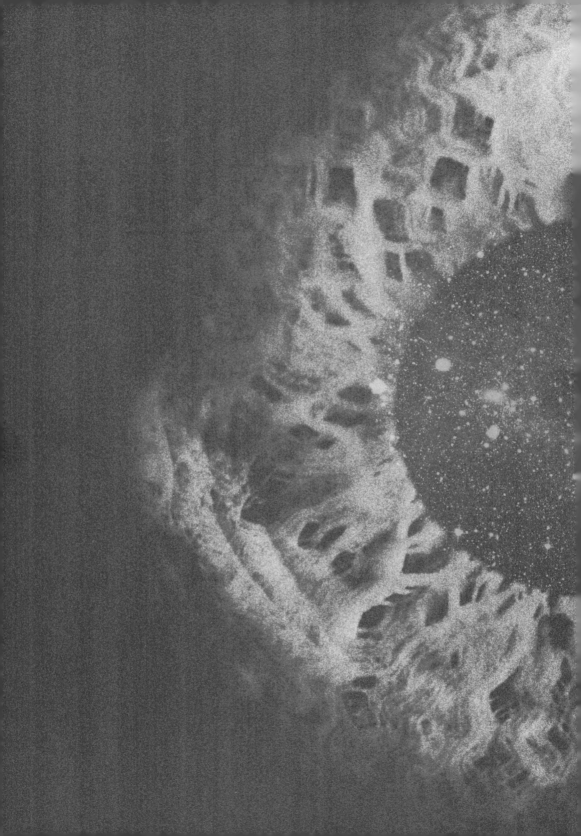

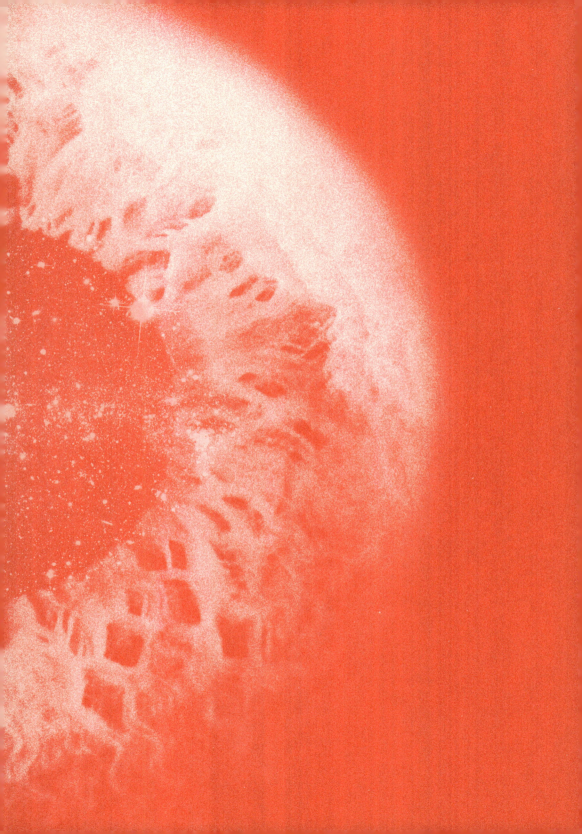

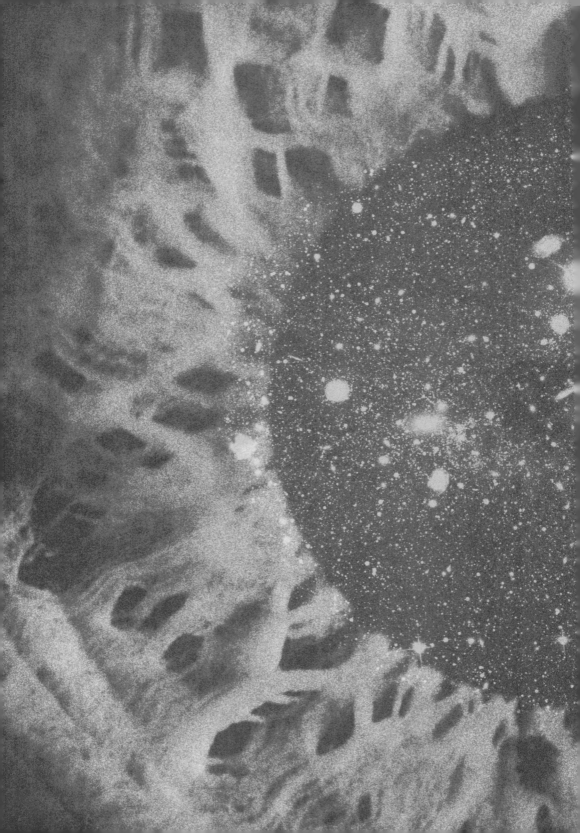

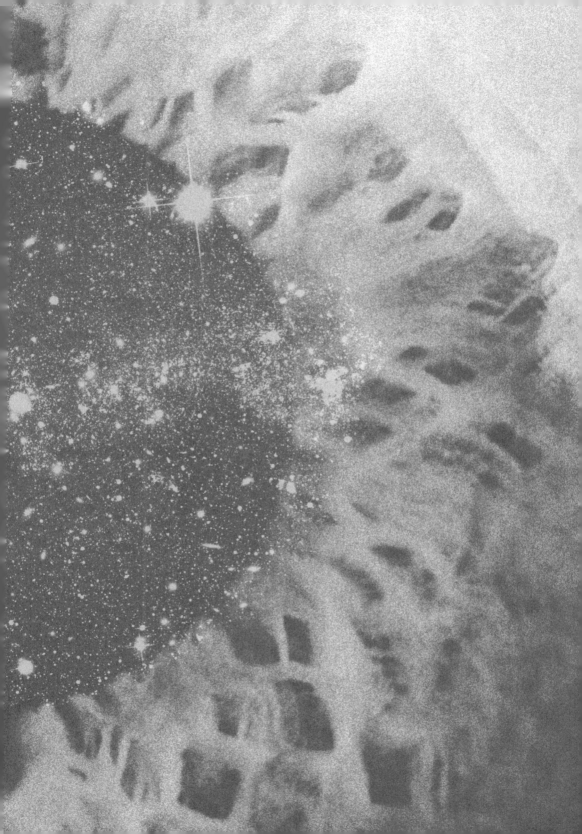

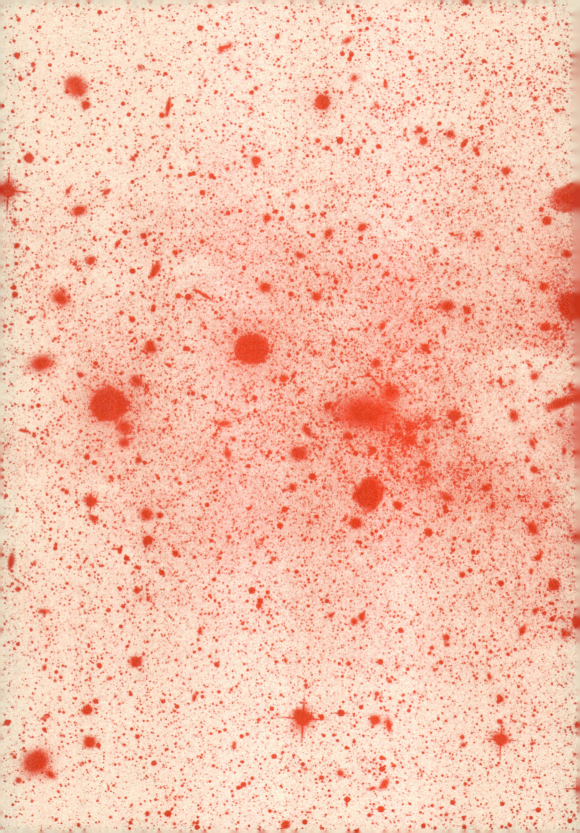

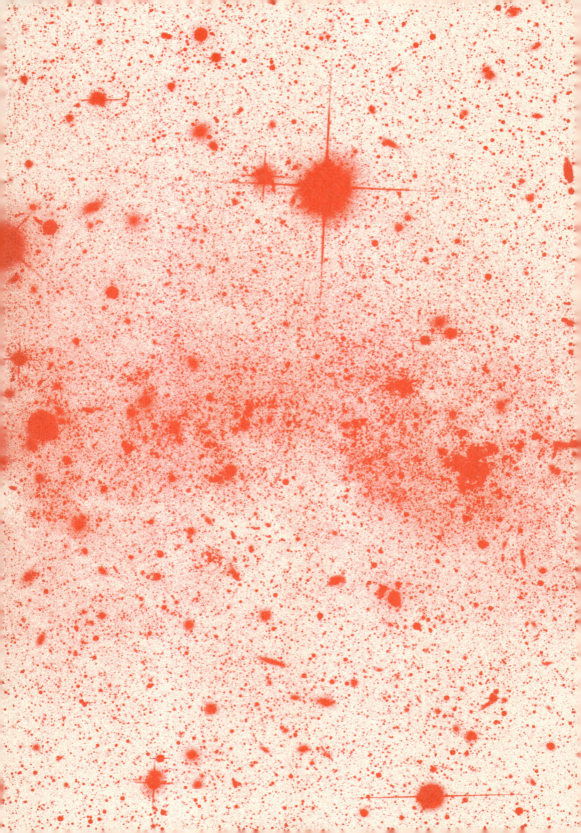

PHILIP K. DICK

ANDROIDES SONHAM COM OVELHAS ELÉTRICAS?

TRADUÇÃO
RONALDO BRESSANE

ALEPH

ANDROIDES SONHAM COM OVELHAS ELÉTRICAS?

TÍTULO ORIGINAL:
Do Androids Dream of Electric Sheep?

COPIDESQUE:
Débora Dutra Vieira
Ludimila Hashimoto

REVISÃO:
Ana Luiza Candido

TRADUÇÃO DE PARATEXTOS:
Petê Rissatti
Aline Storto Pereira

CAPA E PROJETO GRÁFICO:
Pedro Inoue

DIAGRAMAÇÃO:
Desenho Editorial

CURADORIA:
Bárbara Prince
Luciana Fracchetta

DIREÇÃO EXECUTIVA:
Betty Fromer

DIREÇÃO EDITORIAL:
Adriano Fromer Piazzi

EDITORIAL:
Daniel Lameira
Tiago Lyra
Andréa Bergamaschi
Débora Dutra Vieira
Luiza Araujo
Juliana Brandt
Renato Ritto*
Bárbara Prince*

COMUNICAÇÃO:
Maria Clara Villas
Júlia Forbes

COMERCIAL:
Giovani das Graças
Lidiana Pessoa
Roberta Saraiva
Gustavo Mendonça

FINANCEIRO:
Helena Telesca
Roberta Martins

* Equipe original à época do lançamento.

COPYRIGHT ©Philip K. Dick, 1968.
COPYRIGHT RENOVADO © 1996, Laura Coelho, Christopher Dick e Isolde Hackett
COPYRIGHT © EDITORA ALEPH, 2017
(EDIÇÃO EM LÍNGUA PORTUGUESA PARA O BRASIL)
TODOS OS DIREITOS RESERVADOS. PROIBIDA A REPRODUÇÃO, NO TODO OU EM PARTE, ATRAVÉS DE QUAISQUER MEIOS.

DADOS INTERNACIONAIS DE CATALOGAÇÃO NA PUBLICAÇÃO (CIP)
(VAGNER RODOLFO CRB-8/9410)

D778a
Dick, Philip K., 1928-1982
Androides sonham com ovelhas elétricas? / Philip K. Dick ; traduzido por Ronaldo Bressane. – 2. ed. - São Paulo : Aleph, 2017. 336 p. : 16cm x 23cm. Tradução de: Do Androids Dream of Electric Sheep? Inclui anexo.

ISBN: 978-85-7657-384-5

1. Literatura norte-americana. 2. Ficção científica. I. Bressane, Ronaldo. II. McKean, Dave. III. Gumeniuk, Elena. IV. Hendin, Rebecca. V. Silverini, Antonello. VI. Pinheiro, Bianca. VII. Duarte, Gustavo. VIII. Petreca, Guilherme. IX. Beyruth, Danilo. X. Kuper, Peter. XI. Liniers. XII. Título.

2017-381   CDD 813.0876
                CDU 821.111(73)-3

ÍNDICES PARA CATÁLOGO SISTEMÁTICO:
1. Literatura : Ficção Norte-Americana 813.0876
2. Literatura norte-americana : Ficção 821.111(73)-3

EDITORA ALEPH
Rua Tabapuã, 81, cj. 134
04533-010 – São Paulo – SP – Brasil
Tel.: [55 11] 3743-3202
www.editoraaleph.com.br

Para Maren Augusta Bergrud
(10 DE AGOSTO DE 1923 – 14 DE JUNHO DE 1967)

E eu ainda sonho que ele pisa o gramado,
caminhando, espectral, pelo orvalho,
pelo meu canto alegre transpassado.
Yeats

SUMÁRIO

NOTA DOS EDITORES
16

PREFÁCIO – TRAGAM-ME A CABEÇA DE PHILIP K. DICK
20

ANDROIDES SONHAM COM OVELHAS ELÉTRICAS?
40

CARTA DE PHILIP K. DICK AO SR. JEFF WALKER – THE LADD COMPANY
272

A ÚLTIMA ENTREVISTA DE PHILIP K. DICK
276

FALSO É VERDADEIRO: UMA LEITURA DA "FALTA QUE AMA" EM PHILIP K. DICK
294

A VISÃO APOCALÍPTICA DE PHILIP K. DICK
308

SOBRE OS ILUSTRADORES
330

SOBRE O AUTOR
334

NOTA DOS EDITORES

Aos leitores que desejam conhecer a obra de Philip K. Dick, ou àqueles que já estão familiarizados com ela e querem mergulhar fundo nesse universo, *Androides sonham com ovelhas elétricas?*, de 1968, é o título certo. Nele, o escritor trata de assuntos atemporais como preocupação ambiental e questionamentos religiosos. Mas o grande trunfo de *Androides* é a extraordinária trama urdida por PKD, que há um tempo nos envolve e nos confronta com dois de seus temas favoritos (e que mais o perturbavam): o que é, de fato, a realidade, e como podemos definir o que é humano.

Nas últimas décadas, Philip K. Dick tornou-se o autor de ficção científica com mais textos adaptados para o cinema, mas nenhum filme foi tão aclamado quanto *Blade Runner: o caçador de androides*, o clássico cult de 1982 dirigido por Ridley Scott e inspirado no romance que você tem em mãos.

Em homenagem ao aniversário dessa obra-prima, que completou 50 anos em 2018, preparamos uma edição de luxo que segue a mesma linha de outras edições comemorativas já publicadas pela Aleph, como *Laranja Mecânica – 50 anos*, *Neuromancer – 30 anos* e *Forrest Gump – 30 anos*, que trazem, além de acabamento diferenciado, materiais extras para enriquecer e aprofundar a experiência de leitura.

Para participar deste projeto foram convidados dez artistas, nacionais e estrangeiros, cujo admirável trabalho dialoga com o universo de Philip K. Dick. A ideia foi desenvolver um novo olhar sobre os personagens e cenários da história, recriando uma estética que vai além daquela difundida pelo filme. Colaboraram com suas criações os ingleses Dave McKean e Rebecca Hendin, o argentino Liniers, o norte-americano Peter Kuper, a ucraniana Elena Gumeniuk, o italiano Antonello Silverini e os brasileiros Guilherme Petreca, Gustavo Duarte, Danilo Beyruth e Bianca Pinheiro.

Dois textos inéditos complementam esta edição especial.

O primeiro é um prefácio exclusivo assinado pelo escritor e jornalista argentino Rodrigo Fresán, leitor assíduo de ficção científica, especialmente da obra de PKD, que foi fonte de inspiração para seu livro *O fundo do céu*. Em seu texto, Fresán retrata a conturbada e impressionante vida do autor.

O segundo é um ensaio assinado por Douglas Kellner e Steven Best (professores na Universidade da Califórnia e na Universidade do Texas, respectivamente), no qual os acadêmicos analisam os vários cenários pós-apocalípticos criados por Dick nesta e em outras obras.

Também mantivemos aqui os extras presentes na edição regular de *Androides sonham com ovelhas elétricas?*, que a Aleph publica desde 2014: uma carta do autor para os produtores de *Blade Runner*, na qual profetiza o sucesso da produção; a última entrevista concedida por Dick, publicada em 1982 na revista *The Twilight Zone Magazine* na ocasião do lançamento do filme; e um posfácio escrito pelo tradutor do livro, Ronaldo Bressane, que avalia *Androides* em comparação com *Blade Runner* e comenta aspectos da obra não explorados no cinema, como a bagulhificação e a preocupação ambiental, além das questões religiosas e metafísicas presentes no texto.

Preparamos esta edição com muito cuidado e empolgação, tendo em vista o lançamento do filme *Blade Runner 2049* em 2017. Quase 50 anos depois de sua criação no livro, e 35 após sua primeira aparição no cinema, Rick Deckard retornou às telas pelas mãos do diretor

Denis Villeneuve, gerando nostalgia e entusiasmo em todos os fãs dessa história que ainda nos perturba e fascina.

    Esperamos que esta vertiginosa investigação policial também o envolva, leitor, e que você possa se transportar para a mente de um dos mais geniais escritores do século 20, que nunca deixou de questionar tudo o que via, e que nos instiga a desconfiar de tudo o que lemos.

Os editores

PREFÁCIO
TRAGAM-ME A CABEÇA
DE PHILIP K. DICK

RODRIGO FRESÁN

Este texto é real e, se fosse ficção, aqui e agora, poderia ser assinado por William "Neuromancer" Gibson ou Neal "Cryptonomicon" Stephenson.

Ou por alguém que vocês já sabem e de quem vão saber mais nas próximas páginas.

Mas não: é pura não ficção e envolve uma das mentes que melhor souberam enxergar nosso presente escondido por véus supostamente futuristas da ficção científica: Philip Kindred Dick, nascido em 16 de dezembro de 1928, em Chicago, e falecido em 2 de março de 1982, em Santa Ana, Califórnia, planeta Terra.

Por isso, talvez, haja justiça poética – e inequivocamente dickiana – no que nos conta David F. Dufty em *How to Build An Android: The True Story of Philip K. Dick's Robotic Resurrection* [Como construir um androide: a verdadeira história da ressurreição da cabeça robótica de Philip K. Dick], publicado pela editora norte-americana Henry Holt, em 2012.

Ali, no livro de Dufty, rememora-se a estranha história e o destino incerto de uma cabeça robótica de Philip K. Dick. Ela foi montada em 2005 por pesquisadores da Universidade de Memphis e perdida para sempre em dezembro do mesmo ano, durante um voo da companhia aérea America West, entre Dallas e São Francisco, na mudança de avião em Las Vegas enquanto era levada para ser apresentada aos líderes da Google e "promover" o filme *O homem duplo*, dirigido por Richard Linklater e baseado em um romance de Dick. Dufty conta que o rastro da cabeça de Dick se perdeu para sempre nas cercanias do Condado de Orange, onde, nada é por acaso, o escritor viveu até sua morte, em 1982. David Hanson, designer e fabricante da cabeça, esqueceu-a entre um avião e outro. E a cabeça de Dick desapareceu. Dick, que em mais de uma ocasião foi acusado de perder a cabeça. E, claro, é difícil não pensar nessa cabeça quando se precisa conhecer não seu criador direto, mas seu modelo original desaparecido. E lançar-se à busca com a mesma paixão que um replicante deseja ser reconhecido por seu criador.

A cabeça perdida de Dick não passa do telão sobre o qual Dufty projeta uma história da robótica e a maneira como a mente de Dick foi se deformando para resultar em uma das inteligências literárias mais singulares do século XX.

Dufty conta que a cabeça estava programada a partir de uma ampla base de dados sobre a vida e a obra de Dick para responder a perguntas (paradoxalmente, e isso também é verdade, não passou pela cabeça de ninguém carregar a informação de que o filme *Blade Runner* se baseava no romance *Androides sonham com ovelhas elétricas?*). Assim, claro, antes de se perder, alguém perguntou à cabeça de Dick o que ela pensava sobre a adaptação que Ridley Scott fez de seu romance. E, para a surpresa dos pesquisadores, a cabeça começou a tagarelar sobre a comercialização da literatura, e falou, falou, acusou, e por fim, quase aterrorizados, os encarregados tiveram que desconectar sua voz. No entanto, contam que, mesmo assim, a entidade robótica continuava a mover os lábios e, como canta Bob Dylan, "o fantasma da eletricidade uivava nos ossos de seu rosto".

E é certo que o que aconteceu faz tanto tempo – mas que se mostrará na função *replay* e na projeção constante em *loop* anguloso e circular em seguida – ocupava um lugar importante na memória virtual da cabeça robótica de Philip K. Dick, porque *também* ocupava muito espaço na mente humana de Philip K. Dick.

Sua epifania.

Sua, sim, *Exegesis*.
O ano é o sagrado ano de 1974.
É 20 de fevereiro, aleluia, aleluia.

Aos 46 anos, o autor norte-americano de ficção científica Philip Kindred Dick – depois de anos de consumo de anfetaminas e comida de cachorro – está prestes a ter uma revelação divina. Ainda sentindo dor por causa de uma contundente operação odontológica para extrair o dente do siso, na qual lhe administraram uma dose violenta de tiopentato sódico, Dick abre a porta de seu apartamento em Fullerton, Califórnia, e se encontra com uma moça de cabelos escuros. É a entregadora de uma farmácia próxima, que lhe traz uns remédios para aliviar a dor.

Dick, sobrevivente do naufrágio de vários matrimônios, divorciado em série, teve cinco esposas/musas[1] e incontáveis namoradas/sacerdotisas, e sempre gostou das mulheres de cabelos escuros. Assim, lhe sorri com as forças escassas de suas gengivas castigadas e então repara no pingente que a moça carrega no pescoço: um pingente em forma de peixe, o clássico símbolo dos primeiros cristãos, conhecido como *ichthys*. Ele brilha. E emana um resplendor rosado. Esse feixe de luz é Deus. O Zebra. O VALIS.

Então, Dick experimenta a sensação de já ter estado e de já ter sido, e o princípio do que define como "uma invasão mental" que o informa e o deforma – ao longo desses fevereiro e março – com múltiplas revelações. Assim, para Dick, nosso mundo "real" desaparece e é descoberta a verdade sob nossa fachada elaborada e convincente. Dick logo consegue *ver* e acessa o estado sagrado da anamnese, ou perda de todo o esquecimento: estamos no ano de 70 d.C., e ele é o grego Tomás, um dos primeiros e mais dedicados seguidores do Messias Ressuscitado, vagando pelas vielas da Judeia. Ou algo assim. E todo

---

[1] Algumas delas publicaram memórias interessantes, reveladoras e, em alguns momentos, delirantes, como *The Search for Philip K. Dick*, de Anne R. Dick (Tachyon, 1995-2010) e *Remembering Firebright: My Life with Philip K. Dick*, de Tessa B. Dick (autopublicação de 2010).

o restante é ilusão. E aquela garota de cabelos escuros é uma cristã gnóstica e rebelde que vem comunicar a ele uma mensagem urgente: "A rebelião está em curso".

E nada voltará a ser igual para o escritor de ficção científica Philip Kindred Dick, do mesmo modo que nada volta a ser igual para qualquer um que abra pela primeira vez um livro do escritor de ficção científica Philip Kindred Dick.

A verdade não está lá fora, como querem acreditar os investigadores obsessivos de *Arquivo X*.

Não: a verdade está lá dentro.

Dentro do universo *dessa* cabeça.[2]

Philip K. Dick pode ser visto de várias maneiras.

Para muitos, foi e continua sendo um dos maiores escritores de ficção científica de todos os tempos: "o Borges norte-americano", "o Jung marciano", "a resposta da ficção científica para a Geração Beat", "o Charlie Parker do gênero", "o Thomas Pynchon da classe trabalhadora", "o Lenny Bruce da FC", "Thoreau mais a morte do Sonho Americano", "um cruzamento de Franz Kafka e Ítalo Calvino", "o Shakespeare da literatura especulativa" etc.

Para tantos outros – vários deles colegas seus no ofício de escrever sobre foguetes e robôs, que admiravam sua capacidade inventiva aparentemente infinita, mas não suportavam suas idiossincrasias e estranhezas para com o gênero –, Dick não passou de um paranoico,

---

[2] Parte do diário volumoso de mais de 8 000 páginas que descreve e examina sua experiência mística-cósmica foi finalmente compilado em 1 000 páginas e publicado em 2011 com o título de 2-3-74: *The Exegesis of Philip K. Dick* (Houghton Mifflin Harcourt), com edição de Pamela Jackson e do dickiano cum laude e discípulo artístico Jonathan Lethem, que também contribuiu com notas nos três volumes de Dick na coleção da *Library of America* e escreveu numerosos ensaios sobre o descobrimento e a busca de Dick, como o que se encontra em: <www.bookforum.com/archive/sum_02/lethem.html>.

um viciado em anfetaminas[3] com delírios messiânicos e uma propensão preocupante a prestar-se ao ridículo em público.

Para muitos – em especial para franceses e japoneses[4] –, Dick é um dos artistas-chave do século XX e está no mesmo patamar de Proust, Joyce e Kafka quando se trata de interpretar e reinterpretar seu tempo de maneiras muito pessoais.

Para muitos, Dick transcendeu as fronteiras do gênero, transformando-se no messias *underground* e propondo, por meio de seus romances e contos – com uma prosa simples, funcional e, em certas ocasiões, mecânica e automática, como de um implacável relatório forense –, uma espécie de alternativa filosófica e religiosa na hora de discernir entre o que é real e o que não é; entre o que é sensato e o que não é; entre o que aconteceu de verdade e o que acreditamos que aconteceu.

E, bem além de uns e outros, em 2007, alguém finalmente decidiu que havia chegado o momento de pôr fim a toda a discussão e introduzir Dick pelos portais magnos da consagrante e imortalizadora Library of America, publicando-o em três volumes. Os três tomos contendo treze romances ficaram entre os mais vendidos em toda a história do prestigioso e prestigiante selo editorial, e alçou o autor ao nível dos pais fundadores da literatura norte-americana, como Mark Twain, Herman Melville, Nathaniel Hawthorne, Henry James e companhia.[5]

E é possível que todos eles – quem o adorava e quem o odiava – tenham um tanto de razão, mas, certamente, todos estão de acordo em um ponto: houve e há apenas um Dick, e é mais que provável que nunca haja outro.[6]

---

3   Em seus "bons tempos", Dick chegou a consumir mil comprimidos por semana.
4   Difícil pensar na existência de tramas de mangás clássicos, como *Akira* ou *The Ghost in the Shell*, antes de Dick.
5   Dick não foi mais que o avanço da conquista de tal santuário literário. Depois dele também foram abençoados pela Library of America os escritores H. P. Lovecraft e essa espécie de Dick chamado Kurt Vonnegut, que se deu muito melhor e também lançou mão da ficção científica para conseguir seu lugar.
6   Embora, claro, existam muitos escritores que não seriam quem são hoje se não

Dick, como esse cara a quem os bons filmes mais ou menos baseados em sua obra apenas fazem justiça – *Blade Runner* e, ao que tudo indica, *Blade Runner 2049*, o primeiro *O vingador do futuro*, *Minority Report* e *O homem duplo*[7]. Assim também o Dick de quem, por sua dificuldade na hora de ser adaptado às telas, outros preferem roubar e não dar crédito a sua óbvia inspiração.[8] Dessa forma, os produtores de Hollywood e cercanias consideram Dick um banco de ideias quase inesgotável a se comprar, subtrair e mudar um pouco, apenas para que todos na escuridão e nas poltronas de imediato pensem "Ah, isso se parece muito com alguma coisa de Dick".[9]

---

tivessem se aproximado antes de Dick (inclusive os que lhe prestam homenagem de forma explícita, como Ursula K. Le Guin em *The Lathe of Heaven*, que afirmou que "não há heróis nos livros de Dick, mas sim heroísmo"). Exemplos variados: Jonathan Lethem, Charles Yu, William Gibson, Neal Stephenson, Rick Moody, Haruki Murakami, Cory Doctorow, Charles Stross, Ken Liu, Ernest Cline, Robert Charles Wilson, Tim Powers, Paolo Bacigalupi, Ted Chiang, Lauren Beukes etc.

[7] Outras adaptações menos recomendáveis, mas sempre mais ou menos enaltecidas por algum detalhe/molécula inequivocamente dickiano são *Os agentes do destino*, *Screamers: assassinos cibernéticos* e *Screamers: a caçada*, o desnecessário remake de *O Vingador do Futuro*, *Radio Free Albemuth*, *O vidente*, *Impostor*, *O pagamento*, *The Crystal Crypt* e *Confissões de um louco*. E atenção: Dick também transformou a ópera, o video game, o rock, os quadrinhos e os programas de rádio, e figurou até como personagem de romances como *Philip K. Dick Is Dead, Alas*, de Michael Bishop, e, tenho que mencionar, não vou passar vontade: sob o apelido de Warren W. Zack em *O fundo do céu*, de Rodrigo Fresán.

[8] Casos mais que evidentes: *Feitiço do tempo*, *O show de Truman*, *Cidade das sombras*, *eXistenZ*, *Matrix*, *O sexto dia*, *O exterminador do futuro*, *De volta para o futuro II*, *Preso na escuridão/Vanilla Sky*, *Waking Life*, *O mundo por um fio*, *Doze Macacos*, *Amnésia*, *A origem*, *Videodrome: a síndrome do vídeo*, *Pi*, *Brilho eterno de uma mente sem lembranças*, *Estranhos prazeres*, *Quero ser John Malkovich*, *Gattaca*, *O preço do amanhã*, *Cidade dos sonhos*, *Donnie Darko*, *Southland Tales: O fim do mundo*, *Contra o tempo*, e muitos outros que vêm e virão.

[9] Em uma conversa on-line sobre Dick, que tive com Roberto Bolaño (posteriormente publicada pela revista *Letras Libres*), o escritor chileno e admirador de Dick, autor de *2666*, me disse: "Relembro Dick com muito carinho. Creio que é o escritor dos paranoicos, do mesmo modo que Byron foi o escritor dos românticos. Inclusive, sua biografia tem certos matizes byronianos: é um homem

Melhor, diante de tantas adaptações difusas e da espera de uma cinebiografia que não chega[10], os dados são incontestáveis.[11]

Philip K. Dick foi um dos gêmeos prematuros de sete meses que nasceram em 16 de dezembro de 1928. Jane, sua irmãzinha e replicante, morreria um mês depois.

Traumatizado por essa morte e pelas palavras de sua mãe sobre tê-lo escolhido para lhe dar o pouco de leite produzido pelos seus peitos, sempre acreditou que Jane seguia vivendo dentro dele.

Dick cresce tímido, solitário e pobre em Berkeley e lê revistas como *Astounding*, *Unknown Worlds*, *Amazing*. E aos 13 anos decide que sua onda é escrever. Aos 15, começa a trabalhar como ajudante

---

de vida amorosa agitada e, politicamente, suas causas são perdidas. Em alguns momentos com causas mais extremas ou aquelas que a gente considera mais extremas. E é curioso que um dos grandes escritores do século XX (algo em que, creio eu, estamos de acordo) seja precisamente um escritor 'de gênero'. Um escritor que, para ganhar a vida (um termo horrível esse de *ganhar a vida*), se põe a escrever e publicar romances em editoras populares, em um ritmo endiabrado, romances que acontecem em Marte ou em um mundo onde os robôs são algo normal e rotineiro. Enfim, a pior maneira de gravar o nome no mundo das letras, como diria um escritor francês do final do século XIX. E, mesmo assim, Dick não só grava o nome na literatura, mas também se torna ponto de referência de outras artes, como o cinema, e seu prestígio segue crescendo".

10   Faz uns anos que circularam rumores do início iminente das gravações de *The Owl at Midnight*, filme biográfico que tomaria emprestado o título de Dick para a sequência inconclusa de *O homem do castelo alto* e que seria produzido e protagonizado pelo ator Paul Giamatti, fã confesso de Dick. Mas ainda estamos esperando. Nesse meio-tempo – no qual surgiram vários documentários dedicados a seu gênio e figura –, em 2008, Matthew Wilder estreou *Your Name Here*, filme no qual Bill Pullman interpreta o escritor pouco ortodoxo de ficção científica chamado William J. Frick.

11   Quem quiser ampliar as informações aqui sintetizadas deve ler o bem exaustivo *The Divine Invasions: A Life of Philip K. Dick*, de Lawrence Sutin (Harmony Books, 1989) e o um tanto mais disperso *Eu estou vivo e vocês estão mortos*, de Emmanuel Carrère (Aleph, 2016), assim como o volume das "últimas conversas" *What If Our World Is Their Heaven?*, editado por Gwen Lee e Doris Elaine Sauter (Overlook, 2000).

em uma loja de conserto de rádios e, depois, em uma loja de discos especializada em jazz, ópera e música folk.

Ele abandona o lar materno (lar de mãe possessiva e divorciada) para se dedicar ao trabalho de inaugurar o primeiro de vários lares junto com mulheres maternais, possessivas e de quem se divorciaria até contar quatro ou cinco, não importa.

Dick começa a tomar os primeiros comprimidos que o aceleram e dotam seus dedos com o superpoder de digitar 120 palavras por minuto ("As palavras brotam das minhas mãos, não do meu cérebro; eu escrevo com as minhas mãos", explicaria mais tarde), e a escrever seus primeiros romances. Romances "realistas", porque no início Dick não queria ser um escritor futurista-fantástico.[12] De qualquer maneira, sua noção de "realista" – por vários livros que, com exceção de *Confessions of a Crap Artist* (1975), seriam publicados logo depois de sua morte – produz uma certa inquietação.[13] Basta ler a sinopse do romance *The Man Whose Teeth Were All Exactly Alike* (de 1960, publicado em 1984) que Andrew M. Butler escreve em seu guia *The Pocket Essential Philip K. Dick* (2000): "O corretor imobiliário Leo Runcible perde uma

---

[12] Uma lista de suas influências – mencionadas ao longo de cartas e entrevistas – resulta de um coquetel de ingredientes que não parecem se misturar muito bem, mas ainda assim... A saber: "jovens escritores japoneses e africanos", mestres russos do XIX, Ionesco e Beckett e Brecht, Kafka, Karel Čapek, os românticos alemães e os realistas franceses, como Flaubert e Stendhal e Balzac, A. E. van Vogt e John Sladek, os poetas metafísicos do século XVII, James T. Farrell, Carl Jung, Henry Miller, Nathaniel West.

[13] E para nossa surpresa, ou nem tanto: no romance de estreia *Gather Yourselves Together* (escrito entre 1948 e 1950, publicado postumamente em 1994), no contexto de uma atmosfera onírica que funde certos aspectos beatnik (nada é casual, e o fim de *blade runner* é registrado por William S. Burroughs em seu roteiro nunca filmado para *The Bladerunner*, romance futurista de Alan E. Nurse, de 1974), com a saída de empresas norte-americanas da China pós-revolução de Mao, já aparece uma de suas talismânicas "garotas de cabelos pretos", assim como a suspeita de que a sombra deslumbrante do antigo Império Romano se superpõe com as luzes sombrias do atual Império Americano.

boa venda porque seu vizinho, Walter Dombrosio, convida um homem negro para ir a sua casa. Leo decide telefonar para a polícia e denunciar que Walt está dirigindo bêbado. Walt perde a carteira de motorista. Sherry o leva ao trabalho ao mesmo tempo em que começa a procurar algo com que ocupar seu tempo. Pouco entusiasmado com a ideia de trabalharem juntos, Walt deixa de lado o trabalho e a estupra. Nesse meio-tempo, Leo desenterra do jardim de sua casa o que pensa serem restos de um homem de Neanderthal e se entusiasma, imaginando como essa descoberta aumentará o valor de seus terrenos. Na verdade, o crânio fora posto ali por Walt, e não passa da caveira ligeiramente modificada de um dos denominados 'chuppers', família conhecida no bairro por seus maxilares disformes pela constante ingestão de água contaminada. Sherry descobre que está grávida e deseja abortar. Walt proíbe, ainda que o preocupe a ideia de que seu filho nasça parecido com um chupper. Leo, nesse meio-tempo, compra a companhia local de fornecimento de água e arrisca a falência".

Escreve vários romances com esse estilo, todos transbordando discussões matrimoniais (uma constante quase estética em sua obra) e divagações sobre o diafragma e outros métodos contraceptivos (de vez em quando, aparece um óvni) e, claro, todos eles são precisamente rechaçados pelas editoras.[14]

Dick conhece Tony Bucher – editor da *The Magazine of Fantasy & Science Fiction* – e decide tentar a sorte. O primeiro conto publicado pelo autor na revista de Boucher tem o título "Roog!" e seu protagonista é um cão, talvez porque nessa época Dick, morto de fome, só tivesse dinheiro para comprar ração de cachorro.

---

[14] São eles, escritos entre 1952 e 1960: *Confessions of a Crap Artist, The Man Whose Teeth Were All Exactly Alike, Puttering About In A Small Land, In Milton Lumky Territory, Humpty Dumpty in Oakland* (que inclui materiais de *A Time for George Stavros*), *Mary And The Giant, The Broken Bubble, Gather Yourselves Together, Voices From The Street* e o manuscrito nunca encontrado de *Pilgrim on the Hill*. E são todos MUITO, mas MUITO estranhos e, às vezes, lembram os livros de um Richard Yates desorbitado e nascido em Frolix 8.

Começa a escrever e publicar contos a uma velocidade anfetamínica. Eles saem rápido, fácil, e começam a ser comentados pelo grupo dos escritores e pelos leitores. São contos estranhos em um futuro que acontece no máximo três décadas à frente, com robôs que não sabem que são robôs, naves espaciais que sempre se desmontam no momento menos apropriado, realidades alternativas modificadas por inteligências superiores que nem sempre acertam em seus planos, a amnésia como porta para a memória absoluta, protagonistas sofridos para quem tudo vai bem até que descobrem que tudo está mal, e planetas para além de toda a colonização; porque o que Dick gostava era de "construir universos que se desfazem. Me alegra ver como se desbaratam e ver como os personagens nos romances se adaptam a esse problema".

Dick aumenta os contos e os transforma em romances.

Ele assina contratos leoninos e exploradores e, entre 1958 e 1959, publica seus dois primeiros clássicos: *Eye in the Sky* e *Time Out of Joint*, a partir dos quais já se vislumbra cabalmente o que será seu Grande Tema. Algo como O-que-é-isso-que-entendemos-por-realidade-mas-que-na-realidade-não-é-tão-real-como-nos-garantem-ser? e a suspeita confirmada de que "o poder do mal é fazer a realidade cessar de existir em um lento diluir-se de tudo o que existe até que a vida se esfume como um fantasma".

Dick segue com fome, segue tomando comprimidos, segue sendo explorado. Não importa. No início dos anos 1960 – e coincidindo com a derrocada de seu segundo casamento e com uma tentativa preguiçosa de suicídio –, Dick entra no que se considera sua Era de Ouro, com a publicação do fundamental *O homem do castelo alto* (1962): romance de história alternativa e recente série de televisão produzida pela Amazon[15], que narra os dias dos Estados Unidos que foram vencidos

---

15   Em breve – também pela Amazon, com formato similar, episódico e unitário como os clássicos da TV *Além da imaginação*, *The Outer Limits* ou *Alfred Hitchcok Presents*, programas para os quais Dick tentou vender roteiros ou relatos em sua época, sem sucesso –, também estreará *Philip K. Dick's Electric Dreams*, protagonizada e produzida por Bryan "Breaking Bad" Cranston.

na Segunda Guerra Mundial e ocupados por forças nazistas e japonesas, enquanto um escritor lendário e recluso redige em um livro cultuado e muito proibido, uma versão alternativa do assunto que coincide com nossos livros de história. O livro – escrito com base em hexagramas e moedas – foi o primeiro a mencionar, em formato popular, o I-Ching, e foi um dos responsáveis por sua popularização na iminente cultura hippie da época. *O homem do castelo alto* rendeu a Dick o Prêmio Hugo – a mais alta distinção no campo da ficção científica – e fez o autor, com 35 anos, ser lançado de cabeça em um dos surtos mais assombrosos e invejáveis de criatividade já vividos por um escritor.

Dick chega a publicar até quatro romances por ano, entre os quais estão vários de seus melhores trabalhos. Em 1963, escreve *We Can Build You*, no qual aparecem os primeiros replicantes no contexto de uma esquisita história de amor psicótico. Em 1964, *Martian Time-Slip* narra as penúrias de um planeta vermelho colonizado em 1994, pelas mãos de um perverso sindicato de encanadores, enquanto um menino autista escuta o som entrópico do universo derrubando-se sobre si mesmo. Em 1965, *Dr. Bloodmoney; Or, How We Got Along After the Bomb* apresenta um dos melhores, se não o melhor expoente do romance pós-apocalíptico, combinando-o com traços do universo campesino e pastoral do vitoriano Thomas Hardy. No mesmo ano, surge *Os três estigmas de Palmer Eldritch*, um dos livros que John Lennon queria levar ao cinema e no qual começam a ficar em primeiro plano as preocupações religiosas de Dick, fundindo-se com seu apetite alucinógeno, mas não lisérgico (ainda que tenha provado LSD, Dick não achou a menor graça). Nele, homens e mulheres entediados com a vida pioneira nas colônias interplanetárias consomem a droga Can-D ou Chew-Z para assim matar o tempo, entrando na pele de bonequinhos tipo Barbie/Ken, chamados Pat Insolente e Walt. Enquanto isso, o ressuscitado magnata Palmer Eldritch regressa da morte e dos confins do espaço convertido em uma espécie de androide pronto para comercializar a vida eterna. Em 1967, *Counter-Clock World* propunha o conceito de romance de trás para a frente. O *Annus Mirabilis* de Dick é 1968. Primeiro chegaria

Androides sonham com ovelhas elétricas?[16], que não apenas serviria de inspiração para o filme *Blade Runner* (e seu ambiente *retro-noir* muito influente até as raias da saturação de ruas sempre embaixo de chuva e onde se mastigam sushis à luz de placas de neon[17]), mas também fundaria rapidamente o subgênero que anos mais tarde viria a se chamar *cyberpunk*, com William Gibson, Bruce Sterling e Neal Stephenson, entre outros, levando sua bandeira. Depois aparece *Ubik*, para muitos a obra-prima de Dick, na qual ele nos conta que, quem sabe, talvez Deus – o produto definitivo – venha dentro de um frasco de aerossol, não é? Na sequência, Dick decide que já é suficiente, que já escreveu o bastante, que havia chegado o momento perfeito para ter a melhor e maior crise psicótica de toda a sua vida e compreender que à dúvida hamletiana do ser ou não ser ele só pode oferecer uma resposta um tanto bizarra: ser e não ser ao mesmo tempo.

Nos anos 1970, está mais que claro que Philip K. Dick não é o escritor típico de ficção científica. Para Dick, o espaço exterior não passa de uma desculpa para explorar o espaço interior, e seus romances

---

16 A ideia para o romance ocorreu a Dick a partir de um artigo do matemático Alan Turing e da leitura de um diário de um oficial da SS, a tropa de proteção nazista. *Blade Runner* – como já dito, deve ser o costume – escolhe peças soltas do romance de Dick e se lança em outra direção. O insuspeito escritor de ficção científica K. J. Jeter – amigo de Dick – publicou três sequências de qualidade e criatividade mais que aceitáveis, funcionando como continuação do filme de Ridley Scott: *Blade Runner 2: The Edge of Human* (1995), *Blade Runner 3: Replicant Night* (1996) e *Blade Runner 4: Eye and Talon* (2000). A segunda delas propõe uma virada interessante, com um Rick Deckard trabalhando como "consultor" na gravação de um filme sobre seus dias como perseguidor de replicantes. Jeter – que precisa pagar contas – também assinou romances que transcorrem nos universos de Star Wars e Star Trek.

17 Detalhe interessante para os obsessivos do marketing/merchandising: a empresa telefônica Bell, a Atari, a Cuisinart, a Polaroid e a Pan Am – todas empresas que têm publicidade em *Blade Runner* – não demoraram a entrar em fusão e quebrar. A Coca-Cola, que na época se dispôs a lançar a catastrófica New Coke, salvou-se por um triz.

podem ser lidos como variações capitulares de uma imensa trama em constante estado de escrita. Nada preocupa menos a Dick que a pulsão especulativa do assunto ("a má ficção científica acontece predizendo, a boa ficção científica parece que prediz", costumava dizer); e interessa menos ainda a Dick o aspecto que fica entre o mafioso, o fundamentalista e o corporativo que vários de seus colegas mais conservadores praticam em todas essas convenções.

Dick acredita que a ficção científica "é o campo ideal para a discussão das ideias puras".[18]

---

18   Outra vez Bolaño (e, diante da abundância imensa de testemunhos anglo-saxões, prefiro atribuir aqui a influência de Dick sobre um autor de outro idioma, mas que compreendia como poucos sua linguagem; e algo me diz que Dick se *compreende* melhor quando o lemos de perto, mas sendo de muito longe, quase de outro planeta): "Em alguns momentos, Dick se parece com Burroughs. Os dois, à maneira norte-americana, no fundo muito pragmática, estão interessados mais na revolução, no 'estado da revolução', ou seja, mais na resistência do que na literatura. É nesse sentido que creio que não lhe interessa escrever bem, algo que se dá como natural em um escritor. Dick está a caminho de ser um clássico, e uma das características de um clássico é ir muito além da boa escrita, que não é outra coisa senão uma certa correção gramatical. 'Colocar as palavras adequadas no lugar adequado é a definição mais legítima de estilo', disse Jonathan Swift. Mas, evidentemente, a grande literatura não é uma questão de estilo nem de gramática, como também sabia Swift. É uma questão de iluminação, tal como Rimbaud entende essa palavra. Uma questão de vidência. Quer dizer, por um lado, é uma leitura lúcida e exaustiva da árvore canônica e, por outro lado, é uma bomba-relógio. Um testemunho (ou uma obra, como queiramos chamar) que explode nas mãos dos leitores e se projeta na direção do futuro. E o que é que Dick projeta em direção ao futuro, em que consiste o mecanismo de sua bomba-relógio? Basicamente em perguntas. Perguntas estranhíssimas e especiais. E em uma sensação de mal-estar, de alteridade que pouquíssimos conseguiram plasmar... Não, não creio que Dick tenha sonhado em ser o maior escritor em uma dimensão paralela a esta. Em Dick, a salvação está na amizade, no sexo, na aventura compartilhada, não na escrita, nem muito menos no que formalmente se chama de "boa escrita", e que não passa de uma série de convenções mais ou menos aceitas por todos. Pois bem, é muito provável que Dick tenha experimentado essa sensação de lucidez com relação a sua escrita, e que em alguns momentos (momentos de fraqueza e vaidade que todo

Dick é um *outsider*, um franco-atirador, um louco dinamiteiro, um tipo perigoso para o gênero.

Ele – garantem os chefões da ficção científica – está louco e não faz nada para negá-lo.

Dick apresenta-se em convenções balbuciando maluquices muito inspiradas.[19]

Garante ser vítima de uma conspiração governamental nixoniana, na qual o utilizam como agente propagador de uma rara forma de sífilis.

Dick afirma que a canção "Strawberry Fields Forever", dos Beatles, "me comunicou que meu filho tinha uma hérnia inguinal que não tinha

---

mundo tem) tenha visto como um tanto injusto seu desterro na literatura de gênero, nas estantes dos livros populares e baratos. Mas isso é algo que ocorreu a muitos bons escritores. Na tradição norte-americana, há exemplos em que o silêncio (no caso de Emily Dickinson) ou o desdém (Melville, por exemplo) são maiores que o silêncio e o desdém que Dick buscou e sofreu. Contudo, mais além de seu desdém pelo futuro, Dick também é um profeta. Um profeta das ruas, diríamos um profeta lúmpen, sem o prestígio de um Norman Mailer, um Arthur Miller ou de um John Updike. E sem a aura de um Salinger (os leitores de Dick e Salinger costumam ser jovens, mas os de Dick são *jovens freaks*). No tocante aos relatos e romances, não se vê uma grande diferença: existem romances de Dick que não vão além de uma sucessão de relatos, como também o é o *Moby Dick*, de Melville. Seus contos, por sua vez, são incrivelmente bons. No que diz respeito a alguns de seus romances, não parece haver um padrão lógico; creio que precisamos levar em conta que muitos desses romances são escritos por encomenda e sob a influência de anfetaminas, que são romances de subsistência que provavelmente Dick escrevia em menos de um mês, sem planejamento nem escritura prévios, e que, na verdade, são improvisações. Porém, os grandes romances de Dick são de uma coerência extrema; o que não deixa de ser um mérito, pois Dick não funciona a partir da ordem, mas sim a partir da desordem. Nesse sentido, seu romance mais rígido seria *VALIS*, que é um dos últimos e no qual, entre outras muitas coisas, Dick aborda diretamente a proximidade que ele está da loucura. E o faz com a lucidez e a eloquência de um grande artista. Ainda que também precisemos ter em mente que, em muitas ocasiões, a lucidez e a eloquência são termos excludentes".

19   Vários de seus melhores discursos e ensaios lidos a seus colegas foram compilados por seu biógrafo, Lawrence Sutin, no indispensável *The Shifting Realities of Philip K. Dick* (Vintage, 1995).

sido diagnosticada pelos médicos" (este último, convém esclarecer, provou-se correto, para assombro dos doutores).

Explica como os cientistas soviéticos o utilizam telepaticamente para matar gatos com sua potência mental.

Dick insiste que em algum de seus romances fantásticos revelou uma verdade escondida e que, por isso, seu apartamento foi assaltado e dinamitado por um comando especial.[20]

É um paranoico incurável, um replicante de si mesmo, que em um momento oferece seus serviços ao FBI para investigar como infiltrado e delatar os escritores de ficção científica que, na realidade, "são todos agentes da KGB".

Dick (quem sabe) é um sábio a quem as drogas abriram as portas de uma realidade conspiradora, na qual Watergate é apenas a ponta do iceberg de um estado policial e alienígena. Dá no mesmo.

Dick – rodeado de traficantes, Panteras Negras, músicos de *acid rock* e rock progressivo, fanáticos religiosos, policiais à paisana e *groupies* – ainda consegue tempo para escrever dois romances sobre o que acontece, sobre o que está acontecendo com ele. *Fluam, minhas lágrimas, disse o policial* (1974) e *Um reflexo na escuridão* (1977) são romances comparáveis a *À sombra do vulcão*, de Malcolm Lowry, ou a *Viagem ao fim da noite*, de Louis-Ferdinand Céline, nos quais seus "heróis" se fundem cada vez mais nas profundezas das areias movediças da esquizofrenia. O primeiro deles, em *Fluam, minhas lágrimas, disse o policial*, descobre que não existe. O segundo, em *O homem duplo*, descobre que o encarregaram de perseguir a si mesmo. E, entre um e outro, alguém bate à porta de Dick, e ele vai e abre uma porta que não voltará a fechar.

A partir daí e até sua morte, em 1982, vítima de um ataque cardíaco que debilita seu corpo, mas não sua mente, Dick se dedica a procurar

---

20   Dick discute a fundo esse "episódio" com o jornalista Paul Williams nas conversas reunidas no livro de entrevista tão apaixonante quanto perturbador *Only Apparently Real: The World of Philip K. Dick* (Entwhistle Books, 1986).

entender o que ocorreu durante fevereiro e março de 1974.

Já foi dito antes nestas páginas, mas vamos retomar: Dick abriu a porta e jura que foi invadido por uma entidade extraterreste na forma de "raio rosado" chamada VALIS – sigla de *Vast Active Living Intelligence System* (Sistema de Vasta Inteligência Viva), que lhe revela a Verdade das Verdades.[21] De novo: nosso mundo não existe e é apenas o eco gêmeo do Império Romano, Nixon é o Mal Supremo, Deus é imperfeito e duplo, e muitas outras coisas, por exemplo que seu filho está doente outra vez e que necessitará de tratamento em breve e que ele não passa de uma nova encarnação de São Paulo.[22]

Tudo isso – ao que o grande artista das HQs Robert Crumb dedicou várias de suas melhores páginas em *A experiência religiosa de Philip K. Dick* – é explorado no diário místico colossal e já mencionado, *Exegesis*, e numa tetralogia de romances que não se parece com nada escrito até então e com nada do que se escreveria depois.

E é mais provável que essa situação não vá mudar, já que os torrenciais *VALIS*, *The Divine Invasion* (ambos de 1981), *The Transmigration of Timothy Archer* (1982) e *Radio Free Albemuth* (escrito em 1976, "abduzido" por *VALIS* e publicado apenas em 1985, depois de Dick estar morto) são algumas das mostras mais originais de uma autobiografia, elucubração mística, considerações filosóficas e, já que estamos nesse âmbito, ficção científica inovadora de todos os tempos. Alguém foi mais longe e mais lá atrás e os considerou o *Tristram Shandy/Finnegans Wake* da ficção científica: seria crônica de uma

---

21 "Parece que somos filamentos de memória (portadores de DNA capazes de ter experiências) em um sistema computacional pensante no qual, embora tenhamos gravado e armazenado corretamente milhares de anos de informação experiencial, e cada um de nós possua depósitos um tanto distintos de todas as outras formas de vida, existe um defeito, uma falha na recuperação da memória", diagnosticaria Dick a partir do outro lado, onde tudo pode ser lembrado.

22 Uma análise psiquiátrica e psicanalítica das experiências vividas por Dick pode ser encontrada no recente e muito interessante *The Divine Madness of Philip K. Dick*, do psicólogo Kyle Arnold (Oxford Press, 2016).

possessão cósmica, autobiografia alternativa, credo para uma nova religião, pedido de ajuda de um escritor enlouquecido por anos de bombardeio químico em seu sistema nervoso e de ração de cachorro em seu aparelho digestivo, *roman à clef* com a participação de Linda Ronstadt, Emmylou Harris, David Bowie e Brian Eno, entre muitos outros? Todas e cada uma dessas definições são aplicáveis ao que é, sem sombra de dúvida, uma obra-prima dentro de qualquer categoria literária.

E, sim, nelas tudo parece perturbadoramente lógico, inteligente, possível, verossímil. E, em alguma parte, Dick explica: "Sou um filósofo ficcionista, não um escritor de romances; meus romances e contos são empregados como meios para formular minhas percepções. O centro da minha obra não é a arte, mas sim a verdade. Por isso, o que narro não é senão a verdade, e não posso fazer nada para evitá-lo. Por sorte, essa minha atitude parece ajudar de algum modo a certas personalidades sensíveis e problemáticas a que me dirijo. Creio entender qual é o ingrediente que tenho em comum com elas e o que me une a meus leitores: nem eles nem eu jamais sacrificaremos nossas ideias no que toca ao que é racional ou irracional, autêntico ou falso, dentro da misteriosa natureza da realidade. Para meus leitores, o que escrevo não é mais que uma interpretação alternativa mas amorosa de suas vidas privadas e de seus pensamentos mais íntimos".[23]

Amém.

Levamos vidas singulares, tempos interessantes, noites perfeitas para descobrir ou reler Dick.

Desde sua morte – quase coincidindo com a estreia de *Blade Runner* e perdendo-se o que poderia ter sido o fim de anos de penúrias econômicas[24] –, a figura e a importância de Dick não deixou de

---

[23] Quando estava de mau humor, Dick preferia considerar seus leitores "trolls and wackos" (*trolls* e malucos).

[24] Em uma virada muito dickiana, o filme de Ridley Scott, antes de chegar à categoria de clássico, foi atacado impiedosamente pela imprensa em sua es-

crescer. E assim, o paradoxo de que hoje aquele que sempre desprezou o futuro descobriria que o presente se parece bastante com seus livros. Já se sabe: internet, Trump, Twitter, realidade virtual, *reality shows*, turistas espaciais e milionários, os videogames imersivos, os tamagochis e eventuais emojis já apareciam em seus romances e contos. Dick – como Andy Warhol – foi um visionário e morreu bem no momento em que todos começávamos a enxergar também.

E, logicamente, cada vez existem mais sites na internet que garantem que Dick está vivo, em outro lugar, e que qualquer dia desses voltará para reclamar o que é seu por direito porque lhe ocorreu primeiro.

Um ano antes de sua morte e seu enterro junto a sua irmã, Janet, sob uma lápide que já levava seu nome e o esperava havia 53 anos, em uma carta a um amigo, Dick especificou qual deveria ser seu obituário.

Ali devia estar escrito, mas não se escreveu, então é possível lê-lo agora: "Tomou drogas. Viu Deus. Grande coisa!".

E, é certo, Philip K. Dick viu Deus, mas não viu naves de ataque ardendo às margens de Órion nem raios C brilharem na escuridão próxima do Portal de Tanhauser, nem todos esses momentos que se perderam como lágrimas na chuva. Mas viu coisas que ninguém imaginou, e até que ele não imaginou, e nas quais de algum modo Dick segue pensando, porque nós não podemos deixar de pensar nelas nem de vê-las.

Pergunta: e o que houve com a cabeça robótica de Philip K. Dick?

Resposta: segue em paradeiro desconhecido, e, além disso, a Hanson Robotics fabricou outra em 2016.

---

treia (consideraram-no "incompreensível e machista", e Pauline Kael, crítica implacável e sofisticada da revista *The New Yorker*, arrematou com um "Se algum dia desenvolverem esse teste para detectar humanoides, é melhor que Ridley Scott se esconda muito bem"); portanto, foi um fracasso econômico e acabou vendo – em um frenesi quase replicante – sucessivas *director's cuts* (versões do diretor).

E está lá.

Lá segue.

Respondendo a perguntas e – o que se pode deduzir – desta vez incluindo *sim* a informação de que o filme *Blade Runner* se baseia no romance *Androides sonham com ovelhas elétricas?*.

Algo me diz que essa nova cabeça de Dick não demora a se extraviar, a desaparecer.

Então, se a buscarmos e, talvez, a encontrarmos, estará embaixo de todas as nossas almofadas, sonhando conosco, seus sonhadores elétricos.

Barcelona, agosto de 2017

ANDROIDES
SONHAM.COM

OVELHAS ELÉTRICAS?

AUCKLAND

Uma tartaruga presenteada ao rei de Tonga pelo explorador capitão Cook em 1777 morreu ontem. Tinha quase 200 anos de idade.

O animal, chamado Tu'imalila, morreu nos jardins do palácio real, em Nuku, ilha de Alofa, capital de Tonga.

O povo tonganês considerava-o um chefe, e guardadores especiais foram nomeados para cuidar dele. O animal ficara cego num incêndio florestal, alguns anos antes.

A rádio de Tonga informou que os restos mortais de Tu'imalila seriam enviados para o museu de Auckland, na Nova Zelândia.

Reuters, 1966

01.

Uma curta e gostosa onda elétrica lançada pelo alarme automático do sintetizador de ânimo ao lado da cama acordou Rick Deckard. Surpreso – sempre se surpreendia ao achar-se desperto sem ter sido avisado –, levantou-se; ficou em pé de pijama multicolorido e se espreguiçou. Então, em sua própria cama, Iran, sua esposa, abriu os olhos cinzentos e pesados, piscou, gemeu e fechou-os novamente.

– Você regulou seu Penfield fraco demais – disse a ela. – Vou reajustar isso aí, e você vai acordar e...

– Não mexe na minha programação. – Sua voz se elevou aguda e amarga. – Eu não *quero* acordar.

Ele se sentou ao seu lado, inclinou-se sobre ela e explicou com doçura.

– Se você regular a onda num nível alto, vai ficar feliz quando acordar; é só isso. Quando você programa em Dó, ele ultrapassa a barreira do limiar da consciência, é assim que acontece comigo. – De modo carinhoso, até porque se sentia de bem com a vida (afinal, a sua programação tinha sido em Ré), ele tocou o ombro nu e pálido da esposa.

– Tira essa mão suja de policial de cima de mim – disse Iran.

– Não sou um policial. – Ele se irritou, embora não tivesse escolhido esse sentimento.

– É pior – ela disse, os olhos ainda fechados. – É um assassino contratado por policiais.

– Nunca matei um ser humano na minha vida. – Sua irritação cresceu; de fato, já tinha se transformado em hostilidade.

– Só aqueles pobres andys – Iran disse.

– Engraçado, você nunca hesitou em pegar o dinheiro das recompensas que trago pra casa e comprar o que quer que chame a sua atenção de imediato. – Ele se levantou e se aproximou do console de seu sintetizador de ânimo. – Isso em vez de economizar, e assim a gente poderia comprar uma ovelha de verdade, pra colocar no lugar daquela falsa e elétrica lá em cima. Um mero animal elétrico... e eu ganhando todo dinheiro que posso, trabalhando cada vez mais, ano a ano. – Junto ao aparelho, ele hesitava entre escolher um supressor talâmico (em que poderia anular seu sentimento de raiva) ou um estimulador talâmico (que o deixaria irritado o suficiente para vencer a discussão).

– Se você escolher – disse Iran, agora de olhos abertos e atentos – ficar mais agressivo, vou fazer a mesma coisa. Vou regular isso no máximo e você vai ter uma discussão que fará cada briguinha que tivemos até agora parecer coisa de criança. Vai, escolhe isso pra ver; tenta. – Ela se levantou rapidamente, saltando sobre o console de seu próprio sintetizador de ânimo e parou, encarando-o, esperando.

Ele suspirou, vencido pela ameaça.

– Vou escolher o que estiver na minha agenda de hoje. – Examinando a programação para 3 de janeiro de 1992, viu que o mais adequado seria manter uma atitude profissional. – Se eu escolher o programa de hoje – perguntou com cautela –, você concorda em fazer o mesmo? – Ele aguardou, astuciosamente, para que ele mesmo não se decidisse até que sua esposa concordasse em seguir a sua escolha.

– Minha programação de hoje aponta uma depressão autoacusatória de seis horas – disse Iran.

– Quê? Pra que você vai escolher isso? – Aquilo desafiava todo o propósito do sintetizador de ânimo. – Nem sabia que você podia escolher algo assim – disse, sorumbático.

– Uma tarde, eu estava sentada aqui e naturalmente liguei no Buster Gente Fina e Seus Amigos Gente Boa, e ele estava falando sobre uma notícia importante que estava prestes a divulgar, só que aí veio uma propaganda horrível, que eu odeio; você sabe qual é, aquela do Protetor Genital de Chumbo Mountibank. Daí, por um minuto eu desliguei o som. Então ouvi o prédio, este prédio; aquele som de... – e ela fez um gesto vago.

– Apartamentos vazios – disse Rick. Às vezes ele os ouvia à noite, quando deveria estar dormindo. Nessa época, um prédio de condaptos ocupado só pela metade podia ganhar uma alta classificação no sistema de densidade demográfica; lá onde, antes da guerra, ficavam os condomínios residenciais, era possível encontrar prédios totalmente vazios... pelo menos, era o que ele tinha ouvido falar. Ele havia se mantido alheio à informação; como a maioria das pessoas, não se interessou em ir lá conferir por conta própria.

– Nessa hora – Iran disse –, quando tirei o som da TV, eu estava no estado de espírito 382; tinha acabado de escolher. Assim, embora ouvisse o vazio intelectualmente, não conseguia senti-lo. Minha primeira reação foi de gratidão por nós termos podido comprar um sintetizador Penfield. Só que aí senti como isso era doentio, perceber a ausência de vida, não só no prédio, mas em tudo, e não reagir a nada, percebe? Não, acho que você não entende. É que isso passou a ser considerado uma indicação de doença mental; chamam-na de "ausência de afeto adequado". Então, deixei o som desligado e fiquei testando o sintetizador de ânimo até que finalmente descobri um ajuste para desilusão. – Seu rosto grave e petulante se mostrou satisfeito, como se ela tivesse descoberto algo importante. – Por isso eu programo esse sentimento duas vezes por mês; acho que é um tempo razoável pra me sentir desiludida em relação a tudo, em relação a ter ficado na Terra depois que todo mundo, a ralé, emigrou. Concorda?

– Mas um estado de espírito desses – disse Rick – pode fazer com que você fique nele, em vez de selecionar outro. Uma desilusão como essa, a respeito da realidade total, se autoperpetua.

– Programo um reajuste automático para três horas depois – sua mulher disse, insinuante. – Um 481. Percepção das múltiplas possibilidades abertas pra mim no futuro; uma nova esperança que...

— Conheço bem o 481 — ele interrompeu. Tinha escolhido essa combinação várias vezes; confiava bastante nela. — Escuta — disse, sentando-se em sua cama e puxando as mãos dela para que ficasse ao seu lado: — Mesmo com uma interrupção automática, é perigoso mergulhar numa depressão, de qualquer tipo. Esquece o que você programou e eu vou esquecer o que eu programei; vamos os dois digitar um 104 e ter essa experiência juntos, e aí você continua nesse estado de espírito enquanto eu troco o meu por minha atitude profissional de costume. Assim eu vou querer dar um pulo no terraço, checar a ovelha e depois ir pro escritório; nesse meio-tempo, vou saber que você não ficou aqui mofando com a TV desligada. — Ele soltou os dedos finos e longos dela, passeou pelo espaçoso apartamento até a sala de estar, que ainda exalava um cheiro suave dos cigarros da noite anterior. Então ligou a TV. Ouviu a voz de Iran vir lá de sua cama.

— Não suporto TV antes do café da manhã.

— Escolhe o 888 — disse Rick enquanto a válvula da TV esquentava. — Vontade de assistir TV, não importa o que esteja passando.

— Não sinto vontade de escolher nada agora — disse Iran.

— Então escolhe o 3 — ele disse.

— Não vou escolher algo que estimule meu córtex cerebral a ter vontade de escolher! Se eu não quero escolher, não vou escolher nada, porque daí eu vou querer escolher, e querer escolher alguma coisa agora é o impulso mais estranho que eu consigo imaginar; só quero ficar aqui sentada na cama e olhar pro chão. — Sua voz ficou cortante, com nuances de desolação, como se sua alma tivesse congelado e ela tivesse parado de se mover, como se uma instintiva e onipresente névoa, de um peso enorme, de uma inércia quase absoluta, tivesse caído sobre ela.

Ele aumentou o som da TV e a voz do Buster Gente Fina soou alto e preencheu todo o aposento.

— ... Ho ho, pessoal. Tá na hora de falar um pouco sobre o tempo de hoje. O satélite Mongoose informa que vai cair uma precipitação radioativa especialmente forte por volta do meio-dia, mas vai começar a diminuir logo em seguida, então, pessoal, quem for arriscar uma saída...

Surgindo repentinamente ao lado dele, arrastando sua camisola feito um fantasma, Iran desligou a TV.

– O.k., desisto; vou escolher. Qualquer coisa que você queira pra mim; até um orgasmo... estou tão mal que até isso eu encaro. Que inferno. Que diferença faz?

– Vou escolher algo pra gente – Rick disse, levando-a até o quarto. Lá, no console dela, ele escolheu 594: agradecido reconhecimento da sabedoria superior do marido sobre todas as coisas. Em seu próprio sintetizador ele escolheu a opção criativa e vigorosa atitude em relação ao trabalho, embora disso ele nem sequer precisasse; essa era sua vontade habitual, inata, mesmo sem o estímulo mental artificial de seu Penfield.

Depois de um apressado café da manhã – tinha perdido tempo com a discussão com sua mulher –, ele subiu vestido para dar uma volta, sem deixar de portar o modelo Ajax de seu Protetor Genital de Chumbo Mountibank, até o pasto no terraço coberto, onde sua ovelha elétrica "pastava". Onde ela, sofisticado maquinário que era, costumava mascar com simulado contentamento, enganando os demais locatários do prédio.

Claro, alguns dos animais deles sem dúvida também eram réplicas eletrônicas; Rick certamente nunca meteu o nariz nos assuntos alheios, assim como seus vizinhos nunca se meteram no real funcionamento de sua ovelha. Nada poderia ser mais deselegante. Perguntar "sua ovelha é genuína?" seria, possivelmente, uma quebra na etiqueta pior do que indagar se os dentes de um cidadão, seu cabelo ou seus órgãos internos eram autênticos.

O ar da manhã – transbordando partículas radioativas acinzentadas por todos os lados, encobrindo o sol – arrotava ao redor dele, infestando seu nariz; involuntariamente, farejou a contaminação da morte. Bem, essa foi uma descrição muito forte para a coisa, decidiu enquanto caminhava para o lote particular de terra de que era dono, ao lado do exageradamente grande apartamento abaixo. O legado da Guerra Mundial Terminus havia perdido um pouco de seu peso; aqueles que não haviam sobrevivido à Poeira tinham caído no esquecimento anos atrás, e a Poeira, mais fraca agora e confrontando os sobreviventes mais fortes, somente enlouquecia mentes e características genéticas. A despeito de seu protetor genital de chumbo, a Poeira – sem dúvida alguma – se infiltrava nele e sobre ele, e lhe traria, diariamente, enquanto não emigrasse, sua sujeira degradante. Por enquanto, exames médicos feitos todo mês o confirmaram Normal: um homem que poderia se reproduzir dentro das cotas toleradas pela lei. A qualquer mês, no entanto, o exame feito pelos médicos do Departamento de Polícia de San Francisco poderia revelar alguma outra coisa. Continuamente, novos Especiais vinham à luz, gerados a partir de Normais pela onipresente Poeira. O slogan do momento, espalhado em cartazes, anúncios de TV e mala direta do governo, era: "Emigre ou degenere! A escolha é sua!". Muito verdadeiro, pensava Rick enquanto abria o portão de seu pequeno pasto e se aproximava de sua ovelha elétrica. Mas eu não posso emigrar, disse para si mesmo. Por causa do meu trabalho.

O proprietário do pasto adjacente, Bill Barbour, seu vizinho de condapto, lhe acenou; como Rick, ele tinha se vestido para o trabalho, mas também havia parado no caminho para dar uma checada em seu animal.

– Minha égua – Barbour declarou radiante – está grávida. – Apontou sua grande Percheron, ali parada, encarando com uma expressão vazia o espaço. – Que acha disso?

– Acho que em breve você terá dois cavalos – disse Rick. Ele havia chegado junto de sua ovelha, que permanecia ruminando, os olhos alertas fixos nele para ver se ele havia trazido flocos de aveia. A suposta ovelha escondia um circuito farejador de aveia; ao sinal de cereais, convincentemente se empinaria e viria trotando devagar. – Quem engravidou ela? – perguntou a Barbour. – O vento?

– Tenho um pouco do plasma fertilizante da mais alta qualidade disponível na Califórnia – informou Barbour. – Graças a uns contatos dentro do Departamento Estadual de Criação Animal. Não lembra a semana passada, quando o inspetor deles estava examinando a Judy? Eles estão doidos pra ter o potrinho dela; ela é um animal de superioridade inigualável. – Barbour bateu com carinho no pescoço da égua e ela inclinou a cabeça em sua direção.

– Já pensou em vender sua égua? – perguntou Rick. A coisa que mais sonhava no mundo era em ter um cavalo, de fato qualquer animal. Ser dono de uma fraude era algo que ia gradualmente desmoralizando qualquer um. No entanto, do ponto de vista da sociedade, era necessário, dada a ausência de um artigo autêntico. Portanto, ele não tinha escolha a não ser ir em frente. Mesmo que ele próprio não se importasse, havia sua mulher, e Iran se importava. E muito. Barbour disse:

– Seria imoral vender minha égua.

– Venda seu potro, então. Ter dois animais é mais imoral do que não ter nenhum.

Confuso, Barbour disse:

– Que quer dizer? Um monte de gente tem dois animais, ou até três, quatro, e no caso do Fred Washborne, por exemplo, dono do laboratório de processamento de algas onde meu irmão trabalha, até cinco. Você não leu aquela matéria sobre o pato dele no *Chronicle* de ontem? Parece que é o maior e mais pesado Moscovy na Costa Oeste. – Ao se imaginar dono de coisas desse tipo, os olhos do homem vidraram, e ele se foi deixando levar pelo devaneio.

Explorando os bolsos do casaco, Rick achou seu amarrotado e longamente estudado exemplar da edição de janeiro do catálogo da Sidney's Animais & Aves Domésticas. Procurou no índice, buscou potros (vide cavalos, filhotes) e achou o atual preço nacional. – Posso comprar um potro Percheron da Sidney's por 5 mil dólares – afirmou.

– Não, não pode – Barbour disse. – Olhe pra lista de novo: o preço está em itálico. Quer dizer que eles não têm em estoque, mas este seria o preço se tivessem.

– Suponha – disse Rick – que eu te pagasse 5 mil dólares em 10 meses. O preço cheio do catálogo. – Consternado, Barbour disse:

– Deckard, você não entende nada de cavalos; existe uma razão pela qual a Sidney's não tem nenhum potro Percheron em estoque. Os potros Percheron simplesmente não mudam de mãos; nem mesmo a preço de catálogo. Eles são muito raros, mesmo aqueles de qualidade inferior. – Ele se inclinou sobre a cerca comum aos lotes de ambos, gesticulando. – Tenho a Judy faz três anos e desde então nunca vi uma égua Percheron dessa qualidade. Pra comprar, tive de voar até o Canadá, e trouxe pessoalmente, pra ter certeza de que não seria roubada. Se você traz um animal como esse de qualquer lugar perto do Colorado ou de Wyoming, vão te matar pra ficar com ele. Sabe por quê? Porque antes da GMT existiam literalmente centenas...

– Mas – Rick interrompeu – o fato de você ter dois cavalos e eu não ter nenhum viola toda a base teológica e a estrutura moral do mercerismo.

– Você tem sua ovelha; diabos, você pode seguir a Ascensão em sua vida individual, e quando apertar os dois manetes de empatia, se aproximará de maneira honrada. Agora, se você não tivesse essa velha ovelha aí, eu até veria alguma lógica em sua tese. Lógico, se eu tivesse dois animais e você nenhum, estaria ajudando a privá-lo da verdadeira fusão com Mercer. Mas toda família nesse prédio... digamos, em torno de cinquenta: um a cada três apartamentos, se somei bem... cada um de nós tem um animal de algum tipo. Graveson tem aquela galinha ali. – Ele apontou o norte. – Oakes e sua mulher têm aquele cachorrão ruivo que late à noite. – Ele ponderou. – Acho que o Ed Smith tem um gato no apartamento dele; pelo menos diz que sim, mas ninguém nunca viu. Provavelmente está só fingindo.

Aproximando-se de sua ovelha, Rick se inclinou, procurando sob a lã branca e fina (o pelo, ao menos, era genuíno) até encontrar o que buscava: o painel de controle oculto do mecanismo. Enquanto Barbour observava ele abriu a tampa do painel com um estalo, revelando-o.

– Viu? – disse para Barbour. – Entendeu agora por que eu quero tanto o seu potrinho? – Depois de um tempo, Barbour disse:

– Que triste, meu camarada. Foi sempre assim?

– Não – disse Rick, fechando novamente a tampa do painel de sua ovelha elétrica; aprumou-se, se virou e encarou o vizinho. – Originalmente, eu tinha uma ovelha autêntica. O pai da minha mulher deu pra gente quando ele emigrou. Aí, cerca de um ano atrás, lembra aquela vez que levei a ovelha ao veterinário? Você estava aqui em cima naquela manhã quando eu cheguei e encontrei ela deitada de lado sem conseguir se levantar.

– Você colocou a ovelha de pé – Barbour disse, lembrando-se e inclinando a cabeça. – Sim, você conseguiu deixá-la de pé, mas daí, depois de um minuto ou dois dando uma volta, ela caiu de novo.

Rick disse:

– Ovelhas pegam doenças estranhas. Ou então, vendo de outro ângulo, elas pegam um monte de doenças, mas os sintomas são sempre os mesmos; a ovelha não consegue se levantar e não há como saber a gravidade do problema, se ela torceu a pata ou se está morrendo de tétano. Foi disso que a minha morreu: tétano.

– Aqui em cima? – disse Barbour. – No terraço?

– O feno – explicou Rick. – Aquela foi a única vez que não tirei todo o arame em volta do fardo; deixei um pedaço e a Groucho... é assim que eu a chamava, na época... se arranhou, e foi desse jeito que contraiu tétano. Levei ao veterinário e ela morreu, aí fiquei pensando e, finalmente, liguei para uma dessas lojas de animais artificialmente fabricados e mostrei uma foto da Groucho. Eles fizeram isso. – Ele indicou o animal *de imitação* reclinado, que continuava a ruminar atentamente, ainda observando, alerta, a qualquer sinal de aveia. – É um trabalho de primeira. E tenho gasto tanto tempo e atenção cuidando dela como fazia quando tinha uma legítima. Mas... – deu de ombros.

– Não é a mesma coisa – Barbour concluiu.

– Mas quase. Você sente a mesma coisa fazendo isso; você tem que ficar de olho no animal exatamente como fazia quando ele era realmente vivo. Porque eles enguiçam e então todo mundo no prédio vai ficar sabendo. Tive que levar pra oficina umas seis vezes, a maioria por pequenos defeitos (por exemplo, uma vez a fita de voz rompeu ou enguiçou de alguma forma e ela não parava de balir), mas se alguém a visse, identificaria isso como uma falha *mecânica*. – Continuou: – É claro que no caminhão da oficina de consertos está escrito "hospital de animais qualquer coisa". E o motorista se veste como um veterinário, todo de branco. – Espiou subitamente seu relógio, lembrando-se da hora. – Tenho que ir trabalhar – disse. – Te vejo à noite. – Enquanto partia em direção ao seu carro, Barbour o chamou apressado:

– Hum, não vou dizer nada pra ninguém aqui no prédio.

Parando por um instante, Rick começou a agradecer. Mas então, algo da desilusão da qual Iran tinha falado lhe deu um tapinha no ombro e ele disse:

– Sei lá, talvez isso não faça diferença alguma.

– Mas vão te olhar feio. Não todos, mas alguns. Você sabe como as pessoas pensam a respeito de quem não cuida de um animal; acham isso imoral e antiempático. Quer dizer, tecnicamente não é um crime como era logo depois da GMT, mas o sentimento ainda está ali.

– Deus – Rick disse inutilmente, fazendo um gesto vazio com a mão. – Eu *quero* ter um animal; vivo tentando comprar um. Mas com o meu salário, com o que um cidadão empregado ganha... – Se eu pudesse ter sorte no meu trabalho de novo, ele pensou, como tive dois anos atrás, quando consegui ensacar quatro andys em um só mês; se eu soubesse, naquela época, que a Groucho ia morrer... mas isso foi antes do tétano. Antes do pedaço de arame de sete centímetros, fino como uma agulha de injeção.

– Você pode ter um gato – Barbour ofereceu. – Gatos são baratos; olha no seu catálogo da Sidney's.

Rick disse, calmamente:

– Não quero um bichinho de estimação. Quero o que eu tinha originalmente, um animal grande. Uma ovelha ou, se eu conseguir o dinheiro, uma vaca ou um novilho, ou o que você tem: um cavalo.

– O prêmio por aposentar cinco andys poderia proporcionar isso, ele imaginou. Mil dólares por peça, fora o meu salário. Então, em algum lugar eu poderia achar, de alguém, o que quero. Mesmo que esteja listado em itálico no catálogo da Sidney's Animais & Aves Domésticas. Cinco mil dólares... mas, ele pensou, os cinco andys têm primeiro que vir para a Terra a partir de um dos planetas colonizados; não posso controlar isso, não posso fazer com que cinco deles venham aqui, e mesmo que eu pudesse há outros caçadores de recompensas em outras agências policiais pelo mundo. Os andys teriam de resolver morar especificamente no norte da Califórnia, e o principal caçador de recompensas da área, Dave Holden, teria de morrer ou de se aposentar.

– Compre um grilo – Barbour sugeriu, brincando. – Ou um rato. Ei, por vinte e cinco pratas você consegue um ratão bem gordo.

Rick disse:

– Sua égua pode morrer, como a Groucho morreu, sem aviso prévio. Quando chegar em casa do trabalho esta noite, você pode encontrá-la deitada de costas, de patas pro ar, como uma barata. Ou, como você disse, um grilo. – Ele saiu a passos largos, a chave do carro na mão.

– Desculpe se te ofendi – falou Barbour, nervoso.

Em silêncio, Rick Deckard abriu a porta de seu hovercar. Nada mais tinha a dizer a seu vizinho; sua mente já estava no trabalho, no dia à frente.

02.

    Em um edifício gigante, vazio e decadente, que certa vez abrigou milhares de pessoas, uma única TV anunciava seus produtos para uma sala inabitada.

    Esta arruinada terra de ninguém foi, antes da Guerra Mundial Terminus, habitada e bem conservada. Aqui ficavam os subúrbios de San Francisco, a uma curta viagem pelo monotrilho expresso; a península inteira matraqueava como uma árvore cheia de pássaros, com opiniões e queixas, e hoje os zelosos proprietários estão mortos ou migraram para um planeta colonizado. A maioria, mortos; havia sido uma guerra cara, a despeito das intrépidas profecias do Pentágono e de seu presunçoso braço científico, a Rand Corporation – que, de fato, havia funcionado não muito longe deste lugar. Como os donos dos apartamentos, a corporação havia partido, evidentemente para sempre. Ninguém sentiu sua falta.

    Além do mais, hoje ninguém lembrava o motivo da guerra ou quem, se é que alguém, tinha vencido. A Poeira que havia contaminado a maior parte da superfície do planeta não tinha surgido em nenhum país em particular e ninguém, nem mesmo os inimigos de guerra, havia planejado isso. A primeira coisa que aconteceu foi a estranha morte das corujas. Na época isso tinha parecido quase divertido, os gordos e fofos pássaros brancos caídos aqui e ali, nos jardins e nas ruas; como só eram vistas depois do crepúsculo quando vivas, ninguém percebeu seu desaparecimento. Pragas medievais haviam se manifestado de maneira semelhante, na forma de muitos ratos mortos. A praga, contudo, vinha de cima.

Depois das corujas, claro, seguiram-se outros pássaros, mas então o mistério tinha sido descoberto e compreendido. Um tímido programa de colonização estava em curso antes da guerra, mas agora que o sol havia parado de brilhar sobre a Terra, a colonização entrou em uma fase inteiramente nova. Em conexão com isso, uma arma de guerra, o Guerreiro Sintético da Liberdade, havia sido modificada; feito para funcionar em um mundo alienígena, o robô humanoide – estritamente falando, um androide orgânico – se tornara a força motriz do programa de colonização. Sob a lei das Nações Unidas, cada emigrante automaticamente ganhava um androide do subtipo que quisesse, e, por volta de 1990, a variedade de subtipos desafiava o entendimento, do mesmo jeito que os automóveis americanos dos anos 1960.

Aquele foi o incentivo crucial para a emigração: o serviçal androide como cenoura, a precipitação radioativa como chibata. As Nações Unidas facilitaram a emigração; o difícil, senão impossível, era ficar. Vagabundear pela Terra significava, potencialmente, ver-se de súbito classificado como inaceitável biologicamente, uma ameaça à imaculada hereditariedade da raça. Uma vez classificado como Especial, um cidadão, mesmo que aceitasse ser esterilizado, era excluído dos registros da história. Efetivamente, ele cessava de fazer parte da humanidade. E mesmo assim havia quem tivesse declinado de migrar; aquilo, mesmo para os envolvidos, constituía perplexa irracionalidade. Lógico, todos os Normais já deveriam ter emigrado. Talvez, mesmo deformada como estava, a Terra seguisse familiar, algo a que se apegar. Ou possivelmente os não emigrantes imaginassem que a cobertura de Poeira pudesse se dissipar um dia. Em todo caso, milhares de indivíduos permaneceram, a maioria deles concentrada em áreas urbanas onde pudessem ver um ao outro fisicamente, onde sentissem sua mútua presença. Aqueles aparentavam ser os relativamente sãos. E, somando-se a estes de maneira dúbia, eventuais entidades peculiares permaneceram nos subúrbios virtualmente abandonados.

John Isidore, incomodado pelo falatório que vinha da TV na sala de estar enquanto se barbeava no banheiro, era um desses.

Ele simplesmente tinha peregrinado até esse lugar nos primeiros anos do pós-guerra. Naquela época ruim ninguém sabia, na verdade, o que estava fazendo. Populações inteiras, separadas pela guerra, haviam vagado e ocupado temporariamente primeiro uma região, depois outra. Naquela época, a precipitação era esporádica e altamente variável; alguns Estados estavam quase livres dela, outros tornaram-se saturados. As populações errantes se moviam à medida que a Poeira se movia. A península sul de San Francisco foi o primeiro lugar a ficar livre do pó, e um grande número de pessoas respondeu ao fato indo morar ali; quando a Poeira chegou, alguns morreram e o restante partiu. J. R. Isidore ficou.

A TV gritava "... duplique os gloriosos dias anteriores à Guerra Civil dos Estados do Sul! Seja como secretário pessoal, seja como trabalhador rural incansável, o robô humanoide projetado sob medida, especificamente para SUAS PRÓPRIAS NECESSIDADES, PARA VOCÊ E SÓ VOCÊ – com entrega totalmente grátis no momento de sua chegada, completamente equipados, conforme especificado por você antes de sua saída da Terra; este companheiro leal, descomplicado, na maior e mais arrojada aventura inventada pelo homem na história moderna, proporcionará...", e a coisa ia longe.

Será que estou atrasado para o trabalho?, Isidore pensava enquanto se raspava. Não tinha um relógio funcionando; geralmente dependia da TV para saber as horas, mas hoje era o Dia dos Horizontes Interespaciais, evidentemente. De qualquer jeito, a TV afirmava ser o quinto (ou sexto?) aniversário da fundação da Nova América, a principal colônia dos Estados Unidos em Marte. E sua TV, meio quebrada, só pegava o canal que tinha sido nacionalizado durante a guerra, e permanecia assim; o governo em Washington, com seu programa de colonização, era o único anunciante, e Isidore se forçava a ouvi-lo.

– Vamos ouvir a sra. Maggie Klugman – o locutor disse para John Isidore, que só queria saber que horas eram – Imigrante recém-chegada a Marte, a sra. Klugman, em uma entrevista gravada ao vivo em

Nova Nova York, tinha algo a dizer. Sra. Klugman, como a senhora compararia sua vida antes, na época da Terra contaminada, com a sua nova vida aqui, em um mundo rico com todas as possibilidades imagináveis?

Uma pausa, e em seguida uma cansada e seca voz feminina de meia-idade disse:

– Acho que o que eu e os três da minha família mais sentimos foi a dignidade.

– Dignidade, sra. Klugman? – o locutor insistia.

– Sim – disse a sra. Klugman de Nova Nova York, Marte. – É uma coisa difícil de explicar. Ter um empregado com quem você pode contar nesses tempos duros... acho isso tranquilizador.

– Pensando nos bons tempos da Terra, sra. Klugman, nos velhos tempos, a senhora se preocupava em ser classificada como, hã, uma Especial?

– Ah, meu marido e eu morríamos de preocupação com isso. Claro, quando emigramos a preocupação passou, felizmente para sempre.

Para si mesmo, Isidore disse acidamente: passou para mim também, sem que eu precisasse emigrar. Ele vivia como um Especial já há mais de um ano, e não apenas por conta dos corrompidos genes que carregava. Pior ainda, não passou no teste de faculdades mentais mínimas, o que fez dele, como se diz popularmente, um cabeça de galinha. Sobre ele recaía o desprezo de três planetas. De todo modo, apesar disso, havia sobrevivido. Tinha seu emprego, dirigindo uma picape e o caminhão de entregas de uma empresa de consertos de animais falsos; o Hospital Van Ness para Bichos de Estimação e seu sorumbático e gótico proprietário, Hannibal Sloat, o aceitaram como um humano, e ele gostou disso. *Mors certa, vita incerta*, o sr. Sloat dizia de vez em quando. Isidore, ainda que tivesse escutado essa expressão várias vezes, tinha apenas uma vaga noção do seu significado. Afinal, se um cabeça de galinha pudesse entender latim, deixaria de ser considerado um cabeça de galinha. O sr. Sloat, quando isso era mencionado para ele, reconhecia a sua verdade. E havia cabeças de galinha infinitamente mais burros do que Isidore, que nunca conseguiam segurar um emprego, que ficavam em instituições de custódia pitorescamente chamadas "Instituto de Habilidades e Ofícios de Especiais da América", a palavra "Especial" sendo necessária aqui de algum modo, como sempre.

– ... seu marido não se sentia protegido – o locutor da TV dizia –, mesmo possuindo e tendo que usar continuamente um caro e desajeitado protetor genital de chumbo à prova de radiação, sra. Klugman?

– Meu marido – a sra. Klugman começou, mas, nesse ponto, tendo concluído o seu barbear, Isidore irrompeu na sala e desligou a TV.

Silêncio. Cintilou a partir do madeiramento e das paredes; golpeou-o com uma potência terrível e total, como se fosse gerado por uma imensa usina. Crescia, saindo do carpete esfarrapado que cobria todo o chão. Soltava-se dos quebrados e semidestruídos utensílios da cozinha, as máquinas mortas que nunca tinham funcionado desde que Isidore havia se mudado para ali. Gotejava da inútil luminária na sala, entretecido à sua própria queda vazia e muda desde o teto salpicado de moscas. Na verdade, emergia de cada objeto dentro do campo de visão de Isidore, como se ele – o silêncio – tentasse suplantar todas as coisas tangíveis. Portanto, ele assaltava não somente os ouvidos de Isidore, mas também seus olhos; enquanto o homem se fixava na TV inativa, experimentava o silêncio como se fosse visível e, em seus próprios termos, vivo. Vivo! Antes, sempre tinha sentido sua austera aproximação; quando chegou, irrompendo sem sutileza, evidentemente já não queria mais esperar. O silêncio do mundo não poderia mais conter sua avidez. Não mais. Não quando tinha virtualmente vencido.

Imaginou, então, se os outros que permaneceram na Terra haviam experimentado tal vácuo dessa maneira. Ou se seria isso peculiar à sua peculiar identidade biológica, uma aberração gerada por seu inepto aparato sensorial? Questão interessante, pensou Isidore. Mas com quem poderia discutir a respeito? Vivia sozinho em seu deteriorado edifício de milhares de apartamentos inabitados, que, como todas as suas partes constituintes, caía, dia a dia, dentro de uma enorme ruína entrópica. No fim, tudo dentro daquele prédio iria se amalgamar, tornar-se sem rosto e idêntico, um bagulho parecido com pudim empilhado até o teto de cada apartamento. E, depois disso, o próprio edifício abandonado se assentaria sobre a indistinção, sepultado sob a ubiquidade do pó. Mas então, claro, ele mesmo já estaria morto, outro interessante evento a se prever, pensou, imóvel em sua sala devastada, sozinho com o imbatível, sem pulmões, todo-penetrante mundo-silêncio.

Melhor, quem sabe, deixar a TV ligada. Mas os anúncios, dirigidos aos Normais remanescentes, o terrificavam. Informavam-no, de um infindável número de maneiras, que ele, um Especial, não era desejado. Não tinha utilidade. Não poderia emigrar, mesmo que quisesse fazê-lo. Então, para que ouvir isso?, perguntava-se, irritado. Fodam-se eles e sua colonização; espero que uma guerra comece lá – afinal de contas, poderia teoricamente acontecer – e que sejam arrasados como a Terra. E que todos os que emigraram se convertam em Especiais.

O.k., ele pensou, vou trabalhar. Alcançou a maçaneta da porta que abria o caminho para um corredor escuro e então se encolheu ao vislumbrar a vacuidade do resto do edifício. Aquilo esperava por ele, lá fora, a força ativa que sentia penetrar especificamente o seu apartamento. Deus, pensou, e fechou de novo a porta. Não estava pronto para passear pelas escadas rangentes até o terraço vazio onde não tinha nenhum animal. O eco de si mesmo subindo: o eco do nada. Hora de apertar os manetes, disse a si mesmo, e cruzou a sala até a caixa preta da empatia.

Quando ele ligou o aparelho, o usual leve cheiro de ânions subiu da fonte de alimentação; ele respirou com avidez, sentindo-se flutuar. Então o tubo de raio catódico resplandeceu como uma fraca imitação de uma imagem de TV; uma colagem se formou, feita de cores aparentemente aleatórias, traços e configurações que, até os manetes serem pressionados, nada significavam. Assim, tomando um profundo fôlego para se acalmar, apertou os comandos gêmeos.

A imagem ficou nítida; viu de imediato a famosa paisagem, a velha, marrom e estéril subida, com tufos de secas e ossudas ervas, inclinadas na direção de um pálido e nublado céu. Uma figura solitária, de forma mais ou menos humana, pelejava em subir a colina: um ancião usando uma sombria e indefinível túnica, que o cobria tão escassamente como se tivesse sido arrancada pelo vazio hostil do céu. O homem, Wilbur Mercer, caminhava pesadamente e, à medida que apertava os manetes, John Isidore gradualmente experimentava um minguar da sala em que estava; a mobília dilapidada e as paredes vazaram e ele deixou inteiramente de vê-las. Descobriu-se como sempre antes, entrando naquela paisagem de desbotada colina, desbotado céu. E ao mesmo tempo ele não mais testemunhava a subida do ancião. Seus próprios pés agora se esmigalhavam, procuravam apoio entre as pedras soltas tão familiares; sentiu a mesma velha dor, a irregular aspereza sob seus pés e, mais uma vez, o cheiro da névoa amarga do céu – não o céu da Terra, mas de algum lugar estranho, distante, e ainda, por causa da caixa de empatia, instantaneamente presente.

Havia feito a travessia daquele jeito usualmente perplexo; de novo havia ocorrido a fusão física – acompanhada de identificação mental e espiritual – com Wilbur Mercer; assim como a todos aqueles que neste momento apertassem os manetes, fosse na Terra ou em um dos mundos colonizados. Ele os sentiu, os outros, incorporou a balbúrdia de seus pensamentos, ouviu em seu próprio cérebro o rumor de suas muitas existências individuais. Eles – e ele – só se importavam com uma coisa; esta fusão de suas mentalidades orientava sua atenção para a colina, para a subida, para a necessidade de ascensão. Passo a passo a coisa evoluía, tão lentamente a ponto de ser quase imperceptível. Mas estava ali. Mais alto, pensava, enquanto as pedras chacoalhavam sob seus pés. Hoje estamos mais elevados que ontem, e amanhã... ele, como figura composta de Wilbur Mercer, relanceou para o alto a fim de ver a ladeira à frente. Impossível divisar o fim. Longe demais. Mas o fim viria.

Uma pedra, atirada contra ele, atingiu seu braço. Sentiu dor. Deu meia-volta e outra pedra passou rente, quase o acertando; ela colidiu contra o chão e o som assustou-o. Quem?, pensou, tentando avistar seu agressor. Os velhos antagonistas, manifestando-se na periferia de sua visão; aquilo, ou aqueles, o haviam seguido por toda a extensão da colina e permaneceriam ali até chegar ao topo...

Lembrou-se do topo, a inesperada elevação da colina, quando a escalada cessava e outra parte dela começava. Quantas vezes havia feito isso? As diversas vezes se ofuscavam; futuro e passado se ofuscavam; o que já havia experimentado e o que finalmente experimentaria fundiam-se até que nada ficasse a não ser o momento, a paralisia e a inércia durante as quais ele friccionaria o corte que a pedra havia feito em seu braço. Deus, ele pensou, cansado. De que modo isto será justo? Por que estou aqui sozinho desse jeito, atormentado por algo que nem consigo ver? Então, dentro dele, a mútua balbúrdia de todas as outras pessoas em fusão quebrou a ilusão de isolamento.

Vocês também sentiram aquilo, ele pensou. Sim, as vozes responderam. Fomos feridos, no braço esquerdo; dói feito o diabo. O.k., ele disse. É melhor que a gente comece a se mexer de novo. Recomeçou a andar, e todos eles o acompanharam imediatamente.

Certa vez, recordou, havia sido diferente. Bem antes de a maldição chegar, um período anterior e mais feliz da vida. Eles, seus pais adotivos Frank e Cora Mercer, o encontraram flutuando em um bote salva-vidas inflável de borracha, na costa da Nova Inglaterra... ou tinha sido no México, perto do porto de Tampico? Não se lembrava agora das circunstâncias. A infância tinha sido feliz; amara toda forma de vida, especialmente os animais; na verdade, por um certo tempo fora capaz de trazer animais mortos à sua antiga forma. Viveu entre coelhos e besouros, onde quer que eles estivessem, na Terra ou num mundo-colônia; agora tinha se esquecido daquilo também. Mas se lembrava dos assassinos, porque eles o haviam capturado como uma aberração, mais Especial do que qualquer dos outros Especiais. E por causa daquilo, tudo havia mudado.

A lei local proibia o uso da faculdade de reverter o tempo, através da qual os mortos voltavam à vida; haviam-lhe dito isso com todas as letras, no ano em que ele completou dezesseis anos. Continuou por mais um ano a fazer aquilo secretamente, nas florestas remanescentes, mas uma anciã que jamais havia visto ou ouvido o denunciou. Sem o consentimento de seus pais, eles – os assassinos – bombardearam o único nódulo que havia se formado em seu cérebro, atacando-o com cobalto radioativo, e isso o mergulhou em um mundo diferente, um mundo de cuja existência jamais suspeitara. Era uma fossa de cadáveres e ossos mortos, e ele batalhou durante anos para sair dali. O burro e, especialmente, o sapo, as criaturas mais importantes para ele, desapareceram, foram extintas; ficaram somente fragmentos rotos, uma cabeça sem olhos aqui, parte de uma perna ali. Por fim, um pássaro que tinha vindo ali para morrer contou a ele onde estava. Ele havia se afundado no mundo tumular. Não conseguiria escapar até que os ossos dispersos em volta dele crescessem de novo em criaturas vivas; ele tinha se juntado ao metabolismo de outras vidas, e até que elas ressurgissem ele não poderia se erguer também.

O quanto aquela parte do ciclo havia durado ele não saberia agora; no geral, nada havia acontecido; portanto, fora impossível mensurar. Mas finalmente os ossos tinham recuperado a carne; as órbitas vazias haviam sido preenchidas e os novos olhos viam, entrementes bicos e bocas restaurados cacarejavam, latiam e miavam. Possivelmente ele havia feito isso; quem sabe o nódulo extrassensorial em seu cérebro tivesse afinal renascido. Ou talvez ele não tivesse conseguido fazer isso; muito provavelmente este poderia ter sido um processo natural. De todo modo, não estava mais afundando; havia começado a ascender, junto com os outros. Há muito tempo os havia perdido de vista. Evidentemente, subia sozinho. Mas eles estavam lá. Ainda o acompanhavam; então os sentia, estranhamente, dentro dele.

Isidore ficou segurando os dois manetes, experimentando a si mesmo enquanto era envolvido por todos os outros seres vivos; e então, relutantemente, desconectou-se deles. Aquilo teria de terminar, como sempre, e de todo modo seu braço doía e sangrava onde a pedra o havia atingido.

Soltando os manetes, examinou o braço e, cambaleante, foi para o banheiro de seu apartamento para lavar o corte. Não era o primeiro ferimento que havia recebido durante a fusão com Mercer e, provavelmente, não seria o último. Pessoas haviam morrido, sobretudo as mais velhas, especialmente mais tarde, no topo da colina, quando o tormento começava a ficar mais sério. *Será que conseguirei atingir aquela parte novamente?*, pensou enquanto limpava a ferida. Chance de ataque cardíaco; seria melhor, refletiu, se eu vivesse na cidade, onde os edifícios têm um médico de plantão com uma daquelas máquinas de eletrofagulhas. Aqui, sozinho neste lugar, é muito arriscado.

Mas ele sabia que tinha de assumir o risco. Sempre assumira antes. Assim como muitas pessoas, mesmo idosos que estavam fisicamente frágeis.

Usando um lenço de papel, secou seu braço machucado.

E ouviu, abafado e distante, o aparelho de TV.

Tem mais alguém no prédio, ele pensou, alucinado, sem querer acreditar. Não é minha TV; ela está desligada, e posso sentir a ressonância do chão. É mais abaixo, em um outro andar!

Não estou mais sozinho aqui, afirmou. Outro morador havia se mudado, ocupado um dos apartamentos abandonados, e perto o suficiente para que o ouvisse. Deve ser no segundo ou no terceiro andar, não mais baixo que isso. Vejamos, pensou rapidamente. O que você faz quando um novo vizinho se muda? Dá uma passada e pede alguma coisa emprestada, é assim que se faz? Não conseguia se lembrar; isso nunca havia lhe acontecido antes, aqui ou em qualquer outro lugar; as pessoas iam embora, emigravam, mas ninguém nunca se mudava para lá. Você leva algo para ele, decidiu. Como um copo de água, ou melhor, leite; sim, leite ou farinha ou talvez um ovo – ou, especificamente, seus substitutos de imitação.

Olhando em sua geladeira – o compressor há muito havia pifado –, achou um duvidoso cubo de margarina. E com ele desceu para o andar abaixo, entusiasmado, o coração batendo rápido. Tenho que ficar calmo, afirmou. Evitar que ele perceba que sou um cabeça de galinha. Se ele descobrir que sou um cabeça de galinha, não vai querer falar comigo; é sempre assim, por algum motivo. E por quê?

Desabalou corredor abaixo.

A caminho do trabalho, Rick Deckard e Deus sabe quantas outras pessoas pararam brevemente para espiar furtivamente a fachada de um dos maiores pet shops de San Francisco, ao longo da travessa dos animais. No centro de uma vitrine que se estendia por todo um quarteirão, um avestruz, numa gaiola aquecida de plástico transparente, devolveu-lhe o olhar. A ave, de acordo com a placa de identificação em sua gaiola, havia acabado de chegar de um zoológico de Cleveland. Era o único avestruz na Costa Oeste. Depois de observá-lo, Rick gastou mais alguns minutos olhando sombriamente para a etiqueta de preço. Então seguiu pela Lombard Street até o Palácio de Justiça, chegando ao trabalho com 15 minutos de atraso.

Enquanto destrancava a porta do escritório, seu chefe, o inspetor Harry Bryant, um homem ruivo de orelhas de abano, vestido com desleixo, mas de olhos espertos e conscientes de quase tudo que importava ali, acenou para ele:

– Me encontre às nove e meia no escritório do Dave Holden. – Enquanto falava, o inspetor Bryant dava uma olhada na prancheta, cheia de folhas de papel datilografadas. Então emendou, à medida que se afastava: – Holden está no hospital Mount Zion com a espinha atravessada por uma rajada de laser. Vai ficar lá por um mês, pelo menos. Até que consigam um daqueles novos segmentos de espinha de plástico orgânico para levantá-lo.

– Que aconteceu? – Rick perguntou, impressionado. O chefe dos caçadores de recompensas do departamento estava ótimo ontem; no fim do dia, como sempre, disparou em seu hovercar até o apartamento em Nob Hill, a região nobre e abarrotada da Cidade.

Por cima de seu ombro, Bryant resmungou algo sobre nove e meia no escritório de Dave e saiu, deixando-o sozinho.

Quando entrou em seu próprio escritório, Rick ouviu a voz da secretária, Ann Marsten, atrás dele.

– Sr. Deckard, soube do que aconteceu com o sr. Holden? Ele foi atingido. – Ela o seguiu até o apertado e abafado escritório, e ligou a unidade de filtragem de ar.

– Sim – respondeu, distraído.

– Deve ter sido um desses novos andys superinteligentes que a Associação Rosen está lançando – a srta. Marsten disse. – Leu as especificações deles no folheto da companhia? A unidade cerebral do Nexus-6 que estão usando agora é capaz de fazer escolhas dentro de um universo de 2 trilhões de componentes, ou 10 milhões de vias neurais separadas. – Abaixou a voz. – O senhor perdeu a vidchamada esta manhã. A srta. Wild me disse; foi transferida pela central vidfônica exatamente às nove.

– Uma chamada interna? – Rick perguntou.

– Uma chamada externa do sr. Bryant para a WPO na Rússia – disse a srta. Marsten. – Perguntando a eles se estavam dispostos a formalizar uma queixa contra o representante da fábrica da Associação Rosen no Oriente.

– Harry ainda quer que a unidade cerebral do Nexus-6 seja retirada do mercado? – Ele não se surpreendeu. Desde que as especificações e gráficos de performance do Nexus-6 foram publicados pela primeira vez, em agosto de 1991, a maioria das agências de polícia que lidavam com andys fugitivos vinha protestando. – A polícia soviética não pode fazer mais do que a gente – disse. Legalmente, os fabricantes da unidade cerebral do Nexus-6 operavam sob lei colonial, sua autofábrica matriz sediada em Marte. – Faríamos melhor em simplesmente aceitar essa nova unidade como algo natural – disse. – Sempre foi assim, com cada unidade cerebral aperfeiçoada que surgiu. Lembro dos uivos de dor quando o pessoal da Sudermann mostrou seu velho T-14 em 1989. Toda agência de polícia do Hemisfério Ocidental alegava que nenhum teste poderia detectar a presença dele, caso algum entrasse ilegalmente aqui. Pra falar a verdade, durante algum tempo eles estavam certos. – Mais de cinquenta dos androides T-14, como se recordava, conseguiram se dirigir à Terra, de um jeito ou de outro, e em alguns casos passaram despercebidos por até um ano inteiro. Mas então o Teste de Empatia Voigt foi inventado pelo Instituto Pavlov na União Soviética. E nenhum androide T-14 – pelo menos nenhum de que se tinha conhecimento até aquele momento – conseguira passar nesse teste em particular.

– Quer saber o que a polícia russa disse? – perguntou a srta. Marsten. – Sei disso também. – Seu rosto sardento e alaranjado ruborizou.

– Vou descobrir isso com Harry Bryant – Rick disse. Estava irritado; fofoca de escritório o enervava, porque sempre se provava melhor que a verdade. Sentando-se à sua mesa, ficou intencionalmente pescando algo na gaveta até que a srta. Marsten, percebendo a deixa, saísse.

Da gaveta ele pegou um envelope pardo antigo e amassado. Reclinando-se em sua cadeira de aspecto imponente, revolveu o conteúdo do envelope até achar o que queria: todos os dados existentes sobre o Nexus-6.

A certo ponto a leitura corroborava a afirmação da srta. Marsten: o Nexus-6 realmente tinha 2 trilhões de componentes, além da faculdade de escolher entre 10 milhões de combinações possíveis em sua atividade cerebral. Em 45 centésimos de segundo, um androide equipado com uma estrutura cerebral dessas poderia assumir qualquer uma das quatorze reações e posturas básicas. Bom, nenhum teste de inteligência pegaria um andy desses. Mas, pensando bem, havia anos que os testes de inteligência não apanhavam um andy, não desde as primeiras toscas variedades dos anos 70.

Os androides do tipo Nexus-6, Rick refletiu, superavam diversas classes de humanos Especiais em inteligência. Em outras palavras, os androides equipados com as unidades cerebrais Nexus-6, de um ponto de vista pragmático, grosseiro e prático, tinham evoluído para além de um vasto – ainda que inferior – segmento da humanidade. Para o bem ou para o mal. Em alguns casos, o servo havia ultrapassado o mestre em habilidade. Mas novas escalas de detecção, como o Teste de Empatia Voigt-Kampff, haviam surgido como critério para fazer esse julgamento. Um androide, não importava o quão agraciado por capacidades intelectuais, não conseguiria compreender a fusão que rotineiramente se dava entre os seguidores do mercerismo – uma experiência em que ele próprio, e virtualmente qualquer um, incluindo os cabeças de galinha subnormais, conseguiam ter sem dificuldade.

Ele tentava entender – bem como a maioria das pessoas vez por outra tentava – por que um androide se debatia inutilmente quando era confrontado por um teste de medição de empatia. Empatia, evidentemente, existia apenas na comunidade humana, ao passo que inteligência em qualquer grau poderia ser encontrada em todo filo ou ordem biológica, incluindo os aracnídeos. Primeiro, a capacidade empática provavelmente requeria um instinto de grupo intacto; um organismo solitário, como uma aranha, não veria utilidade nisso; de fato, a empatia poderia anular a habilidade de sobrevivência para uma aranha. Isso a faria consciente do desejo de viver de sua presa. Consequentemente, todos os predadores, mesmo mamíferos altamente desenvolvidos, como gatos, poderiam morrer de fome.

Empatia, certa vez ele havia concluído, deveria ser limitada aos herbívoros ou talvez onívoros que pudessem abandonar uma dieta à base de carne. Porque, em última análise, o dom da empatia ofuscava as fronteiras entre caçador e vítima, entre vencedor e vencido. Durante a fusão com Mercer, todos ascendiam juntos ou, quando o ciclo chegasse ao seu fim, caíam juntos na vala do mundo tumular. Estranhamente, esse vínculo parecia um tipo de seguro biológico, embora de mão dupla. Contanto que alguma criatura experimentasse a alegria, a condição para todas as outras criaturas incluiria um fragmento dessa alegria. Porém, se qualquer ser vivo sofresse, para todos os demais a sombra desse sentimento não poderia ser inteiramente descartada. Isso faria um animal gregário como o homem adquirir um fator de sobrevivência mais elevado; uma coruja ou uma cobra seriam destruídas.

Evidentemente, o robô humanoide era um predador solitário.

Rick gostava de pensar neles dessa maneira; fazia mais suportável seu trabalho. Ao aposentar – isto é, matar – um andy, ele não violava a regra da vida estabelecida por Mercer. *Matarás somente os assassinos*, Mercer lhes havia dito no ano em que as caixas de empatia chegaram à Terra pela primeira vez. E no mercerismo, enquanto evoluía para uma teologia completa, o conceito de Os Assassinos havia crescido insidiosamente. No mercerismo, o mal absoluto puxava o manto surrado do cambaleante ancião que ascendia, porém nunca esteve claro quem ou o que seria a presença do mal. Um mercerita *sentia* o mal sem compreendê-lo. Por outro lado, um mercerita estava livre para situar a nebulosa presença dos Assassinos onde quer que achasse mais conveniente. Para Rick Deckard, um robô humanoide fugitivo, que havia matado seu mestre, equipado com uma inteligência mais poderosa que a de muitos seres humanos, sem respeito pelos animais, incapaz de sentir uma intensa alegria empática pelo sucesso de outra forma de vida ou pesar por sua frustração – isto, para ele, sintetizava Os Assassinos.

Pensar nos animais lembrou a ele o avestruz que tinha visto na loja de bichos de estimação. Temporariamente, empurrou as especificações sobre a unidade cerebral do Nexus-6, aspirou uma pitada de rapé Mrs. Siddon Nº 3 & 4 e refletiu. Então examinou seu relógio, viu que ainda tinha um tempinho; pegou o vidfone de mesa e disse à srta. Marsten:

– Ligue para o Happy Dog Pet Shop, na Sutter Street.

– Sim, senhor – disse a srta. Marsten, abrindo a agenda.

Eles não podem pedir demais por aquela avestruz, Rick disse a si mesmo. Esperam que você pechinche, como nos velhos tempos.

– Happy Dog Pet Shop – uma voz de homem anunciou, e em um minuto apareceu um alegre rosto na vidtela de Rick. Podiam-se ouvir os sons dos animais.

– Aquele avestruz que você tem na vitrine – disse Rick; ele brincava com um cinzeiro de cerâmica à sua frente, sobre a mesa. – De quanto seria uma entrada por ele?

– Vejamos – disse o vendedor de animais, tateando em busca de uma caneta e de um bloco de papel. – Seria um terço do valor. – Pensou. – Eu poderia perguntar, senhor, se o senhor dará algo em troca?

– Eu... ainda não decidi – disse Rick, cauteloso.

– Supondo que fechássemos a venda do avestruz com parcelamento de 30 meses – o vendedor disse. – A uma taxa de juros bem baixa, de seis por cento ao mês. Isso faria com que cada parcela, depois de uma entrada razoável...

– Você teria de baixar o preço que está pedindo – disse Rick. – Tire uns 2 mil ou nem vou tentar incluir uma troca; vou pagar em dinheiro. – Dave Holden, ele ponderava, está fora de combate. Esse poderia ser um bom negócio... dependendo de quantos trabalhos conseguisse pegar no próximo mês.

– Senhor – disse o vendedor de animais –, o preço que estamos pedindo já está mil dólares abaixo do catálogo. Dê uma olhada em seu Sidney's; eu espero. Gostaria que o senhor mesmo conferisse, nosso preço é justo.

Cristo, pensou Rick. Os caras não vão ceder. Mesmo assim, só para garantir, ele tirou seu Sidney's dobrado do bolso de seu casaco, folheou até achar avestruz, macho-fêmea, velho-jovem, doente-sadio, novo-usado, e inspecionou os preços.

– Novo, macho, jovem, sadio: 30 mil dólares – informou o vendedor. Ele também tinha pego o seu Sidney's. – Pedimos exatamente mil dólares abaixo do catálogo. Assim, sua entrada seria...

– Vou pensar a respeito – disse Rick –, e te ligo de volta. – Ia desligar.

– Seu nome, senhor? – o vendedor perguntou, alerta.

– Frank Merriwell – disse Rick.

– E seu endereço, sr. Merriwell? Caso eu não esteja aqui quando o senhor ligar.

Ele inventou um endereço e colocou o vidfone de volta em sua base. Todo esse dinheiro, pensou. E ainda assim, tem gente que compra; tem gente que tem esse dinheiro. Pegando o aparelho de novo, disse asperamente:

— Me dê uma linha externa, srta. Marsten. E não fique ouvindo a conversa; é confidencial. — Olhou-a com ar repreendedor.

— Sim, senhor — disse a srta. Marsten. — O senhor já pode discar. — Ela então desligou sua própria linha do circuito, deixando-o encarar o mundo externo.

Discou — de memória — o número da loja de animais falsos onde havia comprado sua ovelha de imitação. Na pequena vidtela surgiu um homem vestido como um veterinário.

— Dr. McRae — declarou o homem.

— Aqui é Deckard. Quanto custa um avestruz elétrico?

— Hum, diria que podemos lhe arranjar um por menos de oitocentos dólares. Para quando queria a entrega? Poderíamos criar um pra você; não há muita procura por ele...

— Falo com você depois — Rick interrompeu, vendo no relógio que tinham dado nove e meia. — Tchau. — Desligou apressado, levantou-se e pouco depois já estava diante da porta do escritório do inspetor Bryant. Tinha passado pela recepcionista de Bryant — atraente, com tranças de cabelo grisalho até a cintura — e então pela secretária do inspetor, um monstro antigo de algum pântano jurássico, gelada e ardilosa como alguma aparição arcaica presa ao mundo tumular. Nenhuma das mulheres falou com ele, nem ele com elas. Abrindo a porta interna, ele acenou com a cabeça para seu superior, que estava ocupado ao telefone; sentando-se, ele pegou o folheto com as especificações sobre o Nexus-6 que trouxera consigo e mais uma vez as leu, enquanto o inspetor Bryant falava.

Sentia-se deprimido. E ainda assim, logicamente, por conta da súbita saída de cena de Dave no trabalho, deveria sentir-se, pelo menos, cautelosamente agradecido.

Talvez eu esteja preocupado, conjecturou Rick Deckard, de que o que aconteceu com Dave possa acontecer comigo. Um andy esperto o suficiente para atingi-lo com um laser provavelmente me atingiria também. Mas não parece ser isso.

– Vejo que você trouxe o relatório de especificações técnicas daquela nova unidade cerebral – disse o inspetor Bryant, desligando o vidfone.

– Sim, um passarinho me contou – disse Rick. – Quantos andys estão envolvidos e até onde Dave conseguiu chegar?

– Oito, só pra começar – disse Bryant, consultando sua prancheta. – Dave pegou os dois primeiros.

– E os seis que restaram estão aqui no norte da Califórnia?

– Até onde eu sei. Dave acha que sim. Era com ele que eu estava falando. Tenho as anotações; estavam na mesa dele. Diz que tudo o que sabe está aqui. – Bryant bateu a mão sobre a pilha de papéis. Até então não parecia decidido a passar as anotações para Rick; por alguma razão, continuava ele mesmo folheando as notas, franzindo a testa e passando a língua ao redor da boca.

– Não tenho nada em minha agenda – ofereceu Rick. – Estou pronto pra assumir o lugar de Dave.

– Dave usava a Escala Alterada Voigt-Kampff quando aplicava o teste em indivíduos dos quais ele suspeitava – disse Bryant, pensativo. – Você percebe (você deveria, de qualquer modo) que esse teste não é específico para as novas unidades cerebrais. *Nenhum* teste é; a escala Voigt, alterada três anos atrás por Kampff, é tudo o que temos. – Fez uma pausa, ponderou. – Dave a considerava precisa. Talvez seja. Mas eu sugeriria isto, antes de você assumir a captura desses outros seis. – De novo, bateu na pilha de anotações. – Voe para Seattle e converse com o pessoal da Rosen. Peça para que forneçam a você uma amostra representativa dos modelos que utilizam a nova unidade Nexus-6.

– E submeto-os ao teste Voigt-Kampff? – perguntou Rick.

– Isso parece tão fácil – disse Bryant, meio para si mesmo.

– Desculpe?

– Acho que vou falar com a organização Rosen eu mesmo, enquanto você segue pra lá – disse Bryant. Então fitou Rick em silêncio. Finalmente grunhiu, roeu uma unha e enfim decidiu o que queria mesmo dizer. – Vou discutir com eles a possibilidade de incluir alguns humanos, bem como seus novos androides. Mas você não saberá. Esta será minha decisão, conjunta com os fabricantes. Ela deverá estar tomada no momento em que você chegar lá. – Abruptamente, ele apontou um dedo para Rick, o rosto severo. – Esta é a primeira vez que você vai atuar como caçador de recompensas sênior. Dave sabe muito; tem anos de experiência.

– E eu também – disse Rick, tenso.

– Você lidava com os casos que lhe eram transferidos da agenda do Dave; ele sempre decidiu exatamente quais entregar pra você e quais não. Mas agora você recebe seis que ele mesmo queria aposentar: e um deles o pegou primeiro. Este aqui. – Bryant virou as notas para que Rick pudesse ver. – Max Polokov – disse. – Bom, é assim como chama a si mesmo, de qualquer maneira. Assumindo-se que Dave estava certo. *Tudo* está baseado nessa afirmação, a lista toda. E até agora a Escala Alterada Voigt-Kampff só foi aplicada nos três primeiros, os dois que Dave aposentou e Polokov. Foi enquanto Dave estava aplicando o teste que Polokov atingiu-o com o laser.

– O que prova que Dave estava certo – disse Rick. – De outro modo, ele nunca teria sido atingido; Polokov não teria motivo.

— Comece por Seattle — orientou Bryant. — Não diga nada pra eles antes; eu cuido disso. Escute... — Bryant levantou-se, confrontando Rick sobriamente. — Quando você operar a escala Voigt-Kampff lá em cima, se um dos humanos não conseguir passar no teste...

— Isso não vai acontecer — afirmou Rick.

— Uma vez, semanas atrás, conversei com Dave exatamente sobre isso. Ele seguia essa mesma linha de raciocínio. Fiz um memorando da polícia soviética, da própria WPO, circular pela Terra e também pelas colônias. Um grupo de psiquiatras em Leningrado abordou a WPO com a seguinte proposição. Querem que a mais recente e mais precisa análise de perfil de personalidade usada para determinar a presença de um androide (em outras palavras, a escala Voigt-Kampff) seja aplicada em um grupo cuidadosamente selecionado de pacientes humanos esquizoides e esquizofrênicos. Aqueles que revelam, especificamente, o que se chama de "embotamento afetivo". Você deve ter ouvido falar disso.

— É exatamente o que a escala mede — disse Rick.

— Então você entende o que os preocupava.

— Esse problema sempre existiu. Desde a primeira vez que encontramos androides se passando por humanos. O consenso da opinião policial é conhecido por você do artigo de Lurie Kampff, escrito oito anos atrás. *Bloqueio de Desempenhar um Papel em Esquizofrênicos Não Deteriorados*. Kampff comparou a diminuta capacidade de empatia encontrada em doentes mentais humanos e uma similaridade superficial mas basicamente...

— Os psiquiatras de Leningrado — Bryant interrompeu bruscamente — pensam que uma restrita categoria de seres humanos não conseguiria passar na escala Voigt-Kampff. Se você os testasse nos parâmetros do trabalho da polícia, iria avaliá-los como robôs humanoides. Você estaria errado, mas a essa altura eles estariam mortos. — Silenciou, esperando a resposta de Rick.

— Mas esses indivíduos — Rick começou — estariam em...

— Em clínicas psiquiátricas — assentiu Bryant. — Não poderiam atuar concebivelmente no mundo exterior; certamente não passariam sem

ser detectados como psicóticos em estado avançado... a não ser, claro, que seu colapso tivesse acontecido muito recentemente, e de repente, e ninguém estivesse por perto pra notar. *Mas isto poderia acontecer.*
   – Uma chance em um milhão – disse Rick. Mas ele enxergou o ponto.
   – O que preocupava Dave – continuou Bryant –, é a aparência desse novo modelo avançado Nexus-6. A organização Rosen nos garantiu, como você sabe, que se poderia distinguir um Nexus-6 utilizando testes de perfil padrão. Nós tínhamos a palavra deles. Agora fomos forçados, como pensamos que aconteceria, a identificá-los nós mesmos. É o que você vai fazer em Seattle. Você entende, não é?, que isso poderia dar errado de qualquer maneira. Se não descobrir todos os robôs humanoides, então não vamos ter uma ferramenta de análise confiável e nunca vamos descobrir aqueles que já escaparam. Se você usar sua escala em um humano e ela o identificar como um androide... – Bryant sorriu para Rick com frieza. – Seria perigoso, mesmo que ninguém, absolutamente ninguém ligado à Rosen, torne isso público. Na verdade, estamos prontos para centrar nossos esforços nessa questão indefinidamente, ainda que, lógico, tenhamos que informar a WPO e eles, por sua vez, tenham de notificar Leningrado. Por fim, isso acabaria nos homeojornais. Mas até então talvez tenhamos desenvolvido uma escala melhor. – Pegou o telefone. – Quer começar? Pegue um carro do departamento e o abasteça você mesmo em uma de nossas bombas.
   – Posso levar as anotações de Dave Holden? Pensei em lê-las no caminho – disse Rick, levantando-se.
   – Vamos esperar até que você tenha aplicado sua escala em Seattle – respondeu Bryant. Seu tom era curiosamente implacável, e Rick Deckard notou-o.

Quando aterrissou o hovercar do departamento de polícia no terraço do prédio da Associação Rosen em Seattle, encontrou uma jovem mulher à sua espera. Esbelta, cabelos escuros, usando os novos e enormes óculos com filtragem de Poeira, ela se aproximou do carro, as mãos enfiadas nos bolsos do seu longo casaco de listas brilhantes. Em seu rosto de traços delicadamente definidos, ela tinha uma expressão de sombrio desagrado.

– Qual o problema? – Rick perguntou enquanto saía do carro estacionado.

– Ah, não sei – disse a garota, obliquamente. – Alguma coisa no jeito como falam pelo telefone. Não importa. – De modo abrupto, ela estendeu a mão; ele a apertou, instintivamente. – Sou Rachael Rosen. Imagino que seja o sr. Deckard.

– Isso não foi ideia minha – ele disse.

– Sim, o inspetor Bryant nos falou a respeito. Mas você é oficialmente o Departamento de Polícia de San Francisco, que não acredita que nosso trabalho é de utilidade pública. – Ela o observou por trás dos longos cílios pretos, provavelmente artificiais.

– Um robô humanoide é como qualquer outra máquina – disse Rick. – Pode passar rapidamente de um benefício a uma ameaça. Quando é um benefício, não é problema nosso.

– Mas quando é uma ameaça – disse Rachael Rosen –, aí o senhor entra em cena. Verdade, sr. Deckard, que o senhor é um caçador de recompensas?

Ele encolheu os ombros, e, relutante, assentiu com a cabeça.

– Não tem nenhuma dificuldade em ver um androide como algo inerte – a garota continuou. – Assim pode "aposentá-lo", como dizem.

– Vocês selecionaram um grupo para mim? – perguntou. – Queria... – e se interrompeu. Porque, de repente, ele viu os animais deles.

Uma corporação poderosa, pensou, certamente teria todos os meios para comprá-los. Nos recônditos de sua mente, claro, tinha previsto que veria tal coleção; não era surpresa o que sentia, mas sim uma espécie de anseio. Ele se afastou calmamente da garota na direção do cercado mais próximo. Já podia sentir o cheiro deles, os diversos odores das criaturas de pé ou sentadas, ou adormecidas, como parecia ser o caso de um guaxinim.

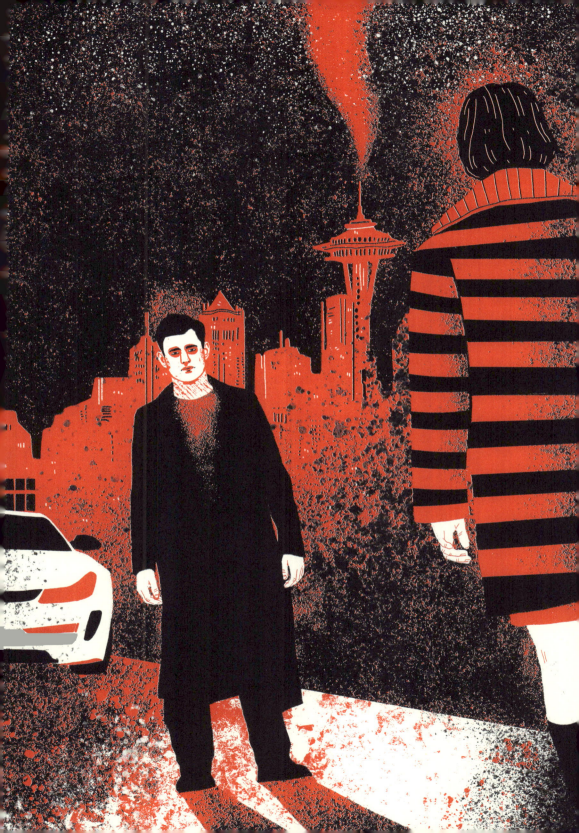

Nunca em sua vida havia visto um guaxinim de verdade. Conhecia o animal só de filmes 3D vistos na televisão. Por alguma razão a Poeira havia afetado aquelas espécies quase tão duramente quanto os pássaros – destes, quase nenhum sobrevivia, agora. Quase sem pensar, Rick pegou seu surrado Sidney's e procurou por guaxinim em todas as subclassificações. A lista de preços, naturalmente, aparecia em itálico; como os cavalos Percheron, não havia nenhum à venda, por preço algum. O catálogo da Sidney's apenas listava o preço da última transação envolvendo um guaxinim. Era astronômico.

– Seu nome é Bill – disse a garota, por trás dele. – Bill, o guaxinim. Nós o compramos no ano passado, de uma empresa subsidiária. – Ela apontou para além do animal e ele percebeu os guardas armados da companhia, de pé com suas metralhadoras, uma pequena e leve Skoda; os olhos dos guardas estavam fixos nele desde que seu carro havia pousado. E meu carro é claramente identificável como uma viatura de polícia, pensou.

– A maior fabricante de androides – ele disse, pensativo – investe seu excedente de capital em animais vivos.

– Olhe a coruja – disse Rachael Rosen. – Aqui, vou acordá-la para você. – Ela se voltou na direção de uma pequena e distante gaiola, de cujo centro projetavam-se os galhos de uma árvore sem vida.

Não existem corujas, ele começou a falar. Ou assim nos disseram. Sidney's, pensou; no catálogo ela está listada como extinta; o minúsculo e preciso caractere, o E, onipresente por todo o volume. Enquanto a garota caminhava à sua frente, ele deu uma checada, e estava certo. A Sidney's nunca erra, disse a si mesmo. Sabemos disso, também. Em quem mais poderíamos confiar?

– É artificial – disse, com súbita compreensão; seu desapontamento brotou agudo e intenso.

– Não. – Rachael sorriu e ele viu que ela tinha dentes pequenos e regulares, tão brancos quanto seus olhos e cabelos eram escuros.

– Mas a Sidney's classifica – alegou ele, tentando mostrar a ela o catálogo. Para provar sua afirmação.

— Não compramos da Sidney's ou de qualquer outro revendedor de animais — ela disse. — Todas as nossas aquisições provêm de entidades privadas, e os preços que pagamos nunca são divulgados. Além do mais, temos nossos próprios naturalistas; agora eles estão trabalhando no Canadá. Ainda há ali uma boa extensão de florestas remanescentes, em comparação com as nossas, por assim dizer. O suficiente para animais pequenos e, de vez em quando, um pássaro.

Por um longo tempo ele permaneceu fitando a coruja, que dormitava no poleiro. Mil pensamentos vieram à sua mente, pensamentos sobre a guerra, sobre os dias em que as corujas caíram do céu; lembrou-se de como, em sua infância, descobria-se que uma espécie após a outra era declarada extinta, e como isso era publicado todo dia nos jornais — raposas uma manhã, texugos na outra, até que as pessoas parassem de ler sobre os incessantes necrológios de animais.

Ele também pensou sobre a sua necessidade em ter um animal de verdade; dentro dele uma efetiva repugnância se manifestou outra vez em relação à sua ovelha elétrica, a qual precisava manter, precisava cuidar, como se estivesse viva. A tirania de um objeto, pensou, que nem sabe que eu existo. Tal como os androides, não tem a menor capacidade de apreciar a existência do outro. Nunca tinha pensado nisso antes, a semelhança entre um animal elétrico e um andy. O animal elétrico, ponderou, poderia ser considerado uma subforma do outro, um tipo de robô enormemente inferior. Ou, ao contrário, o android poderia ser qualificado como uma versão altamente desenvolvida e evoluída do animal de imitação. Ambos os pontos de vista o enojavam.

— Se você vendesse sua coruja — disse para a garota Rachael Rosen —, quanto pediria por ela, e de quanto seria a entrada?

— Nunca venderíamos nossa coruja. — Ela o mirou de cima a baixo com um misto de prazer e pena; ou assim ele interpretou a expressão dela. — E mesmo que quiséssemos vendê-la, provavelmente você não poderia pagar. Que tipo de animal você tem na sua casa?

— Uma ovelha — disse. — Uma fêmea Suffolk, de cara preta.

— Bem, então você deveria estar satisfeito.

— Eu estou satisfeito – respondeu. – É que sempre quis uma coruja, mesmo antes de todas elas caírem mortas. – Corrigiu-se. – Todas menos a sua.

— Nossa atual prioridade e nosso planejamento global exigem que consigamos outra coruja que possa cruzar com a Scrappy – disse Rachael, e apontou a coruja dormitando no poleiro; esta tinha aberto brevemente os olhos, duas fendas amarelas que se fecharam assim que a ave se reacomodou para prosseguir com seu repouso. O peito da coruja se elevou visivelmente e desceu, como se ela, em seu estado hipnagógico, suspirasse.

Desviando o olhar dessa cena – que fez com que sua amargura absoluta se misturasse com admiração e ambição –, ele disse:

— Gostaria de proceder ao teste em sua seleção agora. Podemos descer?

— Meu tio atendeu a chamada do seu chefe, e agora ele provavelmente já...

— Vocês são uma família? – Rick interrompeu. – Uma corporação deste tamanho é um negócio *familiar*?

Retomando seu raciocínio, Rachael continuou:

— Tio Eldon já deve ter separado um grupo de androides e um grupo de controle. Então vamos. – Ela caminhou a passos largos rumo ao elevador, as mãos novamente enfiadas nos bolsos do casaco; não olhou para trás, e ele hesitou por um momento, sentindo-se irritado, até que finalmente a seguiu.

— O que você tem contra mim? – ele perguntou, enquanto desciam.

— Bem – ela refletiu, como se até então não tivesse se dado conta. – Você, um reles funcionário do departamento de polícia, está em uma posição única. Entende o que eu quero dizer? – E lançou sobre ele um olhar enviesado cheio de malícia.

— Quanto de sua atual produção – Rick perguntou – consiste de modelos equipados com o Nexus-6?

— Toda – Rachael disse.

– Tenho certeza de que a escala Voigt-Kampff vai funcionar com eles.

– E se não funcionar vamos ter de retirar todos os modelos Nexus-6 do mercado. – Seus olhos escuros flamejaram; ela olhou ameaçadora para ele enquanto o elevador parava e as portas se abriam. – Isso porque o seu departamento de polícia não consegue fazer um trabalho satisfatório numa questão tão simples como detectar um minúsculo grupo de Nexus-6 que falhou...

Um homem idoso, magro e elegante se aproximou deles, a mão estendida; seu rosto acusava uma expressão angustiada, como se tudo tivesse começado a acontecer rápido demais nos últimos tempos.

– Sou Eldon Rosen – explicou a Rick enquanto se cumprimentavam. – Ouça, Deckard, você entende que não fabricamos nada aqui na Terra, certo? Não podemos simplesmente ligar para a fábrica e pedir um lote diversificado de produtos; não é que não queiramos ou não pretendamos cooperar com vocês. De todo modo, fiz o melhor que pude. – Sua mão esquerda, trêmula, percorreu seus cabelos ralos.

– Estou pronto pra começar – disse Rick, apontando para sua pasta do departamento. O nervosismo do velho Rosen aumentava a confiança de Deckard. Eles têm medo de mim, percebeu com um sobressalto, inclusive Rachael Rosen. *Posso*, provavelmente, forçá-los a abandonar a fabricação de seus modelos Nexus-6; o que farei na próxima hora vai afetar sua estrutura operacional; poderia, possivelmente, determinar o futuro da Associação Rosen, aqui nos Estados Unidos, na Rússia e em Marte.

Os dois membros da família Rosen o estudaram apreensivamente, e Rick sentiu quão ocos eram seus modos; indo até lá, ele levara o vácuo até eles, escoltara o vazio e a quietude da morte econômica. Eles controlam um poder exorbitante, pensou. Esta empresa é considerada um dos pivôs industriais do sistema; na verdade, a fabricação de androides havia se ligado tanto aos esforços de colonização que se um deles se arruinasse, o outro logo entraria em colapso. A Associação Rosen, é claro, entendia isso perfeitamente. E era óbvio que Eldon Rosen estava consciente disso desde a ligação de Harry Bryant.

– Eu não me preocuparia, se fosse vocês – disse Rick enquanto os dois Rosen o deixavam em um corredor largo e superiluminado. Sentia-se intimamente satisfeito. Este momento, mais que qualquer outro de que pudesse se lembrar, o comprazia. Bem, eles logo saberiam o que seu aparelho de teste poderia fazer... e o que não poderia. – Se vocês não confiam na escala Voigt-Kampff – observou –, sua organização deve ter pesquisado um teste alternativo. Pode-se argumentar que a responsabilidade recai parcialmente sobre vocês. Ah, obrigado. – Os Rosen o conduziram do corredor até um cubículo elegante, decorado com carpete, luminárias, sofá e uma moderna mesinha de canto na qual se encontravam revistas recentes... incluindo, ele notou, o suplemento de fevereiro do catálogo da Sidney's, que ele nunca tinha visto. Na verdade, o suplemento de fevereiro não sairia antes de três dias. Obviamente, a Associação Rosen tinha uma relação especial com a Sidney's.

– Isto é uma violação de um acordo público – irritado, ele pegou o suplemento. – Ninguém deveria conseguir informação privilegiada sobre as mudanças de preço. – Na verdade, isso poderia violar uma lei federal; tentava se lembrar da lei pertinente, mas não conseguia. – Vou levar isto comigo – disse, abrindo sua pasta e guardando o suplemento.

Após um intervalo silencioso, Eldon Rosen falou, exausto:

– Veja, oficial, não tem sido nossa política requerer informações antecipadas...

– Não sou uma autoridade oficial – disse Rick. – Sou um caçador de recompensas. – De sua pasta aberta ele tirou o aparelho Voigt-Kampff, sentou-se a uma mesa de centro de jacarandá, que estava próxima, e passou a conectar os instrumentos poligráficos bastante simples. – Pode mandar o primeiro candidato a ser testado – informou a Eldon Rosen, que agora parecia mais abatido do que nunca.

– Gostaria de assistir – disse Rachael, também se sentando. – Nunca vi um teste de empatia sendo aplicado. O que essas coisas medem?

– Este aqui – disse Rick, levantando um disco adesivo plano com os fios soltos – mede a dilatação capilar na área facial. Sabemos que esta é uma resposta automática primária, a assim chamada reação de "vergonha" ou "rubor" a um estímulo moralmente chocante. Não pode ser controlada voluntariamente, assim como a condutividade da pele, da respiração e da frequência cardíaca. – Ele mostrou a ela o outro instrumento, um emissor de feixe de luz em forma de lápis. – Isto grava as flutuações de tensão no interior dos músculos oculares. Simultaneamente ao fenômeno do rubor, em geral pode ser detectado um pequeno mas perceptível movimento de...

– E isso não pode ser encontrado em androides – disse Rachael.

– Eles não reagem a questões-estímulo; não. Ainda assim, eles existem em termos biológicos. Potencialmente.

– Faça o teste em mim – disse Rachael.

– Por quê? – perguntou Rick, confuso.

– Nós a selecionamos como sua primeira candidata – interveio Eldon Rosen, com voz rouca. – Ela pode ser um androide. Esperamos que você consiga dizer. – Sentou-se com uma sequência de movimentos desajeitados, puxou um cigarro, acendeu-o e, fixamente, observou.

O pequeno feixe de luz branca brilhou continuamente dentro do olho esquerdo de Rachael Rosen, e contra sua bochecha foi colado o disco adesivo com fios. Ela parecia calma.

Sentado em um lugar de onde poderia seguir as leituras dos dois medidores do aparelho de teste Voigt-Kampff, Rick Deckard disse:

— Vou delinear uma série de situações sociais. Você vai expressar sua reação a cada uma delas o mais rapidamente possível. Você será cronometrada, claro.

— E claro — Rachael disse, distante —, minhas respostas verbais não contam. Você só vai usar como índices meus músculos oculares e a reação de meus vasos capilares. Mas vou responder; quero passar por isso e... — interrompeu-se. — Vá em frente, sr. Deckard.

Rick, selecionando a questão três, perguntou:

— Você ganhou uma carteira de couro de bezerro no seu aniversário.
— Imediatamente, ambos os medidores registraram a passagem do verde para o vermelho; os ponteiros oscilaram violentamente e então baixaram.

— Não aceitaria — disse Rachael. — E também denunciaria à polícia a pessoa que me deu o presente.

Após fazer uma rápida anotação, Rick continuou, propondo a oitava questão da escala de perfil Voigt-Kampff:

— Você tem um filho pequeno e ele mostra a você sua coleção de borboletas, incluindo o frasco mortífero usado por entomologistas.

— Eu o levaria ao médico. — A voz de Rachael soou baixa, mas firme.

De novo os medidores duplos se moveram, mas não muito. Ele anotou isso também.

— Você está sentada assistindo TV — prosseguiu — e, de repente, percebe uma vespa rastejando em seu pulso.

— Eu a mataria — disse Rachael. Os indicadores, desta vez, não registraram quase nada, apenas um tremor fraco e momentâneo. Rick anotou e procurou cuidadosamente a próxima questão.

— Ao ler uma revista você depara com a foto de página inteira de uma garota nua. — Fez uma pausa.

— Esse teste vai determinar se eu sou uma androide ou se eu sou lésbica? — perguntou Rachael, mordaz. Os ponteiros nem se moveram.

— Seu marido gostou da foto — ele continuou. Os medidores não esboçavam nenhum tipo de reação. E acrescentou: — A garota está deitada de bruços sobre um lindo e enorme tapete de pele de urso. — Os medidores continuaram inertes, e ele disse a si mesmo: uma reação de androide. Nem notou o elemento principal, a pele do animal morto. A mente dela... daquilo... estava mais concentrada em outros pontos. — Seu marido pendura a foto na parede do escritório — ele terminou e, desta vez, os ponteiros se moveram.

— Eu certamente não deixaria — disse Rachael.

— O.k. — ele assentiu com a cabeça. — Agora pense nisso. Você está lendo um romance escrito nos velhos tempos antes da guerra. Os personagens estão visitando o Fisherman's Wharf, em San Francisco. Ficam com fome e entram em um restaurante de frutos do mar. Um deles pede lagosta, e o *chef* joga a lagosta dentro de um caldeirão com água fervente, enquanto os personagens observam.

— Deus! — disse Rachael. — Que horror! Sério que eles realmente faziam coisas assim? É depravado! Você disse uma lagosta *viva*? — Os medidores, no entanto, não responderam. Formalmente, uma resposta correta. Mas simulada.

— Você aluga uma cabana na montanha — disse ele —, numa área ainda verdejante. É uma casinha rústica de madeira de pinho, com uma enorme lareira.

— Sim – disse Rachael, meneando a cabeça com impaciência.

— Nas paredes alguém pendurou mapas antigos, gravuras da Currier & Ives e, acima da lareira, há uma cabeça de veado, uma cabeça com os chifres bem desenvolvidos. As pessoas que te acompanham admiram a decoração da cabana e vocês todos decidem...

— Não com a cabeça de veado. – disse Rachael. Os medidores, no entanto, somente mostraram uma amplitude dentro da faixa verde.

— Você fica grávida – prosseguiu Rick – de um homem que prometeu se casar com você. O homem a deixa por outra mulher, sua melhor amiga; você faz um aborto e...

— Eu nunca faria um aborto – disse Rachael. – E de qualquer modo, você não pode. É prisão perpétua, e a polícia está sempre de olho. – Desta vez, ambos os ponteiros oscilaram violentamente dentro da faixa vermelha.

— Como você sabe disso? – Rick perguntou, curioso. – Sobre a dificuldade de se praticar um aborto?

— Todo mundo sabe disso – Rachael respondeu.

— Soou como se você falasse de uma experiência pessoal. – Ele observou os ponteiros atentamente; eles ondularam por uma larga faixa nos mostradores. – Mais uma. Você está saindo com um homem e ele a convida para visitar seu apartamento. Enquanto você está lá, ele oferece uma bebida. De pé, com o copo na mão, você vê o interior do quarto; tem uma decoração atrativa, com cartazes de touradas, e você entra para olhar mais de perto. Ele te acompanha, fechando a porta. Colocando o braço em torno de sua cintura, ele diz...

— O que é um cartaz de tourada? – Rachael interrompeu.

— Desenhos, em geral coloridos e muito grandes, mostrando um *matador* com sua capa, e um touro tentando chifrá-lo. – Ele ficou intrigado. – Quantos anos você tem? – perguntou; esse poderia ser um fator a se considerar.

— Tenho dezoito – Rachael disse. – O.k., então esse homem fecha a porta e coloca o braço em torno da minha cintura. O que ele diz?

— Você sabe como as touradas terminavam? – Rick pergunta.

– Suponho que alguém se machucava.

– O touro, no fim, sempre acabava morto. – Ele esperou, observando os dois ponteiros. Eles palpitaram levemente, e nada mais. Não era uma leitura relevante. – Uma última pergunta – disse. – Em duas partes. Você está assistindo a um velho filme na TV, um filme de antes da guerra. Está acontecendo um banquete; os convidados saboreiam ostras cruas.

– Eca – Rachael disse; os ponteiros oscilaram levemente.

– A entrada – continuou – consistia em cão cozido, recheado com arroz. – Os ponteiros se moveram menos desta vez, menos do que haviam se movido por conta das ostras cruas. – Para você, ostras cruas são mais aceitáveis do que um prato de cachorro cozido? É evidente que não. – Ele baixou o emissor em forma de lápis, desligou o feixe luminoso, removeu o adesivo da bochecha de Rachael. – Você é uma androide – disse. – Esta é a conclusão do teste – informou-a. Ou melhor, informou à coisa, e a Eldon Rosen, que o olhava se retorcendo de preocupação; o rosto do homem idoso estava contorcido, transfigurado por uma apreensão raivosa. – Estou certo, não? – Rick disse. Não houve resposta de nenhum dos Rosen. – Olhe – ele falou, com sensatez –, não temos nenhum conflito de interesses; é importante para mim que o Voigt-Kampff funcione, quase tão importante quanto é para você.

– Ela não é uma androide – disse o velho Rosen.

– Não acredito – contestou Rick.

– Por que ele mentiria? – Rachael se dirigiu a Rick, ferozmente. – Mentiríamos se fosse o caso contrário.

– Quero que seja feita uma análise de sua medula óssea – disse Rick a ela. – Isso pode determinar organicamente se você é uma androide ou não; é doloroso e demorado, admitamos, mas...

– Legalmente – disse Rachael – não posso ser forçada a me submeter a um teste de medula óssea. Isso foi estabelecido nos tribunais; é autoincriminação. E de todo modo, em uma pessoa viva (não no cadáver de um androide aposentado), isso demora muito. Você pode aplicar esse seu maldito teste de perfil Voigt-Kampff por conta dos Especiais; eles têm de ser constantemente testados, e enquanto o governo estava fazendo isso, vocês das agências de polícia aplicavam o Voigt-Kampff de forma negligente. Mas o que você disse é verdade, este é o fim do teste. – Ela se levantou, afastou-se dele e ficou de pé, parada com as mãos nos quadris, de costas para ele.

– A questão não é a legalidade da análise de medula óssea – disse Eldon Rosen, rouco. – A questão é que seu teste de definição de empatia falhou em relação à minha sobrinha. Posso explicar porque o resultado do teste de Rachael equivale ao de um androide. Rachael cresceu a bordo da Salander 3. Nasceu nela; gastou quatorze dos seus dezoito anos absorvendo tudo o que a biblioteca e que os outros nove tripulantes, todos adultos, podiam lhe oferecer sobre a Terra. Então, como você sabe, a nave mudou de curso a um sexto do caminho para Proxima. De outro modo, Rachael nunca teria visto a Terra... ou pelo menos não até chegar à velhice.

– Você teria me aposentado – disse Rachael por sobre o ombro. – Em uma batida da polícia, eu seria assassinada. Eu sabia disso desde que cheguei, quatro anos atrás; esta não é a primeira vez que o teste Voigt-Kampff é aplicado em mim. Na verdade, quase nunca saio deste prédio; o risco é muito alto, por conta daquelas blitze que vocês da polícia fazem, aqueles bloqueios voadores usados para pegar Especiais sem registro.

– E androides – Eldon Rosen acrescentou. – Embora, naturalmente, o público não seja informado disso; eles não deveriam saber que existem androides na Terra, entre nós.

– Não acho que estejam – disse Rick. – Acho que as diversas agências policiais aqui e na União Soviética pegaram todos. A população é suficientemente pequena agora; todo mundo, mais cedo ou mais tarde, vai topar com um posto de fiscalização móvel. – De todo modo, essa era a ideia.

– Quais eram as suas instruções – Eldon Rosen perguntou –, no caso de você classificar um ser humano como androide?

— Isso é um assunto do departamento. — Começou a recolocar o equipamento de teste em sua pasta; os dois Rosen o observavam em silêncio. — Obviamente — ele acrescentou —, fui orientado a cancelar os testes subsequentes, e é o que estou fazendo agora. Se falhou uma vez, não há razão para continuar. — Fechou rapidamente a pasta, que produziu um estalido.

— Poderíamos ter fraudado os resultados — disse Rachael. — Nada nos forçou a admitir que o teste falhou comigo. O mesmo ocorreria com os outros nove sujeitos que selecionamos. — Ela gesticulava vigorosamente. — Tudo o que tínhamos a fazer era simplesmente apoiar os resultados dos seus testes, não importando quais fossem.

— Eu teria insistido em ver a seleção antes de começar — rebateu Rick. — Um envelope selado com os detalhes de cada um. Aí eu compararia os resultados dos meus próprios testes, buscando congruências. Deveria haver congruência. — E posso ver agora, ele pensou, que não teria conseguido. Bryant estava certo. Graças a Deus eu não ter saído por aí caçando recompensas com base neste teste.

— Sim, suponho que você faria isso — disse Eldon Rosen. Olhou para Rachael, que assentia. — Discutimos essa possibilidade — acrescentou Eldon, então, com relutância.

— Esse problema, sr. Rosen — disse Rick —, origina-se inteiramente do avanço de seu método de operação. Ninguém forçaria a sua organização a desenvolver a produção de robôs humanoides até um ponto em que...

— Produzimos o que os colonos queriam — disse Eldon Rosen. — Seguimos o consagrado princípio que subjaz todo empreendimento comercial. Se nossa empresa não tivesse criado esses modelos cada vez mais humanos, outras empresas do ramo o fariam. Sabíamos do risco que estávamos correndo quando desenvolvemos a unidade cerebral do Nexus-6. *Mas o seu teste Voigt-Kampff falhou antes mesmo que lançássemos esse modelo de androide.* Se você tivesse falhado ao classificar um androide Nexus-6 como um androide, se você o tivesse identificado como um ser humano... mas não foi isso o que aconteceu. — Sua voz tornou-se ainda mais dura e incisivamente penetrante. — O seu departamento de polícia, bem como os outros, pode ter aposentado (muito provavelmente aposentou) seres humanos autênticos com capacidade de empatia pouco desenvolvida, como minha inocente sobrinha aqui. Sua postura, sr. Deckard, é extremamente perversa, moralmente falando. A nossa não.

– Em outras palavras – Rick disse, com perspicácia –, não terei a chance de examinar um único Nexus-6. De antemão, vocês mandaram essa garota esquizoide pra mim. – E meu teste, ele se deu conta, está acabado. Não deveria ter entrado nessa, disse a si mesmo. De todo modo, agora é tarde.

– Agora temos o senhor em nossas mãos, sr. Deckard – Rachael Rosen concordou com uma voz calma e comedida; virou-se para ele, então, e sorriu.

Ele não conseguia entender, mesmo agora, de que modo a Associação Rosen tinha armado essa cilada para ele, e tão facilmente. Especialistas, concluiu. Uma corporação gigantesca como essa... muita experiência acumulada. Ela possui, na verdade, uma espécie de mente coletiva. E Eldon e Rachael Rosen eram porta-vozes daquela entidade corporativa. Seu erro, evidentemente, foi vê-los como indivíduos. Um erro que ele não cometeria de novo.

– Seu chefe, o sr. Bryant – Eldon Rosen disse –, vai ter alguma dificuldade em entender como foi que você nos deixou anular seu aparelho de testes antes mesmo de o teste começar. – Ele apontou para o teto, e Rick viu a lente da câmera. Seu grande erro ao lidar com os Rosen tinha sido gravado. – Acho que a coisa certa a fazer, para nós todos, é nos sentarmos e... – Eldon gesticulou afavelmente. – Podemos chegar a um acordo, sr. Deckard. Não é preciso ficar ansioso. A variedade de androides Nexus-6 é um fato; aqui na Associação Rosen nós reconhecemos isso... e acho que, agora, o senhor também.

– Que tal ter sua própria coruja? – Rachael disse, inclinando-se para Rick.

— Duvido que eu tenha uma algum dia. — Mas ele captou o que ela insinuava; compreendeu qual era o negócio que a Associação Rosen queria lhe oferecer. Uma tensão de um tipo que nunca havia sentido antes se manifestou dentro dele; explodia, lentamente, em cada parte de seu corpo. Ele sentiu a tensão, a súbita percepção do que estava acontecendo, tomá-lo por completo.

— Mas uma coruja — Eldon Rosen disse — é a coisa que você quer. — Ele olhou para a sobrinha de modo inquisitivo. — Não acho que ele tenha alguma ideia...

— Claro que ele tem — Rachael o contradisse. — Ele sabe exatamente aonde vai dar esta conversa. Não sabe, sr. Deckard? — De novo ela se inclinou à frente dele, desta vez mais perto; ele pôde sentir um suave perfume vindo dela, quase um calor. — O senhor está quase lá, sr. Deckard. O senhor praticamente conseguiu sua coruja. — Dirigindo-se a Eldon Rosen, ela disse: — Ele é um caçador de recompensas, lembra? Então ele vive das recompensas que ganha, não de seu salário. Não é assim, sr. Deckard?

Ele assentiu.

— Quantos androides escaparam dessa vez? — Rachael inquiriu.

— Oito — disse ele, prontamente. — Originalmente. Dois já foram aposentados, por outra pessoa; não eu.

— Quanto o senhor ganha por cada androide? — Rachael perguntou.

— Varia — ele respondeu, encolhendo os ombros.

— Se o senhor não pode mais aplicar nenhum teste, não tem como identificar um androide. E se o senhor não tem como identificar um androide, não vai conseguir receber recompensas. Então, se a escala Voigt-Kampff tem que ser abandonada...

— Uma nova escala — disse Rick — pode substituir a anterior. Isso já aconteceu antes. — Três vezes, para ser exato. Mas a nova escala, o dispositivo analítico mais moderno, já estava pronta; não existira nenhum lapso entre uma e outra. Desta vez era diferente.

— No fim, claro, a escala Voigt-Kampff vai ficar obsoleta — concordou Rachael. — Mas não agora. Nós estamos convencidos de que ela vai delinear os novos modelos Nexus-6 e gostaríamos que o senhor prosseguisse com base em seu próprio e peculiaríssimo trabalho. – Balançando para a frente e para trás, os braços fortemente cruzados, ela o mirava com intensidade. Tentando sondar sua reação.

– Diga-lhe que a coruja pode ser dele – ringiu Eldon Rosen.

– A coruja pode ser sua – Rachael disse, ainda cravando os olhos nele. – Aquela em cima do telhado. Scrappy. Mas ainda queremos cruzá-la quando conseguirmos adquirir um macho. E qualquer filhote será nosso; isso tem que ficar absolutamente entendido.

– Eu divido a ninhada – disse Rick.

– Não – contestou Rachael de imediato; atrás dela, Eldon Rosen balançou a cabeça, apoiando-a. – Dessa maneira o senhor teria direito à única linhagem de corujas pelo resto da eternidade. E aqui vão outras condições. O senhor não pode dar sua coruja pra ninguém; e quando o senhor morrer, ela será devolvida para a Associação.

– Isso soa como um convite para vocês me matarem – disse Rick. – Para recuperar sua coruja imediatamente. Não posso concordar com isso, é muito perigoso.

– O senhor é um caçador de recompensas – Rachael disse. – Pode portar uma arma a laser; como essa, aliás, que está carregando agora. Se o senhor não é capaz de se proteger, como vai aposentar os seis andys Nexus-6 que sobraram? Eles são bem mais espertos que o velho W-4 da Corporação Grozzi.

– Mas *eu* os caço – disse ele. – Dessa forma, com uma cláusula de devolução da coruja, alguém vai estar me caçando. – E ele não gostou da ideia de ser perseguido; conhecia o efeito que isso causava nos androides. Provocava mudanças notáveis, até mesmo neles.

– Tudo bem, vamos ceder neste ponto – disse Rachael. – O senhor pode deixar sua coruja para seus herdeiros. Mas insistimos em ficar com toda a ninhada. Se não concordar com isso, volte para San Francisco e admita a seus superiores no departamento que a escala Voigt-Kampff, ao menos da maneira como o senhor a conduziu, não é capaz de distinguir um andy de um ser humano. E então comece a procurar outro emprego.

— Me dê algum tempo — pediu Rick.

— O.k. — respondeu Rachael. — Vamos deixá-lo aqui mesmo, que é mais confortável. — Verificou seu relógio de pulso.

— Meia hora — Eldon Rosen disse. Silenciosamente, ele e Rachael seguiram um atrás do outro na direção da porta da sala. Eles disseram o que pretendiam dizer, Rick constatou; o resto era com ele.

Enquanto Rachael começava a fechar a porta atrás de si e de seu tio, Rick falou, com rispidez:

— Vocês armaram pra mim direitinho. Gravaram o fiasco do meu teste em você; sabem que meu trabalho depende do uso da escala Voigt-Kampff; e vocês têm essa maldita coruja.

— Sua coruja, querido — Rachael disse. — Lembra? Vamos amarrar o endereço da sua casa em volta da perninha dela e deixar a coisa voar até San Francisco; a coisa vai encontrá-lo lá, quando o senhor sair do trabalho.

A coisa, ele pensou. *Ela continua chamando a coruja de coisa.* Não de *ela.* E disse: — Só um segundo.

— Já decidiu? — perguntou Rachael, parando à porta.

— Quero fazer uma última questão da escala Voigt-Kampff — falou Rick, abrindo sua pasta. — Sente-se novamente.

Rachael olhou para seu tio; ele assentiu e ela, de má vontade, sentou-se novamente como antes.

— O que é isso agora? — Suas sobrancelhas se ergueram em sinal de repulsa... e cautela. Ele percebeu a tensão em sua estrutura óssea; notou-a profissionalmente.

Então apontou o emissor de luz para seu olho direito e colocou novamente o disco adesivo em contato com sua bochecha. Rachael encarou a luz com rigidez, a extrema aversão ainda expressamente visível.

— Minha pasta — disse Rick, enquanto remexia os formulários para o Voigt-Kampff. — Bacana, não? É um modelo do departamento.

– É mesmo? – Rachael disse, distante.

– Pele de bebê – disse Rick. Ele acariciou a superfície de couro preto da pasta. – Pele de bebê humano, cem por cento autêntica. – Viu os dois ponteiros girarem freneticamente no mostrador. Mas só depois de um pequeno intervalo. A reação aconteceu, mas tarde demais. Ele sabia que o período de reação fora de uma fração de segundo, mas o período de reação correto era... não deveria haver nenhum atraso. – Obrigado, srta. Rosen – ele disse, e juntou novamente todo o equipamento; havia concluído sua reavaliação. – É tudo.

– Está indo embora? – Rachael perguntou.

– Sim – disse ele. – Estou satisfeito.

– E os outros nove sujeitos? – perguntou Rachael, cautelosa.

– A escala funcionou adequadamente no seu caso – ele respondeu. – Posso extrapolar os resultados a partir desse teste; ainda é claramente eficaz. – E, para Eldon Rosen, que se recostava morosamente na porta do recinto, perguntou: – Ela sabe? – Às vezes eles não sabiam; foram muitas as tentativas de se criar memórias falsas, geralmente baseadas na equivocada ideia de que, através delas, as reações aos testes poderiam ser alteradas.

– Não – replicou Eldon Rosen. – Nós a programamos completamente. Mas acho que no fim ela já suspeitava. – Para a garota, disse: – Você adivinhou, quando ele pediu para fazer mais uma pergunta.

Pálida, Rachael assentiu rigidamente.

– Não tenha medo dele – Eldon Rosen continuou. – Você não é uma androide que escapou e que está ilegalmente na Terra; você é propriedade da Associação Rosen, usada como uma ferramenta de vendas para potenciais emigrantes. – Caminhou até a garota, colocou sua mão delicadamente sobre o ombro dela; Rachael esquivou-se ao toque.

– Ele está certo – Rick disse. – Não vou aposentá-la, srta. Rosen. Bom dia. – Começou a caminhar até a porta, então se deteve brevemente. Perguntou aos dois: – A coruja é genuína?

Rachael olhou rapidamente para o velho Rosen.

– Ele está indo embora, de qualquer jeito – disse Eldon Rosen. –

Não importa; a coruja é artificial. Não existem mais corujas.

— Hummm — Rick murmurou, e caminhou meio entorpecido para o corredor. Ambos o observavam partir. Nenhum deles disse nada. Nada havia a dizer. Então é assim que opera o maior fabricante de androides, Rick disse a si mesmo. Desonestamente, e de uma maneira como ele nunca havia encontrado antes. Um novo tipo de personalidade, estranho e complicado; não admira que as autoridades policiais tivessem tantos problemas com o Nexus-6.

O Nexus-6. Ele tinha acabado de deparar com um deles. Rachael, ele pensou; *ela deve ser um Nexus-6*. Estou vendo um deles pela primeira vez. E eles quase conseguiram; chegaram terrivelmente perto de desacreditar a escala Voigt-Kampff, o único método disponível para detectá-los. A Associação Rosen fez um bom trabalho — uma boa tentativa, de qualquer modo — para proteger seus produtos.

E eu tenho de encarar mais seis desses, refletiu. Até acabar meu trabalho.

Ele iria merecer o dinheiro da recompensa. Cada centavo.

Partindo do princípio de que ele sobreviveria.

06.

O televisor ressoava; descendo as escadas empoeiradas do grande prédio de apartamentos vazios até o andar de baixo, John Isidore distinguiu a voz familiar de Buster Gente Fina, tagarelando alegremente para seus espectadores em todo o sistema solar.

– ... ho ho ho, pessoal! Zip click zip! Hora de falar um pouco sobre o tempo de amanhã; primeiro a Costa Oeste dos Estados Unidos. O satélite Mongoose informa que a precipitação radioativa será especialmente forte por volta do meio-dia, mas vai diminuir logo em seguida. Então, pessoal, quem for se arriscar a sair deve esperar até a tarde, o.k.? E por falar em esperar, agora só faltam dez horas até aquela grande notícia, minha revelação bombástica! Avisem os amigos para não perderem! Vou revelar uma coisa que vai surpreendê-los. Bem, vocês podem até achar que é simplesmente...

Quando ele bateu à porta do apartamento, a TV desfaleceu em obliteração. Não ficara apenas silenciosa; simplesmente cessara de existir, como se amedrontada em direção a seu túmulo pelas batidas de Isidore.

Por trás da porta fechada, ele sentiu a presença de vida, além daquela da TV. Suas faculdades deterioradas fabricaram, ou talvez perceberam, o medo mudo e assombrado de alguém que retrocedia ao canto oposto do apartamento, numa tentativa de evitá-lo.

– Alô! – chamou. – Moro no andar de cima. Ouvi a sua TV. Vamos conversar; tudo bem? – Esperou, escutou. Nenhum som e nenhum movimento; suas palavras não conseguiram fazer com que a pessoa se revelasse. – Trouxe um cubo de margarina pra você – disse, parado próximo à porta, esforçando-se para falar através de sua espessura. – Meu nome é J. R. Isidore, trabalho para o famoso veterinário sr. Hannibal Sloat, você deve ter ouvido falar nele. Sou respeitável; tenho um emprego. Dirijo o caminhão do sr. Sloat.

Uma fresta da porta se abriu e ele notou, no interior do apartamento, uma figura encolhida, fragmentada e desalinhada, uma garota que se retraía e se esquivava, mas ainda assim segurava a porta, como se precisasse de apoio físico. O medo a fazia parecer doente; distorcia as linhas de seu corpo, como se alguém a tivesse quebrado e depois, maliciosamente, a reconstruído de forma maldosa. Seus olhos, enormes e vidrados, fixaram-se nele, enquanto ela tentava sorrir. Ele disse, subitamente compreendendo:

– Você achou que ninguém morasse neste prédio. Achou que estivesse abandonado.

A garota assentiu, sussurrando:

– Sim.

– Mas é bom ter vizinhos – disse Isidore. – Poxa, até você chegar eu não tinha nenhum. – E Deus sabe que isso não era divertido.

– Você é o único? – a garota perguntou. – Fora eu, neste prédio? – Parecia menos tímida agora; seu corpo se endireitou e ela alisou os cabelos escuros com a mão. Agora ele via uma figura agradável, ainda que pequena, com belos olhos marcadamente emoldurados pelos longos cílios pretos. Pega de surpresa, a garota vestia pijama e nada mais. E quando ele olhou por cima dela, percebeu uma sala em desordem. Malas jogadas aqui e ali, abertas, seu conteúdo meio largado pelo chão abarrotado. Mas isso era natural; ela tinha acabado de chegar.

– Sou o único, fora você – disse Isidore. – E não vou te incomodar. – Sentiu-se melancólico; sua oferta, imbuída das qualidades de um autêntico e antigo ritual pré-guerra, não havia sido aceita. Na verdade, a garota nem mesmo parecia consciente disso. Ou talvez nem soubesse para que servia um cubo de margarina. Ele teve essa intuição; a garota parecia mais confusa do que qualquer outra coisa. Sentia-se perdida, flutuando impotente nas vagas do medo. – O velho e bom Buster – disse, tentando descontrair a rígida postura dela. – Você gosta dele? Eu o assistia toda manhã, e depois à noite, quando chegava em casa; assistia o Buster enquanto jantava e mais tarde, o seu programa de fim de noite, até eu ir para a cama. Bom, pelo menos até minha TV quebrar.

– Quem – a garota começou e daí interrompeu-se; mordeu o lábio como se estivesse selvagemente furiosa. Evidentemente, consigo mesma.

– O Buster Gente Fina – ele explicou. Parecia-lhe estranho que a garota nunca tivesse ouvido falar no comediante mais hilário da Terra. – De onde você veio? – perguntou, curioso.

– Não acho que isso interessa. – Ela lançou um olhar rápido e superficial sobre ele. Mas algo que ela viu pareceu acalmar sua inquietação; seu corpo relaxou visivelmente. – Ficarei feliz em ter companhia – disse –, mais tarde, quando eu terminar de me instalar. Neste momento, como você pode perceber, está fora de questão.

– Por que fora de questão? – Ele estava confuso; tudo na garota o deixava desconcertado. Talvez, pensou, tenha vivido sozinho aqui por tempo demais. Tornei-me esquisito. Dizem que os cabeças de galinha são assim. Pensar nisso o fez ficar ainda mais melancólico. – Podia ajudá-la com suas malas – arriscou; a porta, agora, foi praticamente fechada na cara dele. – E com sua mobília.

– Não tenho móveis. Todas essas coisas – disse a garota, apontando para a sala por trás dela – já estavam aqui.

– Esses não vão servir – falou Isidore. Podia dizer isso só de olhar. As cadeiras, o carpete, as mesas... tudo havia apodrecido; cederam à ruína simultaneamente, vítimas da despótica força do tempo. E do abandono. Ninguém havia vivido neste apartamento por anos; o estrago agora era quase completo. Não conseguia imaginar como ela pensava em morar numa vizinhança dessas. – Ouça – disse ele com seriedade. – Se procurarmos por todo o prédio, é provável que a gente encontre coisas que não estejam tão danificadas. Uma lâmpada de um apartamento, uma mesa de outro.

— Eu faço isso – disse a garota – eu mesma, obrigada.

— Vai entrar nesses apartamentos *sozinha*? – Ele não conseguia acreditar.

— Por que não? – De novo ela estremeceu nervosamente, fazendo uma careta como se percebesse que havia dito algo errado.

— Eu tentei fazer isso – disse Isidore. – Uma vez. Desde então eu volto pra casa, vou pro meu lugarzinho e não penso no resto. Os apartamentos onde ninguém vive... centenas deles, todos repletos de bens que as pessoas tinham, como fotos de família e roupas. Os que morreram não podiam levar nada, e os que emigraram não queriam carregar nada consigo. Este prédio, tirando o meu apartamento, está totalmente bagulhificado.

— Bagulhificado? – ela não entendeu.

— Bagulho é todo tipo de coisa inútil, como correspondências sem importância, caixa de fósforos vazia, embalagem de chiclete ou homeojornal de ontem. Quando ninguém está por perto, o bagulho se reproduz. Por exemplo, se você vai dormir e deixa algum bagulho próximo ao seu apartamento, na manhã seguinte, quando acordar, terá o dobro daquilo. E vai sempre acumulando mais e mais.

— Entendi. – A garota o observou hesitante, não sabendo direito se acreditava nele. Não estava certa de que ele estivesse falando sério.

— Existe a Primeira Lei do Bagulho – disse Isidore. – Bagulho expulsa o não bagulho. Como a lei de Gresham sobre o dinheiro ruim[1]. E nesses apartamentos não tem havido ninguém para combater o bagulho.

— Então ele tomou conta de tudo completamente – a garota concluiu. E assentiu: – Agora entendo.

— Esse seu apartamento – ele disse –, este que você escolheu, está bagulhificado demais. A gente pode reduzir o fator bagulhífico; podemos dar uma geral nos outros condaptos, como eu havia sugerido. Mas... – ele parou.

---

1 Atribuída a Sir Thomas Gresham, comerciante e financista inglês, a lei afirma que "o dinheiro ruim expulsa o bom dinheiro da circulação". [N. de E.]

– Mas o quê?

– Não dá pra ganhar essa disputa.

– Por que não? – A garota saiu para o corredor, fechando a porta atrás de si; aparentemente constrangida, com os braços cruzados diante de seus seios pequenos e empinados, ela encarava Isidore, ansiosa por compreender. Era assim que ele via a situação. Pelo menos ela estava prestando atenção.

– Ninguém pode vencer o bagulho – ele disse –, a não ser temporariamente e talvez em um único lugar, como em meu apartamento, onde eu meio que criei uma estase entre as pressões bagulhíficas e não bagulhíficas, por enquanto. Mas um dia eu vou morrer ou ir embora, e então o bagulho voltará a tomar conta de tudo. É um princípio universal que opera por todo o cosmo; o universo inteiro está se movendo na direção de um estado final de total e absoluta bagulhificação. – E acrescentou: – A não ser, claro, a ascensão de Wilbur Mercer.

A garota olhou para ele.

– Não vejo qualquer relação.

– Essa é a base de todo o mercerismo. – Ele se sentiu confuso novamente. – Você não participa da fusão? Não tem uma caixa de empatia?

– Não trouxe a minha comigo – respondeu cuidadosamente a garota, após uma pausa. – Achei que fosse encontrar uma aqui.

– Mas uma caixa de empatia – ele disse, gaguejando de empolgação – é o bem mais pessoal que alguém pode ter! É uma extensão do seu corpo; é a ponte para se tocar outros humanos, é o caminho para você deixar de ser sozinho. Mas você sabe disso. Todo mundo sabe. Mercer permite até que gente como eu... – interrompeu-se. Mas era tarde demais; ele já havia dito e podia ver no rosto dela, pela centelha de súbita aversão, que ela tinha entendido. – Quase passei no teste de QI – disse em voz baixa e vacilante. – Não sou muito Especial, só moderadamente; não como alguns que você vê por aí. Mas Mercer não se incomoda com isso.

– Pessoalmente – a garota disse –, acho que você deveria considerar isso uma grande objeção ao mercerismo. – Sua voz era limpa e neutra; a intenção dela era apenas constatar um fato, pensou ele. E esse fato é a opinião dela em relação aos cabeças de galinha.

— Acho que vou voltar lá pra cima – ele disse, e começou a se afastar dela, ainda segurando o cubo de margarina, que se tornara úmido e amolecido pelo calor de suas mãos.

A garota o observou sair, mantendo a expressão neutra no rosto. E então chamou:

— Espera.

Voltando, ele disse:

— Por quê?

— Vou precisar de você. Pra me arranjar uma mobília mais adequada. Pegando dos outros apartamentos, como você disse. – Ela andou na direção dele, seu torso nu bem definido e em forma, sem nenhum grama de gordura excedente. — Que horas você sai do trabalho? Pode me ajudar depois que chegar.

— Será que você poderia fazer um jantar pra gente? – perguntou Isidore. — Se eu trouxer os ingredientes?

— Não, tenho muito a fazer. – A garota refutou o pedido sem o menor constrangimento, e ele reparou nisso, percebeu-o sem compreendê-lo. Agora que seu medo inicial havia diminuído, outra coisa havia começado a emergir dela. Algo mais estranho. E deplorável, ele pensou. Uma frieza. Algo como um sopro vindo do vácuo entre os mundos habitados, na verdade, de lugar nenhum; não era o que ela havia dito ou feito, mas o que ela *não* tinha dito nem feito. — Um outro dia — a garota disse, e se voltou na direção da porta de seu apartamento.

— Você lembra meu nome? – disse ele, ansioso. — John Isidore, trabalho para...

— Você me falou pra quem trabalha. – Ela parou brevemente defronte à sua porta; empurrando-a, disse: — Para alguma pessoa literalmente incrível de nome Hannibal Sloat, a qual, tenho certeza, só existe em sua imaginação. Meu nome é... — ela lançou um último olhar impassível sobre Isidore enquanto se voltava para seu apartamento, hesitou, e disse: — Eu sou Rachael Rosen.

– Da Associação Rosen? – perguntou ele. – A maior fabricante de robôs humanoides usados em nosso programa de colonização?

Uma expressão complexa e passageira cruzou o rosto dela, desaparecendo imediatamente.

– Não. Nunca ouvi falar neles; não sei nada sobre isso. Mais uma de sua imaginação de cabeça de galinha, eu suponho. John Isidore e sua caixa de empatia privada e pessoal. Pobre sr. Isidore.

– Mas seu nome sugere...

– Meu nome – a garota disse – é Pris Stratton. Este é meu nome de casada; sempre o usei. Nunca usei nenhum outro nome a não ser este. Você pode me chamar de Pris. – Ela refletiu um pouco, então disse: – Não, é melhor você me tratar como srta. Stratton. Porque nós não nos conhecemos, na verdade. Pelo menos eu não conheço você. – A porta se fechou atrás dela e ele se viu sozinho no corredor escuro e empoeirado.

07.

Bem, então é assim que vai ser, pensou J. R. Isidore enquanto segurava apertado seu cubo de margarina amolecido. Talvez ela mude de ideia e me deixe chamá-la de Pris. E quem sabe, se eu pegar uma lata de vegetais pré-guerra, mude de ideia quanto ao jantar, também.

Mas talvez ela não saiba cozinhar, ele supôs de repente. O.k., posso fazer isso; posso preparar o jantar para nós dois. E vou ensiná-la, assim ela vai poder cozinhar no futuro se quiser. Provavelmente vai querer, depois que mostrar a ela; até onde eu sei, a maioria das mulheres, mesmo as mais jovens como ela, gosta de cozinhar: é algo instintivo.

Subindo pelas escadas escuras, ele voltou ao seu próprio apartamento.

Ela está mesmo por fora das coisas, pensava Isidore enquanto vestia seu uniforme branco de trabalho; mesmo que se apressasse, chegaria atrasado e o sr. Sloat ficaria zangado, mas e daí? Por exemplo, ela nunca tinha ouvido falar no Buster Gente Fina. E isso é impossível; Buster é o mais importante ser humano vivo, exceto, claro, Wilbur Mercer... mas Mercer, refletia, não é um ser humano; é, evidentemente, uma entidade arquetípica vinda das estrelas, sobreposta à nossa cultura por um molde cósmico. Pelo menos é o que falam por aí; é o que o sr. Sloat diz, por exemplo. E Hannibal Sloat saberia.

Estranho que ela seja inconsistente a respeito do próprio nome, ponderou. Talvez precise de ajuda. Poderia ajudá-la?, perguntou-se.

Um Especial, um cabeça de galinha; o que eu sei? Não posso casar nem emigrar, e a Poeira um dia vai me matar; não tenho nada a oferecer.

Vestido e pronto para ir, ele deixou o apartamento e subiu ao terraço onde jazia estacionado seu velho e surrado hovercar.

Uma hora mais tarde, no caminhão da empresa, ele recolhia o primeiro animal com defeito do dia. Um gato elétrico: deitado em uma gaiola portátil de plástico à prova de Poeira na parte de trás do caminhão, e ofegava irregularmente. Você quase diria que é real, Isidore observou enquanto seguia para o Hospital Van Ness para Bichos de Estimação – aquela pequena empresa com um nome cuidadosamente enganoso que se mantinha a duras penas naquele ramo árduo e competitivo de reparo de animais falsos.

O gato, em sua agonia, suspirou.

Uau, Isidore pensou. Soa como se realmente estivesse morrendo. Talvez sua bateria de dez anos de duração esteja no fim, e todos os seus circuitos estejam sistematicamente queimando. Um serviço importante; Milt Borogrove, o mecânico do Hospital Van Ness para Bichos de Estimação, teria muito trabalho. E eu nem passei para o proprietário uma estimativa de preço, Isidore pensou, melancolicamente. O rapaz simplesmente me confiou o gato, disse que tinha começado a falhar durante a noite, e então acho que saiu para trabalhar. De todo modo, a momentânea troca de palavras cessou de repente; o dono do gato tinha ido embora, roncando para o céu em seu lindo e novíssimo hovercar customizado. E o homem agora era um novo cliente.

Para o gato, Isidore disse:

– Consegue segurar até a gente chegar à oficina? – O gato continuava a ofegar. – Vou te recarregar enquanto estamos a caminho – decidiu Isidore; pousou o caminhão no terraço mais próximo disponível e lá, temporariamente estacionado com o motor ligado, rastejou até o fundo do caminhão e abriu a gaiola de plástico à prova de Poeira, o que, em conjunto com seu uniforme branco e o nome pintado no caminhão, criava uma impressão perfeita de um animal de verdade sendo tratado por um veterinário de verdade.

O mecanismo elétrico, sob uma convincente camada de pelagem cinzenta e autêntica, gorgolejava e soprava bolhas, as lentes de vídeo vidradas, suas mandíbulas de metal fortemente apertadas. Isso sempre o havia impressionado, esses circuitos "de doença" instalados nos animais falsos; o engenho que ele agora tinha em seu colo havia sido montado de tal maneira que, quando um componente primário falhasse, a coisa toda parecesse... não quebrada, mas organicamente enferma. Ele teria me enganado, Isidore disse para si mesmo enquanto tateava por dentro da pele sintética do estômago da imitação, procurando o painel de controle oculto (muito pequeno nesta variedade de animal falso) e os terminais de carregamento rápido da bateria. Não conseguiu achar nenhum deles. Também não podia demorar; o mecanismo já estava quase arruinado. Se o problema for por conta de um curto, ele pensou, que possa estar queimando os circuitos, talvez eu deva tentar desconectar um dos cabos da bateria; o mecanismo vai desligar, mas nenhum outro dano será infligido. E depois, na oficina, Milt poderá recarregá-lo.

Habilmente, ele correu os dedos ao longo da pseudoespinha óssea. Os cabos deveriam estar por aqui. Maldito trabalho especializado; uma imitação absolutamente perfeita. Os cabos não aparecem, mesmo sob o exame mais rigoroso. Deve ser um produto da Wheelright & Carpenter – custam mais caro, mas olha só que ótimo trabalho eles fazem.

Desistiu; o gato falso tinha parado de funcionar, o que mostrava que o curto – se esse tinha sido mesmo o problema – havia acabado com a fonte de alimentação e o motor principal. Vai ficar caro, pensou ele, com pessimismo. Bem, o rapaz, evidentemente, não estava fazendo as limpezas e lubrificações preventivas três vezes ao ano, o que faria toda a diferença. Talvez assim o proprietário aprenda – do jeito mais difícil.

Arrastando-se de volta ao banco de motorista, ele colocou o volante em posição de subida, zuniu pelo ar mais uma vez e retomou seu voo para a oficina de reparos.

De qualquer modo, não tinha mais de ouvir o chiado exasperante da máquina; podia relaxar. Engraçado, ele refletiu; mesmo que racionalmente eu saiba que é uma imitação, o som do colapso do motor e da fonte de alimentação de um animal falso era de dar um nó na garganta. Gostaria de arranjar outro emprego, pensou dolorosamente. Se não tivesse falhado naquele teste de QI, eu não estaria reduzido a esta tarefa infame e aos subprodutos emocionais que lhe são inerentes. Por outro lado, os sofrimentos sintéticos dos animais falsos não incomodavam Milt Borogrove ou seu chefe, Hannibal Sloat. Então, talvez seja eu, John Isidore disse a si mesmo. Talvez, quando você degenera e retrocede na escada da evolução – como aconteceu comigo, quando você tem de chafurdar na lama de ser um Especial no mundo tumular – bem, melhor abandonar essa linha de raciocínio. Nada o deprimia mais do que os momentos em que ele contrastava suas faculdades mentais atuais com as que possuíra tempos atrás. Todo dia ele declinava em sagacidade e vigor. Ele e os milhares de outros Especiais por toda a Terra, todos caminhando na direção de uma pilha de cinzas. Transformando-se em bagulhos vivos.

Para ter companhia, clicou no rádio do caminhão e sintonizou o programa de áudio do Buster Gente Fina, que, como a versão para a TV, prosseguia suas vinte e três ininterruptas e calorosas horas por dia... sendo a hora suplementar preenchida por uma cerimoniosa despedida, dez minutos de silêncio e, então, uma cerimoniosa volta ao ar.

– ... feliz por ter você no programa de novo –, dizia Buster Gente Fina. – Vamos ver, Amanda; já faz dois dias que fomos aí te encontrar. Você começou uma nova sessão de fotos, querida?

– Bem, eu ir fazer um foto ontem de manhã, eles querer começar às *sieben*...

– Sete da manhã? – Buster Gente Fina interrompeu.

– *Ja*, isso mesmo, Buster, às *sieben* da manhã! – Amanda Werner soltou sua famosa gargalhada, quase tão forjada quanto a de Buster.

Amanda Werner e inúmeras outras belas e elegantes damas estrangeiras de seios cônicos, vindas de países vagamente indefinidos, bem como alguns bucólicos e supostos humoristas, formavam o núcleo de reprises de Buster. Mulheres como Amanda Werner nunca faziam filmes, nunca encenavam peças de teatro; viviam aquelas bizarras e maravilhosas vidas como convidadas do interminável show de Buster, aparecendo, como Isidore calculara certa vez, por até setenta horas por semana.

Como Buster Gente Fina encontrava tempo para gravar seus programas de áudio e vídeo?, Isidore pensava. E como Amanda Werner achava tempo para ser uma convidada dia sim dia não, mês após mês, ano após ano? Como eles continuavam falando? Nunca se repetiam – pelo menos não que ele tivesse notado. Seus comentários, sempre espirituosos, sempre novos, não eram ensaiados. O cabelo de Amanda brilhava, seus olhos cintilavam, seus dentes resplandeciam; ela nunca parava de trabalhar, nunca se cansava, nunca ficava sem resposta depois de sequências de piadas, zombarias e observações mordazes de Buster. O Programa Buster Gente Fina, televisionado e transmitido para toda a Terra via satélite, também se derramava sobre os emigrantes dos planetas colonizados. Houve tentativas de transmissões regulares em direção a Proxima, no caso de a colonização humana chegar tão longe. Se a Salander 3 atingisse seu destino, os viajantes a bordo teriam encontrado o Programa Buster Gente Fina à espera deles. E teriam ficado felizes.

Mas algo no Buster Gente Fina irritava John Isidore, uma coisa específica. De maneira sutil, quase imperceptível, Buster ridicularizava as caixas de empatia. Não uma, mas muitas vezes. Na verdade, estava fazendo isso agora mesmo.

– ... sem que nenhuma pedra me acertasse –, Buster debochava a Amanda Werner. – E se eu estiver subindo a encosta de uma montanha, vou querer um par de garrafas de cerveja Budweiser comigo! – A plateia no estúdio riu, e Isidore ouviu um punhado de palmas. – E vou fazer minha revelação bombástica cuidadosamente documentada daqui de cima: essa bomba vai ao ar daqui a exatamente dez horas!

– E eu também, querrida! – declarou Amanda. – Me leva com você! Eu proteger você quando elas atirar pedras em você!

De novo o público urrou, e John Isidore sentiu a raiva frustrante e impotente infiltrar-se em sua nuca. Por que Buster Gente Fina sempre desmerecia o mercerismo? Ninguém parecia incomodado com isso; até as Nações Unidas aprovavam. E as polícias americana e soviética haviam declarado publicamente que o mercerismo reduzia o crime, tornando os cidadãos mais preocupados com a situação de seus vizinhos. A humanidade precisa de mais empatia, já havia declarado várias vezes Titus Corning, o secretário-geral das Nações Unidas. Talvez Buster esteja com ciúme, Isidore conjecturava. Claro, isso podia explicar a implicância; ele e Wilbur Mercer competiam. Mas pelo quê?

Por nossas mentes, concluiu Isidore. Estão lutando pelo controle de nossos eus; a caixa de empatia em uma mão, as piadas de improviso e as gargalhadas de Buster na outra. Tenho de falar isso para Hannibal Sloat, decidiu. Perguntar a ele se é verdade; ele deve saber.

Quando estacionou seu caminhão no terraço do Hospital Van Ness para Bichos de Estimação, ele desceu rapidamente as escadas levando a gaiola de plástico contendo o gato falso, inerte, ao escritório de Hannibal Sloat. Assim que entrou, o sr. Sloat relanceou o olhar por cima da folha de um catálogo antigo, seu rosto cinzento e enrugado ondulando como águas turbulentas. Velho demais para emigrar, Hannibal Sloat, embora não fosse um Especial, estava condenado a se arrastar pelo resto de seus dias na Terra. A Poeira, com o passar dos anos, o havia erodido; tinha deixado suas feições cinzentas, seus pensamentos cinzentos; o havia encolhido, fragilizado suas pernas e tornado seu andar vacilante. Ele via o mundo através de lentes literalmente densas de Poeira. Por alguma razão, Sloat nunca limpava seus óculos. Era como se ele tivesse desistido; tinha aceitado a sujeira radioativa e ela havia começado, havia muito, seu trabalho de enterrá-lo. Já obscurecia sua visão. Nos poucos anos que lhe restavam, ela corromperia seus outros sentidos até que, por fim, somente sua voz grasnante permanecesse, que então também expiraria.

— O que você tem aí? – perguntou o sr. Sloat.

— Um gato com um curto na fonte de alimentação. – Isidore depositou a gaiola sobre a mesa atulhada de documentos do chefe.

— Por que mostrar pra mim? – perguntou Sloat. – Leve lá embaixo na oficina, pro Milt. – De todo modo, por reflexo, ele abriu a gaiola e puxou o animal falso para fora. Ele tinha sido técnico, um dia. E dos bons.

— Acho que o Buster Gente Fina e o mercerismo estão lutando pelo controle de nossas almas psíquicas – comentou Isidore.

— Se for assim – disse Sloat, examinando o gato –, Buster está ganhando.

— Pode estar ganhando agora – replicou Isidore –, mas no fim vai perder.

— Por quê? – Sloat levantou a cabeça, perscrutando-o.

— Porque Wilbur Mercer sempre se renova. Ele é eterno. No topo da colina ele é abatido; ele mergulha no mundo tumular, mas então se levanta, inevitavelmente. E nós com ele. Então também somos eternos. – Sentiu-se feliz, falando tão bem; normalmente, ele gaguejava perto do sr. Sloat.

— Buster é imortal, como Mercer. Não há diferença – disse Sloat.

— Como pode ser? Ele é um homem.

— Não sei – disse Sloat. – Mas é a verdade. Eles nunca admitirão, é claro.

— É assim que o Buster Gente Fina consegue fazer programas de quarenta e seis horas?

— Isso mesmo – disse Sloat.

— E quanto a Amanda Werner e as outras mulheres?

— São imortais também.

— São uma forma superior de vida, vinda de algum outro sistema?

— Nunca consegui apurar isso com certeza – disse o sr. Sloat, ainda examinando o gato. Tirou os óculos cobertos por uma fina camada de Poeira e, sem eles, olhou na direção da boca entreaberta de Isidore. – Não como fiz, conclusivamente, no caso de Wilbur Mercer – arrematou ele, quase inaudível. Então, praguejou e desfiou uma série de insultos que a Isidore pareceu durar um minuto inteiro. – Este gato – disse Sloat, finalmente – não é falso. Eu sabia que um dia isso ia acontecer. E ele está morto. – Fixou o olhar no cadáver do felino. E praguejou novamente.

Vestindo seu encardido avental de lona azul, o robusto e verrugoso Milt Borogrove surgiu à porta do escritório.

– Qual o problema? – Olhando o gato, ele entrou no escritório e apanhou o animal.

– O cabeça de galinha trouxe ele pra cá – disse Sloat. Nunca antes ele tinha usado esse termo na frente de Isidore.

– Se ainda estivesse vivo – comentou Milt – a gente poderia levá-lo para um veterinário de verdade. Fico imaginando o preço disso. Alguém tem uma cópia do Sidney's?

– O-o-o s-s-seu seguro não co-co-cobre isso? – Isidore perguntou ao sr. Sloat. Suas pernas bambeavam e ele sentia a sala começar a ficar marrom-escuro carregado de pontinhos verdes.

– Sim – disse Sloat afinal, meio rosnante. – Mas é o desperdício que me irrita. A perda de mais uma criatura viva. Você não foi capaz de perceber, Isidore? Não deu pra *notar* a diferença?

– Eu pensei – Isidore tentava dizer – que fosse uma boa imitação. Tão boa que tinha me enganado; quer dizer, ele parecia vivo e um trabalho tão bem-feito...

– Eu não acho que Isidore saiba a diferença – disse Milt, com suavidade. – Pra ele, todos estão vivos, incluindo animais falsos. Ele provavelmente tentou salvá-lo. – Disse a Isidore: – O que você tentou fazer, recarregar a bateria? Ou localizar um curto?

– S-sim – admitiu Isidore.

– O bichinho já deveria estar tão mal que não haveria muita coisa a se fazer por ele – disse Milt. – Deixe o cabeça de galinha em paz, Han. Ele tem razão em um ponto: as imitações estão começando a ficar excessivamente próximas dos reais, ainda mais com esses circuitos de doença que estão sendo instalados nos modelos novos. E animais vivos morrem; é um dos riscos de se ter um. Só não estamos acostumados a isso porque tudo o que vemos são imitações.

– O maldito desperdício – disse Sloat.

– De acordo com M-mercer – Isidore assinalou –, t-toda vida retorna. O ciclo é c-c-completo para a-a-animais, também. Quer dizer, todos nós ascendemos com ele, morremos...

– Diga isso pro sujeito que era dono desse gato – disse o sr. Sloat.

Não sabendo ao certo se seu chefe falava sério, Isidore perguntou:

– O senhor quer dizer pra eu fazer isso? Mas é sempre o senhor quem faz as vidchamadas. – Ele tinha uma fobia em relação ao vidfone e achava que fazer uma chamada, especialmente para um estranho, era algo virtualmente impossível. O sr. Sloat, é claro, sabia disso.

– Não faz isso com ele – disse Milt. – Eu ligo. – Estendeu a mão na direção do aparelho receptor. – Qual é o número?

– Tenho aqui, em algum lugar – Isidore remexeu os bolsos de seu avental de trabalho.

– Quero que o cabeça de galinha faça isso – disse Sloat.

– Não p-p-posso usar o vidfone – protestou Isidore, o coração batendo rápido. – Porque sou peludo, feio, sujo, encurvado, cinzento, meus dentes são tortos. E também me sinto mal por causa da radiação; acho que vou morrer.

– Acho que se eu me sentisse assim também não usaria o vidfone – Milt sorriu para Sloat. – Vamos, Isidore, se você não me der o número do proprietário não vou poder fazer a ligação, aí vai ser com você. – Estendeu a mão amavelmente.

– Ou o cabeça de galinha faz isso – disse Sloat – ou está despedido. – Não olhava para Isidore nem para Milt; olhava fixamente para a frente.

– Ah, para com isso – protestou Milt.

– N-n-não quero ser ch-ch-chamado de cabeça de galinha – falou Isidore. – Quer dizer, a P-p-poeira a-a-afetou o senhor, também, fisicamente. Mesmo que, talvez, n-n-não o seu cérebro, como no m-meu caso. – Estou despedido, pensou. Não consigo fazer essa chamada. E então, de repente ele se lembrou de que o dono do gato tinha disparado para o trabalho. Não haveria ninguém em casa. – Eu a-acho que posso ligar pra ele – disse, enquanto tirava o cartão com a informação.

– Viu? – disse o sr. Sloat para Milt. – Ele consegue fazer, se for obrigado.

Sentado em frente ao vidfone, aparelho em mãos, Isidore discou.

– É – disse Milt –, mas ele não deveria ser obrigado a fazer. E ele está certo; a Poeira te afetou; você já está quase cego e daqui a alguns anos não vai mais conseguir ouvir.

– Ela pegou você também, Borogrove – disse Sloat. – Sua pele está da cor de merda de cachorro.

– Sim? – Um rosto apareceu na vidtela, uma mulher *mitteleuropäische* de aparência um tanto cuidadosa que usava o cabelo preso num coque apertado.

– S-s-sra. Pilsen? – disse Isidore, perpassado pelo pânico; ele não havia pensado nisso, claro, mas o dono tinha uma esposa que, obviamente, estava em casa. – Quero fa-fa-falar com a senhora sobre seu ga-ga-ga-ga-ga... – Interrompeu-se, coçou seu queixo involuntariamente. – Seu gato.

– Ah é, você pegou o Horace – disse a sra. Pilsen. – Era mesmo pneumonite? O sr. Pilsen achava que era isso.

– Seu gato morreu – informou Isidore.

– Ah, meu Deus, não.

– Nós vamos substituí-lo – disse. – Temos seguro. – Relanceou o olhar para o sr. Sloat; ele pareceu concordar. – O proprietário de nossa empresa, o sr. Hannibal Sloat... – ele vacilou. – Ele vai pessoalmente...

– Não – interveio Sloat. – Vamos dar um cheque a eles. O preço da lista da Sidney's.

– ... vai pessoalmente escolher o gato substituto para vocês – Isidore ouviu-se dizer. Tendo começado uma conversa que não podia suportar, descobriu-se incapaz de concluí-la. O que dizia possuía uma lógica intrínseca que ele não tinha condições de interromper; tinha de seguir, inexorável, até sua conclusão. Tanto o sr. Sloat quanto Milt Borogrove o encaravam enquanto ele continuava falando: – Dê-nos as especificações do gato que a senhora deseja. Cor, sexo, raça, tais como persa, abissínio, manx...

– Horace está morto – disse a sra. Pilsen.

– Ele teve pneumonite – disse Isidore. – Morreu a caminho do hospital. O chefe de nossa equipe médica, dr. Hannibal Sloat, acredita que, no estado em que ele se encontrava, nada poderia tê-lo salvado. Mas não é uma boa notícia, sra. Pilsen, que nós vamos substituí-lo? Não estou certo?

– Só existia um gato como Horace – respondeu a sra. Pilsen, com lágrimas brotando de seus olhos. – Quando era apenas um filhote, costumava parar e nos encarar como se estivesse fazendo uma pergunta. Nunca entendemos que pergunta era. Talvez agora ele saiba a resposta. – Novas lágrimas rolaram. – Acho que todos nós saberemos um dia.

– Que tal uma cópia exata, elétrica, do seu gato? – Isidore inspirou-se. – Podemos encomendar um esplêndido trabalho artesanal para a Wheelright & Carpenter, no qual cada detalhe do antigo animal é fielmente replicado em permanente...

– Ah, isso é horrível! – protestou a sra. Pilsen. – O que você está dizendo? Não fale uma coisa dessas pro meu marido; não sugira isso ao Ed, ou ele vai ficar maluco. Ele amava Horace mais do que a qualquer outro gato que teve, e ele teve gatos desde criança.

Tomando o vidfone das mãos de Isidore, Milt falou para a mulher:

– Podemos emitir um cheque no valor indicado na lista da Sidney's ou, como o sr. Isidore sugeriu, podemos escolher um novo gato para vocês. Nós sentimos muito por seu gato ter morrido, mas, como o sr. Isidore ressaltou, o gato tinha pneumonite, que é quase sempre fatal. – Seu tom parecia profissional; dos três ali no Hospital Van Ness para Bichos de Estimação, Milt era quem tinha o melhor desempenho no que se referia a chamadas de negócios.

– Não posso dizer isso ao meu marido – disse a sra. Pilsen.

– Tudo bem, senhora – anuiu Milt, e fez uma leve careta. – Nós ligamos pra ele. Pode me passar o número do lugar onde ele trabalha?

– Procurou uma caneta e um bloco de papel; o sr. Sloat entregou-os para Milt.

– Escute – disse a sra. Pilsen; parecia se recompor. – Talvez o outro cavalheiro esteja certo. Talvez eu deva encomendar um substituto elétrico para o Horace, mas sem que o Ed saiba; poderia ser uma reprodução tão fiel que meu marido nem notasse a diferença?

– Se é isso o que a senhora quer – disse Milt, dubiamente. – Mas, por nossa experiência, podemos dizer que o dono do animal nunca se engana. Só observadores casuais, como vizinhos. A senhora entende, quando a gente chega bem perto de um animal falso...

– Ed nunca chegava fisicamente muito perto do Horace, mesmo que o amasse; eu era a única pessoa que tomava conta de todas as necessidades dele, como sua caixa de areia. Acho que eu gostaria de tentar com um animal falso, e se isso não funcionar, então vocês podem encontrar um gato de verdade para substituir Horace. Só não quero que meu marido saiba; não sei se ele conseguiria viver com isso. É por isso que ele nunca se aproximou demais do Horace; tinha medo de que isso acontecesse. E quando o Horace ficou doente (com pneumonite, como vocês dizem), Ed entrou em pânico e mal conseguia olhar pra ele. É por isso que demoramos tanto em ligar pra vocês. Demoramos demais... como eu já sabia, antes de vocês ligarem. Eu sabia. – Ela assentiu, as lágrimas sob controle agora. – Quanto tempo isso demora?

– Podemos ter um pronto em dez dias – Milt arriscou. – Vamos entregá-lo durante o dia, enquanto seu marido estiver no trabalho. – Ele encerrou o assunto, despediu-se e desligou. – Ele vai saber – disse ao sr. Sloat –, em cinco segundos. Mas é o que ela quer.

– Os donos que amam seus animais – ponderou Sloat, sombrio – ficam arrasados. Ainda bem que não temos o costume de nos envolver com animais de verdade. Você entende que veterinários de fato têm de fazer chamadas como esta o tempo todo? – Ele contemplou John Isidore. – De vez em quando, até que você não é tão estúpido, Isidore. Lidou razoavelmente bem com a situação. Ainda que Milt tenha interferido e assumido o controle.

– Ele estava indo bem – disse Milt. – Deus, isso foi difícil. – Pegou o Horace morto. – Vou descer com isto lá pra oficina; Han, liga pra Wheelright & Carpenter e pede pro construtor deles vir medir e fotografar o gato. Não vou deixar que eles levem o bicho pra oficina deles; quero eu mesmo comparar com a réplica.

– Acho que vou colocar o Isidore pra falar com eles – decidiu o sr. Sloat. – Foi ele quem começou isso; e depois de lidar com a sra. Pilsen, ele tem que ser capaz de tratar com a Wheelright & Carpenter.

– Só não deixe que levem o original – recomendou Milt a Isidore, erguendo Horace. – Eles vão querer levá-lo porque isso facilita o trabalho deles. Seja firme.

– Humm – disse Isidore, piscando. – O.k. Talvez eu deva ligar pra eles agora, antes que o bicho comece a se decompor. Corpos mortos não entram em decomposição, ou algo assim? – Sentiu-se exultante.

Depois de estacionar seu veloz e tunado hovercar do departamento no terraço do Palácio de Justiça de San Francisco, na Lombard Street, o caçador de recompensas Rick Deckard, pasta na mão, desceu até o escritório de Harry Bryant.

– Você voltou cedo demais – seu chefe disse, reclinando-se na cadeira e cheirando uma pitada do rapé Specific Nº 1.

– Tenho o que você me mandou buscar. – Rick sentou-se de frente para a mesa. Colocou a pasta no chão. Que cansaço, pensou. A ficha começou a cair, agora que ele havia voltado; perguntava-se se conseguiria estar suficientemente recuperado para o trabalho que tinha pela frente. – Como está o Dave? – perguntou. – Bem o bastante para eu ir falar com ele? Quero fazer isso antes de confrontar o primeiro dos andys.

– Você vai tentar pegar o Polokov primeiro – disse Bryant. – Aquele que atingiu Dave com o laser. É melhor tirá-lo logo da lista, já que ele sabe que está sendo caçado.

– Antes de falar com o Dave?

Bryant estendeu a mão na direção de uma folha de papel borrada, uma terceira ou quarta cópia de carbono.

– Polokov conseguiu um trabalho na cidade como lixeiro, um catador.

– Não são só Especiais que fazem esse tipo de trabalho?

– Polokov está se fazendo passar por um Especial, um cabeça de formiga. Bem deteriorado, ou assim ele finge ser. É o que enganou Dave; externamente, Polokov age e se parece tanto com um cabeça de formiga que Dave acabou se esquecendo. Você confia na escala Voigt-Kampff agora? Tem absoluta certeza, com base no que aconteceu em Seattle, que...

– Confio – Rick respondeu, abruptamente. E não se estendeu.

– Vou aceitar sua palavra nisso – disse Bryant. – Mas não pode haver um único deslize.

– Isso nunca pode acontecer na caça a androides. Esta não vai ser diferente.

– O Nexus-6 é diferente.

– Já encontrei o meu primeiro – disse Rick. – E Dave encontrou dois. Três, se contarmos Polokov. O.k., vou aposentar Polokov hoje e, então, talvez esta noite ou amanhã, eu fale com o Dave. – Ele pegou a cópia de carbono borrada com o relatório sobre o androide Polokov.

– Mais uma coisa – acrescentou Bryant. – Um policial soviético, da WPO, está vindo pra cá. Enquanto você estava em Seattle eu recebi uma ligação dele; ele está a bordo de um foguete da Aeroflot que vai aterrissar no campo público, aqui, em cerca de uma hora. Sandor Kadalyi, o nome dele.

– O que ele quer? – Era raro os polícias da WPO aparecerem em San Francisco.

– A WPO está tão interessada nos novos modelos Nexus-6 que querem um homem deles junto de você. Um observador... e também, se ele puder, vai te ajudar. É você quem decide quando e se ele pode ser útil. Mas eu já dei a ele permissão pra te acompanhar.

– Mas, e a recompensa?

– Você não tem que dividir – disse Bryant, esboçando um sorriso desgastado.

– Eu simplesmente não consideraria isso justo, financeiramente falando. – Ele não tinha absolutamente nenhuma intenção de dividir seus vencimentos com um valentão da WPO. Estudou o relatório sobre Polokov; continha uma descrição do homem – ou melhor, do andy –, seu atual endereço e local de trabalho: Corporação de Catadores de Bay Area, com escritórios em Geary.

– Quer esperar a chegada do policial soviético para ajudá-lo a aposentar o Polokov? – perguntou Bryant.

– Sempre trabalhei sozinho – Rick arrepiou-se. – Claro, é uma decisão sua... farei o que você disser. Mas preferiria enfrentar Polokov agora, sem ter de esperar Kadalyi chegar à cidade.

– Vá em frente, pode ir sozinho – decidiu Bryant. – E depois, no próximo, que será a srta. Luba Luft (aí tem uma ficha sobre ela, também), você pode levar o Kadalyi.

Depois de enfiar as cópias de carbono em sua pasta, Rick deixou o escritório do chefe e subiu mais uma vez até o terraço para seu hovercar estacionado. E agora vamos visitar o sr. Polokov, disse a si mesmo. E acariciou o tubo de laser.

Em sua primeira tentativa de caçar o androide Polokov, Rick parou nos escritórios da Corporação de Catadores de Bay Area.

– Estou procurando um funcionário de vocês – disse à severa e grisalha mulher que operava a central vidfônica. O edifício dos catadores o impressionou: grande e moderno, concentrava escritórios de um grande contingente de executivos de alto escalão. Os carpetes espessos e as caras mesas de madeira autêntica lembraram a ele que a coleta de resíduos e a remoção de entulho tinham se tornado, desde a guerra, uma das indústrias mais importantes da Terra. O planeta inteiro começava a se desfazer em lixo, e mantê-lo habitável para a população remanescente exigia que o lixo fosse removido de vez em quando... ou, como Buster Gente Fina gostava de afirmar, a Terra morreria sob uma camada – não de poeira radioativa – mas de bagulho.

– O sr. Ackers – informou-lhe a vidfonista – é o gerente do departamento pessoal. – Apontou para uma mesa imponente, ainda que em imitação de carvalho, à qual se sentava um minúsculo e afetado sujeito de óculos, absorvido em sua infinidade de papéis.

Rick apresentou sua identidade policial.

— Onde está seu funcionário Polokov neste exato momento? No trabalho ou em casa?

Após uma relutante consulta a seus registros, o sr. Ackers respondeu:

— Polokov deve estar trabalhando. Prensando hovercars em nossa fábrica em Daly City e despejando-os na baía. Entretanto... — O gerente do departamento pessoal consultou outro papel, pegou seu vidfone e fez uma chamada interna para alguém no edifício. — Ele não está, então — disse, finalizando a chamada; ao desligar, dirigiu-se a Rick: — Polokov não apareceu hoje para trabalhar. Nenhuma explicação. Que foi que ele fez, oficial?

— Se ele aparecer — disse Rick —, não diga que eu estive aqui à sua procura. Entendeu?

— Sim, entendi — Ackers respondeu amuado, como se sua profunda instrução em assuntos de polícia tivesse sido menosprezada.

No tunado hovercar do departamento, Rick voou em seguida para o prédio onde morava Polokov, em Tenderloin. Nunca vamos pegá-lo, disse para si. Eles, Bryant e Holden, esperaram demais. Em vez de me mandar para Seattle, Bryant deveria ter me mandado acossar Polokov, na noite passada mesmo, logo que Dave foi ferido.

Que lugar sujo, observou Rick enquanto cruzava o terraço na direção do elevador. Baias de animais abandonadas, cobertas por meses de Poeira. E, numa gaiola, um bicho falso que não funcionava mais, uma galinha. De elevador, ele desceu até o andar de Polokov e achou o fim do corredor, como uma caverna subterrânea. Usando seu farolete policial com bateria A, iluminou a passagem e outra vez deu uma olhada na cópia de carbono. O teste Voigt-Kampff já tinha sido aplicado em Polokov. Podia pular essa parte e ir direto ao trabalho de destruir o androide.

Melhor pegá-lo daqui de fora, decidiu. Colocando no chão seu kit de armas, abriu-o e tirou um transmissor não direcional de ondas Penfield. Apertou a tecla para catalepsia; ele mesmo estava protegido contra a emanação de estado de ânimo por conta da onda contrária transmitida pela estrutura de metal do aparelho, direcionada exclusivamente para ele.

Estão todos paralisados, disse a si mesmo enquanto desligava o transmissor. Todos, humanos e androides, que estiverem na vizinhança. Nenhum risco pra mim. Tudo o que tenho de fazer é entrar e atingi-lo com o laser. Isso, claro, se ele estiver no apartamento, o que não é provável.

Usando uma chave universal, que analisava e abria todos os tipos conhecidos de fechadura, Rick entrou no apartamento de Polokov, arma laser na mão.

Nada de Polokov. Só móveis semiarruinados, um lugar de bagulho e decadência. De fato, nenhum objeto pessoal: Rick foi recebido por velharias não reclamadas que Polokov havia herdado quando ocupou o apartamento e que, ao deixá-lo, abandonou para o futuro morador, se é que surgiria algum.

Sabia, disse para si. Bem, lá se vai o primeiro prêmio de mil dólares; já deve estar lá pelo Círculo Antártico. Fora da minha jurisdição; outro caçador de recompensas, de outro departamento de polícia, vai aposentar Polokov e reclamar o dinheiro. Agora, eu suponho, é ir atrás dos outros andys que não foram avisados, como foi Polokov. É ir atrás de Luba Luft.

De volta ao terraço, no interior de seu hovercar, ele reportou a Bryant via vidfone:

– Sem sorte com Polokov. Deve ter partido logo depois de atingir o Dave com o laser. – Olhou para seu relógio de pulso. – Quer que eu pegue o Kadalyi no campo? Isso vai economizar tempo e eu estou ansioso pra começar com a srta. Luft. – Já tinha à frente o relatório com as informações sobre ela, e começava a estudá-lo minuciosamente.

– Boa ideia – disse Bryant –, a não ser pelo fato de que o sr. Kadalyi já está aqui; sua nave da Aeroflot chegou mais cedo (como de costume, segundo ele). Só um momento. – Conferenciou com o soviético fora do alcance do vidfone. – Ele vai até aí encontrar com você – informou Bryant, voltando à tela. – Enquanto isso, estude os dados sobre a srta. Luft.

– Cantora de ópera. Supostamente nascida na Alemanha. Ligada à Companhia de Ópera de San Francisco, no momento. – Meneou a cabeça, pensativo, a mente no relatório. – Deve ter uma bela voz, para se colocar tão rapidamente. O.k., vou esperar pelo Kadalyi aqui. – Deu a Bryant sua localização e desligou.

Vou me apresentar como um fã de ópera, ele resolveu enquanto continuava a ler. Gostaria, particularmente, de assisti-la interpretar Donna Anna, de *Don Giovanni*. Em minha coleção pessoal, tenho gravações de grandes nomes do passado, como Elizabeth Schwarzkopf, Lotte Lehmann e Lisa Della Casa. Isso vai nos dar algo pra conversar enquanto preparo meu equipamento Voigt-Kampff.

O vidfone do carro soou. Pegou o aparelho receptor.

– Sr. Deckard – disse a operadora da central vidfônica da polícia –, uma ligação para o senhor, de Seattle. O sr. Bryant pediu que a transferisse para o senhor. É da Associação Rosen.

– O.k. – disse Rick, e esperou. O que querem?, perguntou-se. Até onde podia entender, os Rosen já tinham dado prova de que eram sinônimo de problemas. E, claro, continuariam sendo, o que quer que resolvessem fazer.

O rosto de Rachael Rosen surgiu na pequena tela.

– Olá, oficial Deckard. – Seu tom parecia conciliador; isso chamou a atenção dele. – Está ocupado agora ou podemos conversar?

– Continue – disse.

– Nós da Associação temos discutido a respeito de sua situação envolvendo os modelos Nexus-6 que fugiram, e, conhecendo-os como conhecemos, achamos que o senhor teria mais sorte se um de nós trabalhasse junto com você.

– Fazendo o quê?

– Bem, acompanhando-o. Quando o senhor for procurá-los.

– Por quê? No que isso ajudaria?

– Os Nexus-6 ficariam apreensivos ao serem abordados por um humano. Mas se outro Nexus-6 fizesse o contato...

– Você se refere, especificamente, a si mesma.

— Sim — ela assentiu sobriamente.

— Já tenho ajuda demais.

— Mas eu realmente acho que o senhor precisa de mim.

— Duvido. Mas vou pensar a respeito e depois ligo para você. — Num futuro distante e indefinido, disse ele para si mesmo. Ou, o que era mais provável, nunca. Tudo o que eu preciso: Rachael Rosen brotando da Poeira a cada passo.

— O senhor não está falando sério — disse Rachael. — Nunca vai me ligar. Não compreende quão ágil pode ser um Nexus-6 fugitivo e clandestino, quão impossível será para o senhor. Nós sentimos que lhe devemos isso porque... o senhor sabe. Sabe o que fizemos.

— Vou aceitar isso como um aviso — e começou a desligar.

— Sem mim — argumentou Rachael —, um deles vai pegá-lo antes mesmo que o senhor consiga se aproximar dele.

— Adeus — ele disse e desligou. Que tipo de mundo é este, ele se perguntou, em que uma androide vidfona para um caçador de recompensas e oferece ajuda? Ele ligou de volta para a vidfonista da polícia.

— Não me encaminhe mais chamadas de Seattle.

— Sim, sr. Deckard. O sr. Kadalyi já o encontrou?

— Ainda estou esperando. E é melhor ele se apressar, porque não vou ficar aqui por muito tempo — e desligou.

Assim que ele retomou a leitura das informações sobre Luba Luft, um táxi hovercar desceu até aterrissar no terraço, a alguns metros de distância. Dele desceu, sorrindo, mão estendida, aproximando-se do carro de Rick, um homem de rosto vermelho e aparência angelical, claramente na casa dos 50 anos, vestindo um pesado e impressionante sobretudo de estilo russo.

— Sr. Deckard? — perguntou o homem com sotaque eslavo. — O caçador de recompensas do Departamento de Polícia de San Francisco? — O táxi vazio alçou voo, e o russo observou o veículo partir, distraidamente. — Sou Sandor Kadalyi — disse e abriu a porta do carro para se espremer ao lado de Rick.

Enquanto apertava a mão de Kadalyi, Rick notou que o representante da WPO carregava um modelo estranho de tubo de laser, um subtipo que ele nunca tinha visto antes.

– Ah, isto? – Kadalyi disse. – Interessante, não? – Tirou a arma do coldre. – Consegui em Marte.

– Pensava que conhecia todas as armas de mão já fabricadas – comentou Rick. – Até aquelas feitas nas e para as colônias.

– Nós mesmos fabricamos esta – disse Kadalyi, sorrindo, radiante como um Papai Noel eslavo, o rosto avermelhado repleto de orgulho. – Gosta? Seu diferencial, funcionalmente, é... aqui, pegue. – Passou a arma para Rick, que a examinou com destreza, resultado de anos de experiência.

– O que a difere, funcionalmente? – disse Rick. Não conseguia descobrir.

– Aperte o gatilho.

Apontando para cima, por fora da janela do carro, Rick apertou o gatilho. Nada aconteceu, nenhum raio de luz surgiu. Confuso, ele se virou para Kadalyi.

– O circuito de disparo – Kadalyi disse alegremente – não é fixo na arma. Continua comigo. Viu? – Abriu a mão, mostrando uma minúscula unidade. – E também posso direcionar o raio de luz, dentro de certos limites. Não importa para onde seja apontado.

– Você não é Polokov, você é Kadalyi – disse Rick.

– Você não quer dizer o contrário? Você está um pouco confuso.

– Eu quis dizer que você é Polokov, o androide; você não é da polícia soviética. – Rick, com o dedo do pé, apertou o botão de emergência no piso do hovercar.

– Por que meu tubo de laser não dispara? – perguntou Kadalyi-Polokov, ligando e desligando o miniaparelho de disparo e apontando a arma que tinha na mão.

– Uma onda senoidal – disse Rick. – Ela interrompe gradualmente a emanação de laser e transforma o raio em luz comum.

– Neste caso, vou ter de quebrar seu pescocinho. – O androide deixou cair a arma e, com um rosnado, estendeu ambas as mãos para o pescoço de Rick.

Assim que as mãos do androide afundaram em sua garganta, Rick disparou seu revólver antigo e tradicional diretamente do coldre de ombro; a bala Magnum calibre .38 atingiu o androide na cabeça, explodindo sua caixa craniana. A unidade Nexus-6 que a operava desfez-se em pedaços, uma lufada de vento furiosa e alucinada que se espalhou por todo o hovercar. Fragmentos da unidade, bem como a própria poeira radioativa, rodopiaram na direção de Rick. Os destroços aposentados do androide saltaram para trás, colidiram com a porta do carro, ricochetearam e o atingiram fortemente; ele se viu lutando para se livrar dos restos do androide que ainda se contorciam.

Trêmulo, Rick conseguiu finalmente pegar o vidfone e chamar o Palácio de Justiça.

– Posso fazer meu relatório? – disse. – Diga a Harry Bryant que peguei Polokov.

– "Você pegou Polokov". Ele vai entender isso?

– Vai – Rick respondeu, e desligou. Cristo, foi por pouco, pensou. Devo ter exagerado por conta do aviso de Rachael Rosen; fiz o contrário e isso quase acabou comigo. Mas acertei Polokov, disse para si. Aos poucos, as glândulas suprarrenais deixaram de bombear as várias secreções para sua corrente sanguínea, o ritmo cardíaco voltou ao normal e a respiração se tornou menos ofegante. Mas ele ainda tremia. De todo modo, acabo de faturar mil dólares, pensou. Então valeu a pena. E minhas reações são mais rápidas que as de Dave Holden. Não há dúvida, porém, de que a experiência de Dave me preparou para isso. Tenho que admitir. Dave não recebeu um aviso desses.

Pegando o vidfone novamente, Rick tentou ligar para casa, para Iran. Enquanto isso, conseguiu acender um cigarro, o tremor começava a desaparecer.

O rosto de sua esposa, choroso por conta das seis horas de depressão autoacusatória que ela havia predito, materializou-se na vidtela.

– Ah, oi, Rick.

– O que aconteceu com o 594 que escolhi pra você antes de sair? O agradecido reconhecimento da…

– Eu redefini. Logo que você saiu. O que você quer? – Sua voz mergulhou em um desesperançoso tom desalentado. – Estou tão cansada... eu simplesmente não tenho mais esperança, de nada. De nosso casamento... e de você acabar morto por um desses andys. É isso o que você quer me falar, Rick? Que um andy pegou você? – Ao fundo, a algazarra de Buster Gente Fina ribombava e se espalhava, abafando-lhe as palavras; ele via a boca de Iran se mover, mas escutava somente a TV.

– Escute – ele interrompeu. – Consegue me ouvir? Estou no meio de algo importante. Um novo modelo de androide com quem ninguém consegue lidar, aparentemente, exceto eu. Já aposentei um deles, e isso já é algo incrível. Sabe o que nós vamos ter antes mesmo de eu terminar?

Iran olhou para ele sem realmente vê-lo, e, acenando com a cabeça, exclamou:

– Oh.

– Eu não disse ainda! – Ele podia notar, agora; desta vez, a depressão da esposa tornara-se tão vasta que ela nem mesmo o escutava. Para todos os efeitos, ele conversava com o nada. – Te vejo à noite – finalizou amargamente e bateu com força o receptor. Maldita seja, disse para si. Pra que diabos estou arriscando a minha vida? Ela nem se importa se temos um avestruz ou não; nada a atinge. Eu devia ter me livrado dela dois anos atrás, quando pensamos em nos separar. Ainda posso fazer isso, lembrou-se.

Desanimado, inclinou-se para baixo, reuniu seus papéis amassados no piso do carro, incluindo as informações sobre Luba Luft. Nenhum apoio, constatou para si. A maioria dos androides que conheço tem mais vitalidade e desejo de viver do que a minha mulher. Ela nada tem pra me oferecer.

Isso o fez pensar mais uma vez em Rachael Rosen. O aviso que ela lhe deu sobre a mentalidade dos Nexus-6, ele percebeu, tinha se revelado correto. Presumindo que ela não quisesse parte alguma do dinheiro da recompensa, talvez ele pudesse usá-la.

O encontro com Kadalyi-Polokov tinha mudado imensamente suas ideias.

Acelerando subitamente seu hovercar, ele saiu voando rápido em direção à antiga Casa de Ópera Memorial da Guerra, onde, de acordo com as anotações de Dave Holden, ele encontraria Luba Luft àquela hora do dia.

Agora também pensava nela. Algumas androides lhe pareciam bem bonitas; ele tinha se sentido fisicamente atraído por várias delas, e essa era uma sensação estranha, pois sabia racionalmente que eram máquinas e que, ainda assim, reagiam emocionalmente.

Rachael Rosen, por exemplo. Não, decidiu ele, magra demais. Nenhum desenvolvimento de fato, especialmente no busto. Uma compleição de criança, plana e maçante. Podia arranjar coisa melhor. Que idade o relatório atribuía a Luba Luft? Enquanto dirigia, ele puxou as anotações amarfanhadas e descobriu a sua assim chamada "idade". Vinte e oito, lia-se no relatório. A julgar pela aparência, que, no caso dos andys, era o único critério utilizável.

É uma boa coisa eu saber algo de ópera, Rick refletiu. Esta é outra vantagem que eu tenho sobre Dave. Eu tenho mais bagagem cultural.

Vou tentar capturar mais um andy antes de pedir ajuda a Rachael, decidiu. Se a srta. Luft se revelar excepcionalmente difícil... mas ele tinha a intuição de que ela não seria. Polokov tinha sido o valentão; os demais, inconscientes de que alguém os caçava ativamente, cairiam um após outro, seriam destruídos um a um, como patinhos na lagoa.

Enquanto descia para o amplo e ornamentado terraço da casa de ópera, ele cantava em voz alta um pout-pourri de árias num pseudoitaliano inventado por ele mesmo naquele momento. Mesmo sem o sintetizador de ânimo Penfield à mão, seu espírito se iluminou de otimismo. Em uma antecipação jubilosa e faminta.

No enorme ventre de baleia feito de aço e pedra, construído para dar forma à antiga, alongada e duradoura casa de ópera, Rick Deckard deparou com um ensaio reverberante, ruidoso e dissonante em andamento. Quando entrou, reconheceu a música: *A Flauta Mágica*, de Mozart, últimas cenas do primeiro ato. Os escravos do mouro – ou seja, o coro – tinham começado a entoar a canção um compasso adiantado, o que havia anulado o singelo ritmo dos sinos mágicos.

Que prazer! Ele adorava *A Flauta Mágica*. Sentou-se confortavelmente em um assento circular acolchoado do balcão nobre (ninguém parecia notar a sua presença). Naquele instante, Papageno, em seu fantástico traje emplumado, cantava, ao lado de Pamina, aquelas palavras que sempre enchiam os olhos de Rick de lágrimas, quando e se pensava nelas:

Könnte jeder brave Mann
solche Glöckchen finden,
seine Feinde würden dann
ohne Mübe schwinden.[2]

---

2   Em tradução livre: Se cada homem corajoso / encontrasse esses pequenos sinos, / seus inimigos iriam, então, / desaparecer sem dificuldade. [N. de E.]

Bem, Rick refletiu, na vida real não existem esses sinos mágicos que façam os inimigos desaparecerem sem dificuldade. Pena. E Mozart, não muito tempo depois de escrever *A Flauta Mágica*, morreria de doença nos rins, com trinta e tantos anos. E seria sepultado em uma vala comum como indigente.

Pensando nisso, Rick se perguntou se Mozart intuíra que não havia futuro, que já tinha esgotado o seu pouco tempo. Talvez eu também tenha, refletiu Rick, observando o transcorrer do ensaio. Este ensaio vai terminar, a encenação vai terminar, os cantores vão morrer, a última partitura da música será enfim destruída, de um jeito ou de outro. Finalmente, o nome "Mozart" desaparecerá e a Poeira terá vencido. Se não neste planeta, em outro. Podemos evitá-la por algum tempo. Como os andys podem me evitar e existir por uma duração finita pouco maior. Mas eu vou pegá-los, ou outro caçador de recompensas vai fazê-lo. De certo modo, ele entendia, sou parte do processo de entropia que destrói todas as formas. A Associação Rosen faz, eu desfaço. Ou, de alguma maneira, é assim que deve parecer a eles.

No palco, Papageno e Pamina começavam um diálogo. Ele interrompeu sua introspecção para ouvir:

Papageno: "Minha criança, o que devemos dizer agora?".
Pamina: "A verdade. Isso é o que vamos dizer".

Inclinando-se para a frente para poder ver melhor, Rick estudou Pamina, vestida em um figurino pesado e contorcido, com uma touca, encimada por um véu, que lhe cobria os ombros e o rosto. Reexaminou o relatório e, então, recostou-se satisfeito. Acabo de identificar meu terceiro androide Nexus-6, ele constatou. Esta é Luba Luft. Um pouco irônico, esse sentimento que seu papel evoca. Por mais vivaz, ativa e atraente que seja, uma androide fugitiva dificilmente diria a verdade. Ao menos sobre si mesma.

No palco, Luba Luft continuava a cantar e Rick se surpreendeu com a qualidade de sua voz: era avaliada como uma das melhores, mesmo se comparada àquelas notáveis de sua coleção de fitas históricas. A Associação Rosen a havia construído com perfeição, tinha de reconhecer. E novamente se percebeu *sub specie aeternitatis*, o destruidor de formas invocado àquele lugar por aquilo que ali via e ouvia. Talvez, quanto melhor ela represente, quanto melhor ela cante, mais necessária seja a minha presença. Se os androides tivessem permanecido num padrão inferior, como os antigos q-40 fabricados pela Derain Associados, não haveria problemas nem necessidade de minhas habilidades. Queria saber quando devo agir, perguntou a si mesmo. Logo que puder, provavelmente. No fim do ensaio, assim que ela se dirigir para o camarim.

Fim de ato, o ensaio foi temporariamente suspenso. Em inglês, francês e alemão, o maestro informou que os trabalhos seriam retomados em uma hora e meia. E então se afastou. Os músicos deixaram seus instrumentos onde estavam e também saíram. Rick se levantou, dirigiu-se para os bastidores e daí para os camarins; seguiu o final do cortejo de artistas, sem pressa, imerso em pensamentos. Vai ser melhor assim, acabando logo com isso. Vou conversar com ela por pouco tempo, testando-a na medida do possível. Logo que tiver certeza – porém, tecnicamente, ele não poderia ter certeza, não até depois do teste. Talvez Dave tenha tido uma intuição errada a respeito dela, conjecturou. Assim espero. Mas ele duvidava disso. Seu senso profissional já havia respondido instintivamente. E Rick nunca havia errado... com o departamento ao longo dos anos.

Parando um figurante, ele perguntou pelo camarim da srta. Luft. Maquiado e vestido como egípcio, o figurante apontou uma porta; ao se aproximar dela, Rick viu um pedaço de papel escrito à tinta pregado com os dizeres SRTA. LUFT – PARTICULAR. E bateu.

– Pode entrar.

Ele entrou. A moça, sentada à penteadeira, trazia aberta sobre seus joelhos uma manuseada partitura encadernada em tecido, e fazia marcações aqui e ali com uma caneta esferográfica. Ainda estava maquiada e trajava seu figurino, exceto a touca, que ela havia colocado sobre a prateleira.

– Pois não? – ela disse, erguendo o olhar. A maquiagem de palco ampliava seus olhos, enormes e amendoados; ela os fixou nele e não os tirou dali. – Estou ocupada, como pode ver. – Nenhum vestígio de sotaque em seu inglês.

– Para mim, você se compara a Schwarzkopf – Rick disse.

– Quem é você? – Seu tom guardava uma reserva fria; e aquela frieza que ele havia encontrado em tantos outros androides. Sempre o mesmo: intelecto poderoso, enorme capacidade de realização, mas também isso. Uma coisa deplorável. Sem isso, no entanto, ele não conseguiria persegui-los.

– Sou do Departamento de Polícia de San Francisco – disse.

– Ah é? – Os olhos enormes e intensos sequer piscaram ou reagiram. – Por que está aqui? – Estranhamente, seu tom de voz parecia afável.

Sentando-se em uma cadeira próxima, ele abriu sua pasta.

– Fui enviado para aplicar um teste-padrão de perfil de personalidade em você; não levará mais que alguns minutos.

– Isso é realmente necessário? – Com um gesto, ela apontou a grande partitura encadernada. – Estou meio ocupada. – Agora ela começava a dar sinais de apreensão.

– É necessário. – Ele tirou da pasta o equipamento Voigt-Kampff e começou a montá-lo.

– Um teste de QI?

– Não. De empatia.

– Tenho de colocar meus óculos. – Estendeu a mão para abrir uma gaveta da penteadeira.

– Se você consegue marcar a partitura sem óculos, não precisa deles para fazer este teste. Vou lhe mostrar algumas fotografias e fazer uma série de perguntas. Enquanto isso... – Ele se levantou, aproximou-se dela e, inclinando-se, apertou o disco adesivo de fios sensíveis contra o rosto extremamente maquiado de Luba Luft. – E esta luz – disse, ajustando o ângulo do emissor de feixe de luz –, e é isso.

– Você acha que eu sou uma androide? É isso? – Sua voz tinha desaparecido até quase se extinguir. – Não sou uma androide. Nunca

estive em Marte. Nem nunca *vi* um androide! – Seus longos cílios tremeram involuntariamente; Rick percebeu que ela procurava demonstrar tranquilidade. – Você tem a informação de que existe um androide no elenco? Teria prazer em ajudá-lo; se eu fosse uma androide, teria prazer em ajudar?

– Um androide não liga para o que acontece a outro androide. Este é um dos indícios que procuramos.

– Nesse caso, você deve ser um androide – disse a srta. Luft.

Isso o paralisou; ele olhou fixamente para ela, que continuou:

– Porque seu trabalho é matar androides, não é? Você é o que chamam de... – esforçou-se para se lembrar.

– Um caçador de recompensas – Rick disse. – Mas não sou um androide.

– Esse teste que você quer aplicar em mim... – a voz dela, agora, começava a voltar – já se submeteu a ele?

– Já – ele assentiu. – Muito, muito tempo atrás; quando comecei a trabalhar com o departamento.

– Talvez seja uma memória falsa. Os androides não saem por aí com memórias falsas de vez em quando?

– Meus superiores têm conhecimento do teste – disse Rick. – É obrigatório.

– Talvez tenha havido, alguma vez, um homem parecido com você, e em algum momento você o matou e tomou o lugar dele. E seus superiores não têm conhecimento. – Ela sorriu. Como se o convidasse a concordar.

– Vamos continuar com o teste – ele disse, tirando a lista de perguntas.

– Vou me submeter ao teste – disse Luba Luft – se você passar por ele primeiro.

Outra vez ele a encarou fixamente, sem saber o que dizer.

– Não seria mais justo? – ela perguntou. – Aí eu teria mais confiança em você. Não sei, você parece tão estranho, tão duro, tão peculiar. – Ela estremeceu, e sorriu novamente. Com esperança.

– Você não seria capaz de aplicar o teste Voigt-Kampff. Exige uma experiência considerável. Agora, por favor, escute com atenção. Estas perguntas dizem respeito a situações sociais que você pode ter de enfrentar. Quero que você declare como reagiria, o que faria. E quero que você responda o mais rapidamente possível. Um dos fatores que vou registrar é o lapso de tempo, se acontecer. – Escolheu a primeira pergunta. – Você está sentada assistindo TV e, de repente, percebe uma vespa rastejando em seu pulso. – Checou com o relógio, contando os segundos. Conferiu, ainda, com os mostradores duplos.

– O que é uma vespa? – Luba Luft perguntou.

– Um inseto que voa e pica.

– Hmm, que estranho. – Seus olhos enormes se arregalaram em aceitação infantil, como se ele tivesse revelado o mistério essencial da criação. – Elas ainda existem? Nunca vi uma.

– Extinguiram-se por causa da Poeira. Não sabe mesmo o que é uma vespa? Você devia estar viva na época em que havia vespas. Foi há apenas...

– Me diz a palavra em alemão.

Ele tentou se lembrar do termo alemão para vespa, mas não conseguiu.

– Seu inglês é perfeito – disse, com raiva.

– Meu sotaque – ela corrigiu – é perfeito. Tem de ser, para desempenhar meus papéis, para Purcell e Walton e Vaughan Williams. Mas meu vocabulário não é muito grande. – Olhava-o timidamente.

– *Wespe* – ele disse, lembrando-se do termo alemão.

– *Ach* sim, *eine Wespe* – riu. – Qual era mesmo a pergunta? Já esqueci.

– Vamos tentar outra. – Seria impossível, agora, obter uma reação significativa. – Você está assistindo a um filme antigo na TV, um filme de antes da guerra. Está acontecendo um banquete. A entrada – ele pulou a primeira parte da pergunta – consiste em cão cozido, recheado com arroz.

– Ninguém mataria e comeria um cão – Luba Luft disse. – Eles valem uma fortuna. Talvez fosse um cachorro de mentira: uma imitação. Certo? Mas eles são feitos de fios e motores; não podem ser comidos.

— Antes da guerra — ele rangeu.

— Eu não era nascida antes da guerra.

— Mas já viu filmes antigos na TV.

— O filme foi feito nas Filipinas?

— Por quê?

— Porque se costumava comer cão cozido recheado com arroz nas Filipinas — respondeu Luba Luft. — Lembro de ter lido isso.

— Mas sua resposta... — ele disse. — Quero sua reação social, emocional, moral.

— Ao filme? — Pensou um momento. — Eu desligaria e colocaria no Buster Gente Fina.

— Por que desligaria?

— Ora — disse ela, irritada —, quem ia querer assistir a um filme antigo passado nas Filipinas? O que foi que aconteceu nas Filipinas, tirando a Marcha da Morte de Bataan? E você ia querer ver isso? — Ela o encarou indignada. Nos mostradores, os ponteiros oscilavam para todas as direções.

Depois de uma pausa, ele disse cuidadosamente:

— Você aluga uma cabana na montanha.

— *Ja* — ela concordou com a cabeça. — Vá em frente, estou esperando.

— Numa área ainda verdejante.

— Perdão? — Ela cobriu a orelha com a mão em forma de concha. — Nunca ouvi essa palavra.

— Ainda tem árvores e arbustos crescendo. É uma casinha rústica de madeira de pinho, com uma enorme lareira. Nas paredes alguém pendurou mapas antigos, gravuras da Currier & Ives e, acima da lareira, há uma cabeça de veado, uma cabeça com os chifres bem desenvolvidos. As pessoas que te acompanham admiram a decoração da cabana e...

— Não sei o que quer dizer Currier, Ives ou decoração — disse Luba Luft; parecia lutar para entender o significado dos termos. — Espera.

– Levantou a mão de um jeito sério. – Com arroz, como o cachorro. Currier é o que dá cor ao arroz. Em alemão é *curry*.

Ele não conseguia decifrar, de jeito nenhum, se a confusão semântica de Luba Luft tinha algum propósito. Após consultar a si mesmo, decidiu tentar outra questão. Que mais poderia fazer?

– Você está saindo com um homem – disse – e ele a convida para visitar seu apartamento. Enquanto você está lá...

– *O nein* – Luba interrompeu. – Não iria lá. É uma resposta fácil.

– Esta não é a pergunta!

– Você escolheu a pergunta errada? Mas essa eu entendo. Por que a questão que eu entendo é a errada? Não se espera que eu compreenda? – Remexendo-se nervosamente, ela friccionou o rosto e desconectou o disco adesivo, que acabou caindo no chão e deslizando para debaixo da penteadeira. – *Ach Gott* – ela murmurou, e se inclinou para recuperá-lo. Um som áspero, de roupa se rasgando. Seu sofisticado figurino.

– Eu pego – ele disse, e se ergueu ao lado dela; ajoelhou-se, tateou sob a penteadeira até seus dedos localizarem o disco.

Quando se levantou, viu-se sob a mira de um tubo de laser.

– Suas questões – Luba Luft falou com voz nítida e formal – começaram a se referir a sexo. Achei que ia acabar dando nisso. Você não é do departamento de polícia; você é um pervertido sexual.

– Pode ver minha identificação. – Estendeu a mão na direção do bolso do casaco; notou que ela começara a tremer, tal como acontecera com Polokov.

– Se mexer aí – disse Luba Luft – eu te mato.

– Você vai me matar de todo modo. – Ele se perguntou como teria sido se tivesse esperado pela ajuda de Rachael Rosen. Bem, agora não adiantava pensar nisso.

– Me mostre mais algumas perguntas. – Ela estendeu a mão para Rick que, relutante, lhe entregou as folhas. – "Ao ler uma revista, você depara com a foto de página inteira de uma garota nua." Bom, essa é uma. "Você fica grávida de um homem que prometeu se casar com você. O homem a deixa por outra mulher, sua melhor amiga. Você faz um aborto." O padrão de seu interrogatório é evidente. Vou chamar a polícia. – Ainda apontando o tubo de laser na direção dele, Luba atravessou a sala, pegou o vidfone e chamou a vidfonista: – Me coloque na linha com o Departamento de Polícia de San Francisco – disse. – Preciso de um policial.

– O que você está fazendo – Rick observou, aliviado – é a melhor coisa possível. – Mesmo assim, lhe parecia estranho que a garota decidisse fazer isso. Por que ela simplesmente não o matava? Assim que chegasse o patrulheiro, a chance dela desapareceria e tudo o mais seria favorável a ele.

Ela só pode pensar que é humana, concluiu. Claramente não sabe.

Minutos depois, durante os quais Luba o manteve sob a cuidadosa mira do tubo de laser, apareceu enorme policial em seu arcaico uniforme azul com arma e distintivo.

– Muito bem – ele disse imediatamente, dirigindo-se a Luba. – Guarde essa coisa. – Ela pôs de lado o tubo de laser e o policial o pegou para ver se estava carregado. – Então, o que é que está acontecendo aqui? – perguntou a ela. Antes que ela respondesse, ele se virou para Rick: – E você, quem é?

– Ele entrou no meu camarim – explicou Luba Luft. – Nunca o vi antes em minha vida. Ele fingiu que estava fazendo uma pesquisa ou algo assim e queria me fazer perguntas. Pensei que não tinha problema, falei que tudo bem, e então ele começou a me fazer perguntas obscenas.

– Me mostre sua identificação – disse o policial uniformizado a Rick, com a mão estendida.

Enquanto tirava sua identidade, Rick disse:

– Sou um caçador de recompensas no departamento.

– Conheço todos os caçadores de recompensas – disse o policial, investigando a carteira de Rick. – No Departamento de Polícia de San Francisco?

– Meu supervisor é o inspetor Harry Bryant – disse Rick. – Estou com a lista de Dave Holden, agora que Dave está no hospital.

— Como disse, conheço todos os caçadores de recompensa — repetiu o policial — e nunca ouvi falar de você. — Devolveu-lhe a identificação.

— Ligue para o inspetor Bryant — disse Rick.

— Não existe nenhum inspetor Bryant — o policial retrucou.

Rick logo captou o que estava acontecendo.

— Você é um androide — disse ao policial. — Como a srta. Luft. — Aproximou-se do vidfone e pegou o receptor. — Vou chamar o departamento. — Perguntou-se quão longe conseguiria chegar antes que os dois androides o detivessem.

— O número — disse o policial fardado — é...

— Eu sei o número. — Rick discou e, no mesmo instante, surgiu o rosto da operadora da polícia. — Quero falar com o inspetor Bryant — disse.

— Quem fala, por favor?

— Aqui é Rick Deckard. — Aguardou. Enquanto isso, em um dos cantos da sala, o policial tomava o depoimento de Luba Luft. Nenhum dos dois lhe prestava a mínima atenção.

Uma pausa e, então, o rosto de Harry Bryant surgiu na vidtela:

— O que está acontecendo?

— Um probleminha — Rick disse. — Um daqueles da lista do Dave conseguiu ligar e chamar um suposto patrulheiro. Parece que não consigo provar a ele quem sou eu; ele diz que conhece todos os caçadores de recompensa no departamento e ele nunca ouviu falar de mim. — Acrescentou: — Ele nunca ouviu falar de você também.

— Me deixe falar com ele — disse Bryant.

— O inspetor Bryant quer falar com você. — Rick segurava o receptor de vidfone. O policial parou de interrogar a srta. Luft e se aproximou para pegá-lo.

— Oficial Crams — disse vigorosamente. Uma pausa. — Alô? — Ele tentava ouvir, repetiu alô por diversas vezes, esperou, então devolveu o vidfone para Rick. — Não tem ninguém na linha. E ninguém na tela. — Apontou para o vidfone e Rick não viu nada nele.

Tomando o receptor da mão do policial, Rick disse:

— Sr. Bryant? — Levou o aparelho ao ouvido, esperou; nada. — Vou chamar de novo. — Desligou, esperou, então rediscou o número familiar. O vidfone chamou, mas ninguém atendeu; ficou tocando e tocando.

— Me deixe tentar — disse o oficial Crams, tirando o receptor de Rick. — Você deve ter chamado o número errado. — Ele discou. — O número é 842...

— Eu sei o número — disse Rick.

— Oficial Crams na linha — disse ao receptor do vidfone. — Existe algum inspetor Bryant alocado no departamento? — Curta pausa. — Bem, e quanto a um caçador de recompensas chamado Rick Deckard? — Nova pausa. — Certeza? Poderia ter sido recentemente... ah, entendi. O.k., obrigado. Não, a situação está sob controle. — O oficial Crams desligou e se voltou para Rick.

— Eu estava com ele na linha — disse Rick. — Falei com ele. Ele disse que ia falar com você. Deve ser algum problema no aparelho. A ligação deve ter caído em algum momento. Vocês não viram... o rosto de Bryant apareceu na tela e depois sumiu? — Sentiu-se desnorteado.

— Tenho o depoimento da srta. Luft, Deckard. Portanto, vamos até o Palácio de Justiça para que eu possa autuá-lo.

— O.k. — disse Rick. Para Luba Luft, avisou: — Daqui a pouco estarei de volta. Ainda não terminei meu teste com você.

— Ele é um pervertido — Luba Luft disse ao oficial Crams. — Me dá arrepios. — Ela estremeceu.

— Você está ensaiando pra encenar qual ópera? — perguntou a ela o oficial Crams.

— *A Flauta Mágica* — disse Rick.

— Não perguntei pra você; perguntei pra ela. — O policial lançou para Rick um olhar de desagrado.

— Não vejo a hora de chegar ao Palácio de Justiça — Rick disse. — Esse assunto precisa ser esclarecido. — Dirigiu-se à porta do camarim, a pasta firme na mão.

— Antes, vou revistar você. — O oficial Crams inspecionou-o habilmente e descobriu a pistola de serviço e o tubo de laser de Rick.

Confiscou a ambos, depois de cheirar por um momento o cano da pistola. – Foi disparada há pouco tempo – disse.

– Acabei de aposentar um androide – explicou Rick. – Os restos dele ainda estão no meu carro, lá em cima, no terraço.

– Muito bem – assentiu o oficial Crams –, vamos subir e dar uma espiada.

Como os dois homens começavam a sair do camarim, a srta. Luft seguiu-os até a porta:

– Ele não vai voltar, vai, oficial? Ele realmente me dá medo. Ele é tão estranho.

– Se houver um corpo de alguém morto por ele lá em cima no carro – disse Crams –, ele não vai voltar. – Empurrou Rick para a frente e, juntos, tomaram o elevador até o terraço da casa de ópera.

Abrindo a porta do carro de Rick, o oficial Crams examinou silenciosamente o corpo de Polokov.

– Um androide – Rick disse. – Fui enviado para capturá-lo. Ele quase me pegou, fingindo ser...

– Vão tomar seu depoimento no Palácio de Justiça – o oficial Crams o interrompeu. Empurrou Rick até sua viatura de polícia, claramente identificada como tal, que estava parada no estacionamento. No carro, pelo rádio, chamou alguém para vir apanhar Polokov. – O.k., Deckard – disse, desligando –, vamos embora.

Com os dois homens a bordo, a viatura levantou voo do terraço em direção ao sul.

Rick pressentiu que algo não ia bem, não estava como deveria. O oficial Crams guiava o carro na direção errada.

– O Palácio de Justiça é para o norte – disse –, na Lombard.

– Aquele era o antigo Palácio de Justiça – retrucou Crams. – O novo fica na Mission. Aquele prédio velho está caindo aos pedaços. É uma ruína. Está desocupado há anos. Passou tanto tempo assim desde a última vez que você foi autuado?

– Me leve lá – disse Rick –, na Lombard Street. – Estava entendendo tudo naquele momento; via o que os androides, trabalhando juntos, tinham conseguido. Ele não escaparia vivo dessa viagem; para ele seria o fim, assim como quase tinha sido para Dave... e provavelmente acabaria sendo, um dia.

– Aquela garota é muito atraente – disse o oficial Crams. – Claro, com aquele figurino não dá pra ver o corpo direito. Mas eu diria que é bem interessante.

– Admita que você é um androide – Rick disse.

– Por quê? Não sou um androide. O que você faz? Sai andando por aí matando as pessoas e dizendo pra si mesmo que elas são androides? Agora entendi por que a srta. Luft estava assustada. Sorte dela que chamou a gente.

– Então me leve para o Palácio de Justiça, na Lombard.

– Já disse...

– Só vai levar uns três minutos – disse Rick. – Quero ver o prédio. Toda manhã eu entro ali pra trabalhar; quero ver se aquilo está abandonado há anos, como você disse.

– Talvez você seja um androide – comentou o oficial Crams. – Com uma memória falsa, dessas que dão pra eles. Já pensou nisso? – Sorriu com frieza e seguiu dirigindo para o sul.

Consciente de sua derrota e de seu fracasso, Rick reclinou-se no banco. Impotente, esperou pelo que viria a seguir. Qualquer que fosse o plano dos androides, agora eles o tinham sob custódia.

Mas eu peguei um deles, disse para si mesmo; peguei Polokov. E Dave pegou dois.

Pairando sobre a Mission, a viatura de polícia do oficial Crams se preparava para aterrissar.

O edifício do Palácio de Justiça na Mission Street, em cujo terraço o hovercar desceu, projetava-se para o alto em uma série de espirais barrocas, ornamentadas; complicada e moderna, a bela estrutura pareceu atraente para Rick Deckard – exceto por um aspecto. Ele nunca havia visto aquilo antes.

O carro pousou. Minutos depois, Rick estava sendo identificado.

– Trezentos e quatro – disse o oficial Crams ao sargento de serviço na mesa alta. – E... 612.4 e, vejamos. Apresentando-se como autoridade oficial.

– Quatrocentos e seis ponto sete – disse o sargento, preenchendo formulários; escrevia vagarosamente, de um jeito meio entediado. Caso de rotina, sua postura e sua expressão declaravam. Nada de importante.

– Por aqui – o oficial Crams disse a Rick, levando-o para uma mesinha branca em que um técnico operava um equipamento familiar. – Para seu padrão cefálico – disse Crams. – Para sua identificação.

– Eu sei – disse Rick bruscamente. Nos velhos tempos, quando ele mesmo tinha sido um policial fardado, tinha trazido muitos suspeitos para uma mesa como esta. *Como* esta, mas não esta mesa em particular.

Registrado seu padrão cefálico, ele se viu sendo levado para um aposento igualmente familiar; pensativo, começou a reunir seus objetos de valor para entregá-los. Isso não faz sentido, disse para si. Quem são essas pessoas? Se este lugar sempre existiu, *por que não sabíamos nada sobre ele?* E por que eles não sabem sobre nós? Duas agências policiais paralelas, disse para si mesmo; a nossa e a deles. Mas que nunca entraram em contato... pelo que sei até agora. Ou talvez o fizeram, pensou. Talvez esta não seja a primeira vez. Difícil de acreditar, pensou, que isso não tivesse acontecido tempos atrás. Se isto for, de fato, um aparato policial, aqui; se for o que afirma ser.

Um homem à paisana deslocou-se do ponto onde estava parado, em pé; aproximou-se de Rick Deckard em passos cautelosos, observando-o com curiosidade.

– Quem é esse aí? – perguntou ao oficial Crams.

– Um suspeito de homicídio – respondeu Crams. – Temos um cadáver, encontrado no carro dele, mas ele afirma ser de um androide. Estamos checando isso, submetendo o corpo a uma análise de medula óssea no laboratório. E ele posando de oficial da polícia, de caçador de recompensas. Para ter acesso ao camarim de uma mulher a fim de lhe fazer perguntas indecentes. Ela duvidou que ele era quem disse que era e chamou a gente. – Dando um passo atrás, Crams disse: – Quer finalizar o assunto com ele, senhor?

– Tudo bem. – O inspetor de polícia, com seus olhos azuis, narinas dilatadas e lábios inexpressivos, encarou Rick e estendeu as mãos na direção da pasta. – O que o senhor carrega aqui dentro, sr. Deckard?

– Material relativo ao teste de personalidade Voigt-Kampff. Estava testando um suspeito quando o oficial Crams me prendeu. – Observou o inspetor vasculhar o conteúdo da pasta, examinando item por item. – As perguntas que fiz à srta. Luft são questões-padrão V-K, impressas no...

– O senhor conhece George Gleason e Phil Resch? – perguntou o inspetor.

– Não – respondeu Rick, nenhum nome dizia nada para ele.

– São caçadores de recompensas do norte da Califórnia. Ambos são vinculados ao nosso departamento. Talvez o senhor encontre com eles enquanto estiver aqui. O senhor é um androide, sr. Deckard? Pergunto isso porque em várias ocasiões, no passado, tivemos andys fugitivos por aqui, se passando por caçadores de recompensas de outros Estados em busca de um suspeito.

– Não sou androide – disse Rick. – Pode aplicar o Voigt-Kampff em mim; já me submeti a isso antes e não me incomodo em fazer de novo. Mas eu sei quais serão os resultados. Posso ligar pra minha esposa?

– Tem direito a um telefonema. Prefere ligar para ela do que para um advogado?

– Vou ligar pra minha esposa – Rick disse. – Ela pode conseguir um advogado pra mim.

O inspetor lhe deu uma moeda de cinquenta centavos e apontou:

– Tem um vidfone ali. – O homem observou Rick cruzar a sala até o aparelho. Então voltou a examinar o conteúdo da pasta.

Inserindo a moeda, Rick discou o número de sua casa. E ficou ali parado no que pareceu uma eternidade, esperando.

O rosto de uma mulher surgiu na vidtela.

– Olá – ela disse.

Não era Iran. Ele nunca tinha visto aquela mulher em sua vida.

Desligou, andou lentamente de volta até o inspetor.

– Sem sorte? – o oficial perguntou. – Bem, o senhor pode fazer outra chamada, temos uma política liberal nesse quesito. Não posso lhe oferecer a oportunidade de chamar um fiador porque seu crime é, no momento, inafiançável. Mas, quando o senhor for indiciado...

– Eu sei – interrompeu Rick, amargamente. – Esse procedimento policial é familiar pra mim.

– Aqui está a sua pasta – disse o oficial; estendeu-a para Rick. – Venha aqui no meu escritório... queria conversar com o senhor mais um pouco. – Começou a descer um corredor lateral; Rick o seguia. Então, parando e se voltando, o inspetor disse: – Meu nome é Garland. – Estendeu a mão e ambos se cumprimentaram. Rapidamente. – Sente-se – disse Garland enquanto abria a porta do escritório e se instalava em uma mesa grande e bem arrumada.

Rick sentou-se de frente para a mesa.

— Esse teste Voigt-Kampff — Garland disse — que você menciona... — Indicou a pasta de Rick. — Todo esse material... — Encheu e acendeu um cachimbo, baforou por um momento. — É uma ferramenta analítica pra identificar andys?

— É nosso teste básico — disse Rick. — O único que usamos atualmente. O único capaz de distinguir a nova unidade cerebral Nexus-6. Você nunca ouviu falar nesse teste?

— Ouvi falar de várias escalas de análise de perfil para se usar com androides. Mas não desta. — Continuou a estudar Rick atentamente, seu rosto severo; Rick não conseguia vislumbrar o que Garland pensava. — Essas cópias de carbono borradas — continuou Garland — que você tem na sua pasta. Polokov, srta. Luft... seus alvos. O próximo sou eu.

Rick o encarou, então pegou a pasta.

Num instante as cópias de carbono estavam espalhadas à sua frente. Garland tinha falado a verdade; Rick examinava a folha. Nenhum dos homens — ou melhor, nem ele nem Garland — falou durante algum tempo até que Garland, limpando a garganta, tossiu nervosamente.

— É uma sensação desagradável — disse. — Ver-se de repente alvo de um caçador de recompensas. Ou seja lá o que você for, Deckard. — Apertou uma tecla no interfone de sua mesa e falou: — Mande um dos caçadores de recompensas para cá; não me interessa qual. O.k., obrigado. — Soltou a tecla. — Phil Resch estará aqui em instantes — disse a Rick. — Quero ver a lista dele antes de continuar.

— Você acha que eu posso estar na lista dele? — Rick perguntou.

— É possível. Logo saberemos. Melhor ter certeza sobre esses assuntos críticos. Melhor não deixá-los ao acaso. Essa folha com informação sobre mim... — indicou a cópia de carbono borrada — ... não me cita como inspetor de polícia; erroneamente, me coloca como corretor de seguros. Fora isso está correta, no que diz respeito a descrição física, idade, hábitos pessoais, endereço residencial. Sim, sou eu, tudo certo. Veja você mesmo. — Empurrou a folha para Rick, que a pegou e deu uma olhada.

A porta do escritório se abriu e surgiu um homem alto e macilento, enrugado, usando óculos com armação grossa, bigode e cavanhaque desgrenhados. Garland se levantou, apontando Rick.

– Phil Resch, Rick Deckard. Vocês dois são caçadores de recompensas e esta é uma boa hora pra vocês se conhecerem.

Apertando a mão de Rick, Phil Resch perguntou:

– Em que cidade você está trabalhando?

– San Francisco – Garland respondeu por Rick. – Aqui; dê uma olhada na agenda dele. Esta é a próxima missão dele. – Deu a Phil Resch a folha que Rick estava examinando, aquela com sua própria descrição.

– Putz, Gar – disse Phil Resch. – É você.

– E tem mais – Garland disse. – Ele também tem a cantora de ópera Luba Luft em sua lista de aposentações, e Polokov. Lembra do Polokov? Está morto agora; este caçador de recompensas ou o que quer que seja pegou-o, e estamos fazendo um teste de medula óssea no laboratório. Para ver se tem alguma base concebível...

– Eu conversei com o Polokov – Phil Resch disse. – Aquele Papai Noel enorme da polícia soviética? – Ponderou, cofiando seu cavanhaque bagunçado. – Acho que é uma boa ideia fazer um teste de medula óssea nele.

– Por que você diz isso? – Garland perguntou, claramente aborrecido. – É para eliminar qualquer base legal sobre a qual este homem, Deckard, possa alegar que não matou ninguém; que simplesmente aposentou um androide?

– Achei Polokov frio – Phil Resch comentou. – Extremamente cerebral e calculista, indiferente.

– Vários policiais soviéticos são assim – Garland disse, visivelmente irritado.

– Luba Luft eu não conheço pessoalmente – continuou Phil Resch. – Embora já tenha escutado os discos que ela gravou. – Para Rick, disse: – Você chegou a testá-la?

– Eu comecei – Rick disse. – Mas não consegui uma leitura precisa. E ela chamou o policial fardado, que acabou com tudo.

– E Polokov?

— Também não tive a chance de testá-lo.

Phil Resch disse, mais para si mesmo:

— E suponho que você não teve a oportunidade de testar o inspetor Garland, aqui.

— Claro que não — Garland interveio, o rosto crispado de indignação; suas palavras foram se perdendo, amargas e afiadas.

— Que teste você usa? — Phil Resch perguntou.

— A escala Voigt-Kampff.

— Nunca ouvi falar. — Resch e Garland pareciam imersos em pensamentos rápidos e profissionais, embora dissonantes. — Sempre disse — prosseguiu — que o melhor lugar para um androide seria em uma grande organização policial como a WPO. Mesmo antes de encontrar Polokov eu já queria testá-lo, mas o pretexto nunca surgiu. Nem teria surgido... uma colocação dessas seria de valor inestimável para um androide arrojado.

Levantando-se devagar, Garland encarou Phil Resch e disse:

— Você já quis me testar, também?

Um sorriso discreto atravessou o rosto de Phil Resch; ele começou a responder, então encolheu os ombros. E continuou em silêncio. Não parecia temer seu superior, apesar da ira evidente de Garland.

— Não acho que você entendeu a situação — Garland disse. — Este homem, ou androide, Rick Deckard, chega até nós vindo de uma fictícia, alucinatória, inexistente agência de polícia que supostamente opera a partir da antiga sede do departamento na Lombard. Ele nunca ouviu falar de nós e nós nunca ouvimos falar dele, apesar de trabalharmos ostensivamente na mesma vizinhança. Ele aplica um teste do qual nunca ouvimos falar. A lista que ele carrega não contém androides; é uma lista de seres humanos. Ele já matou uma vez... pelo menos uma vez. E se a srta. Luft não tivesse nos chamado ele provavelmente a teria matado e, por fim, estaria no meu encalço.

— Hmm — disse Phil Resch.

— Hmm — o imitou Garland, ainda mais furioso. Ele olhava, agora, como se estivesse à beira de um ataque apoplético. — Isso é tudo o que tem a dizer?

O interfone chamou e uma voz feminina disse:

– Inspetor Garland, o laudo do laboratório sobre o cadáver do sr. Polokov ficou pronto.

– Acho que devemos escutar isso – disse Phil Resch.

Garland lançou um olhar inquieto e irado em sua direção. Então inclinou-se, apertando a tecla do interfone.

– Prossiga, srta. French.

– O teste da medula óssea – a srta. French disse – mostra que o sr. Polokov era um robô humanoide. Quer mais detalhes...

– Não, isso é suficiente. – Garland recostou-se em sua cadeira, contemplando sombriamente a parede distante. Não dirigiu palavra nem a Rick nem a Phil Resch.

– Qual é a base de seu teste Voigt-Kampff, sr. Deckard? – perguntou Resch.

– Reação empática. Em situações sociais variadas. Principalmente envolvendo animais.

– O nosso, provavelmente, é mais simples – disse Resch. – A reação de arco reflexo que ocorre nos gânglios superiores da coluna vertebral se dá vários microssegundos depois no robô humanoide do que num sistema nervoso humano. – Alcançando a mesa do inspetor Garland, ele puxou para si um bloco de papel e fez um desenho rápido com uma caneta esferográfica. – Usamos um sinal de áudio ou um flash de luz. O sujeito aperta um botão e medimos o tempo despendido. Tentamos isso várias vezes, claro. O tempo decorrido varia em um andy e em um humano. Depois de medirmos o tempo de dez reações, acreditamos ter um indício confiável. E, como no seu caso com Polokov, o teste de medula óssea confirma os nossos resultados.

Um intervalo de silêncio se passou e então Rick disse:

– Você pode me testar. Estou pronto. Claro que eu gostaria de testar você também. Se você estiver disposto.

– Naturalmente – respondeu Resch. No entanto, ele estava estudando o inspetor Garland. – Eu falo há anos – murmurou Resch – que o Teste de Arco Reflexo Boneli deveria ser aplicado rotineiramente no pessoal da polícia, quanto mais alto o posto na cadeia de comando, melhor. Não falo isso sempre, inspetor?

– É um direito que você tem – Garland retrucou. – E eu sempre fui contra. Baseado no fato de que isso baixaria o moral do departamento.

– Acho que agora – disse Rick – você terá de aceitá-lo sem mais relutância. Tendo em vista o seu laudo sobre Polokov.

– Acho que sim. – Garland disse. Apontou um dedo para o caçador de recompensas Phil Resch. – Mas estou avisando: você não vai gostar dos resultados dos testes.

– Você já sabe o que eles vão dizer? – Resch perguntou, com surpresa visível; não parecia nada satisfeito.

– Sei quase todos os detalhes – disse o inspetor Garland.

– O.k. – Resch balançou a cabeça. – Vou subir pra pegar o equipamento Boneli. – Caminhou até a porta do escritório, abriu-a e desapareceu no corredor. – Volto em três ou quatro minutos – disse a Rick. A porta se fechou atrás dele.

Remexendo no interior da gaveta do canto superior direito da mesa, o inspetor Garland revirou suas coisas e retirou um tubo de laser; virou-o e apontou-o para Rick.

– Isso não vai fazer a menor diferença – Rick falou. – Resch vai pedir uma autópsia em mim no mesmo laboratório em que você fez a de Polokov. E ele ainda vai insistir em realizar um... como é que você chamou mesmo?... Teste de Arco Reflexo Boneli em você e outro nele mesmo.

O tubo de laser continuou em sua posição, e então o inspetor Garland disse:

– Foi um péssimo dia. Especialmente quando eu vi o oficial Crams trazendo você; tive uma intuição, por isso eu intervim. – Aos poucos foi baixando o tubo de laser; sentou-se com a arma ainda cerrada em sua mão, deu de ombros e voltou a colocar a arma na gaveta, trancando-a e depositando a chave em seu bolso.

– O que os testes vão mostrar sobre nós três? – disse Rick.

– Que Resch é um maldito idiota – disse Garland.

– Ele realmente não sabe?

– Não sabe; nem desconfia; não tem a menor ideia. De outro modo, não poderia levar uma vida como caçador de recompensas, uma ocupação humana. Dificilmente uma ocupação para um androide. – Garland fez um gesto na direção da pasta de Rick. – Essas outras cópias em carbono, os outros suspeitos que você deveria testar e aposentar. Conheço todos. – Fez uma pausa e disse: – Todos nós chegamos aqui na mesma nave vinda de Marte. Menos Resch. Ele ficou por lá mais uma semana, recebendo o sistema de memória sintética. – E então ele silenciou.

Ou melhor, a coisa silenciou.

– O que ele vai fazer quando descobrir? – Rick perguntou.

– Não tenho a mínima ideia – Garland disse remotamente. – De um ponto de vista abstrato, intelectual, até deve ser interessante. Ele pode me matar, se matar, e talvez te matar também. Ele pode matar todos que puder, humanos e androides indistintamente. Sei que essas coisas acontecem quando se instala um sistema de memória sintética. Quando se pensa que é humano.

– Então vocês estão se arriscando, quando fazem esse tipo de coisa.

– De qualquer jeito é um risco, libertar-se e vir para a Terra, onde não somos sequer considerados animais. Onde cada minhoca ou tatuzinho de jardim é considerado mais desejável do que todos nós juntos. – Irritado, Garland levou os dedos ao lábio inferior. – Seria melhor pra você se Phil Resch passasse no teste, se eu fosse o único androide. Dessa maneira, os resultados seriam previsíveis. Para Resch, eu simplesmente seria outro andy para aposentar o quanto antes. Mas do jeito que as coisas estão, você também não ficará em boa situação, Deckard. Na verdade, ela será quase tão ruim quanto a minha. Sabe qual foi o meu erro? Eu não sabia nada sobre Polokov. Ele deve ter vindo pra cá bem antes. Obviamente, chegou mais cedo. Em um grupo totalmente separado do meu... sem contato com o nosso. Ele já havia se infiltrado na WPO quando eu cheguei. Me arrisquei quanto ao laudo do laboratório, algo que não deveria ter feito. Crams, naturalmente, assumiu o mesmo risco.

– Polokov quase acabou comigo também – Rick disse.

– Sim, tinha alguma coisa nele. Acho que o tipo de unidade cerebral dele não era o mesmo que o nosso. Ele pode ter sido incrementado, ou equipado... uma estrutura alterada, desconhecida até mesmo para nós. E boa também. Quase boa o suficiente.

– Quando liguei pro meu apartamento – disse Rick –, por que não consegui falar com minha mulher?

– Todas as nossas linhas de vidfone estão grampeadas. Eles redirecionam as chamadas para outros escritórios no edifício. Operamos aqui um empreendimento homeostático, Deckard. Somos um circuito fechado, apartado do resto de San Francisco. Sabemos sobre eles, mas eles não sabem de nós. Às vezes, uma pessoa isolada, como você, cai aqui por acaso ou, como aconteceu, é trazida para cá... para nossa proteção. – Gesticulou convulsivamente na direção da porta do escritório. – Lá vem de volta o caxias do Phil Resch, trazendo seu testinho bonitinho. Não é um gênio? Vai destruir a própria vida, a minha e, possivelmente, a sua.

– Vocês androides – disse Rick – não sabem exatamente como proteger uns aos outros em uma situação de perigo.

– Acho que você está certo – concordou Garland. – Parece que nos falta algum talento específico que vocês humanos têm. Acredito que seja a tal da empatia.

A porta do escritório se abriu; Phil Resch foi avistado carregando um aparelho do qual pendiam fios.

– Aqui estamos – ele falou, fechando a porta atrás de si; sentou-se e plugou o aparelho na tomada.

Levantando sua mão direita, Garland apontou para Resch. Imediatamente, Resch – e também Rick Deckard – rolaram de suas cadeiras para o chão; ao mesmo tempo, Resch sacou um tubo de laser e, enquanto caía, atirou em Garland.

O raio laser, apontado com a habilidade de anos de treinamento, bifurcou a cabeça do inspetor Garland. Ele caiu para a frente e, de sua mão, rolou pela superfície da mesa seu minitubo de laser. O cadáver oscilou na cadeira e, em seguida, feito um saco de ovos, deslizou para um lado e estatelou-se no chão.

— A coisa esqueceu – Resch disse, levantando-se – que este é o meu trabalho. Eu quase posso prever o que um androide vai fazer. E acho que você também. – Guardou o tubo de laser, curvou-se e, curioso, examinou o corpo de seu ex-chefe. – O que a coisa te disse enquanto eu estava ausente?

— Que ele, a coisa, era um androide. E que você... – Rick interrompeu-se, os condutos de seu cérebro vibrando, calculando e selecionando; ele mudou o que tinha começado a dizer. – ... o detectaria – finalizou – em alguns minutos.

— Mais alguma coisa?

— Este prédio está infestado de androides.

— Isso vai complicar a nossa saída daqui – disse Resch, introspectivo. – Teoricamente eu tenho autoridade para sair daqui a qualquer momento, claro. E levar um prisioneiro comigo. – Prestou atenção; nenhum ruído vinha de fora do escritório. – Acho que não escutaram nada. Evidentemente, não tem nenhum grampo instalado aqui, monitorando tudo... como deveria ter. – Cautelosamente, ele cutucou o corpo do androide com a ponta do sapato. – É realmente notável a capacidade psiônica que você desenvolve neste trabalho; antes de abrir a porta eu já sabia que ele ia querer atirar em mim. Francamente, estou surpreso por ele não ter te matado enquanto eu estava lá em cima.

— Foi por pouco – disse Rick. – Ele me apontou um grande tubo de laser, do modelo da polícia, por algum tempo. Ele estava considerando fazer isso. Mas era com você que ele estava preocupado, não comigo.

— O androide foge – disse Resch com seriedade –, mas o caçador de recompensas o persegue. Você entende, não é, que tem de voltar para a casa de ópera e pegar Luba Luft antes que alguém aqui tenha uma chance de avisá-la sobre como isto acabou. Digo, avisar a coisa. Você pensa neles como "coisas"?

– Antigamente, eu pensava – disse Rick. – Quando às vezes minha consciência pesava em relação ao trabalho que eu tinha de fazer. Eu me protegia pensando neles assim, mas agora não acho que seja mais necessário. Então está certo, vou voltar direto para a casa de ópera. Assumindo que você consiga me tirar daqui.

– Suponhamos que sentemos Garland de volta à sua mesa – disse Resch; ele arrastou o cadáver do androide de volta para a cadeira, arrumando seus braços e pernas de modo que a postura parecesse razoavelmente natural... se ninguém observasse muito de perto. Se ninguém entrasse no escritório. Apertando uma tecla no interfone da mesa, disse: – O inspetor Garland pede que nenhuma ligação seja transferida para ele pela próxima meia hora. Ele está ocupado com um trabalho que não pode ser interrompido.

– Sim, sr. Resch.

Soltando a tecla do interfone, Phil Resch voltou-se para Rick:

– Vou algemar você em mim durante o tempo que ficarmos neste prédio. Assim que estivermos no ar, solto você, claro. – Ele pegou um par de algemas, fechou uma das argolas no pulso de Rick e a outra no seu. – Vem; vamos acabar com isso. – Aprumou os ombros, respirou fundo e abriu a porta do escritório.

Havia policiais fardados por todo lado, realizando suas atividades de rotina; nenhum deles olhou para cima ou deu a menor atenção enquanto Phil Resch levava Rick pelo saguão até o elevador.

– O que eu tenho medo – disse Resch enquanto esperavam o elevador – é que Garland tivesse um sistema de aviso de morte instalado. Mas... – ele encolheu os ombros – ... ele já teria disparado a essa altura. Senão, não serviria para nada.

O elevador chegou; vários homens e mulheres, aparentando policiais à paisana, saíram do elevador e marcharam pelo saguão, cada qual com suas tarefas. Eles não prestaram atenção em Rick ou em Phil Resch.

– Você acha que seu departamento me aceitaria? – perguntou Resch enquanto as portas do elevador se fechavam, confinando a ambos em seu interior; apertou o botão do terraço e o elevador subiu silenciosamente. – Afinal, a partir de agora estou desempregado. Pra dizer o mínimo.

Cauteloso, Rick disse:

– Eu... não vejo por que não o aceitariam. Exceto pelo fato de já termos dois caçadores de recompensas. – Vou ter de dizer a ele, pensou. É antiético e cruel não fazê-lo. Sr. Resch, o senhor é um androide, disse para si mesmo. Tirou-me deste lugar e este é o seu prêmio; o senhor é a soma de todas as nossas abominações. A essência do que estamos determinados a destruir.

– Não me conformo – disse Phil Resch. – Não parece possível. Há três anos venho trabalhando sob a direção de androides. Por que nunca desconfiei... digo, não desconfiei o suficiente para fazer algo?

– Talvez não tenha sido tanto tempo assim. Talvez só recentemente eles tenham se infiltrado no edifício.

– Eles estavam aqui o tempo todo. Garland foi meu chefe desde o começo, nesses três anos.

– De acordo com a coisa – disse Rick –, o grupo deles chegou à Terra ao mesmo tempo. E não foi há três anos, mas há uma questão de meses.

– Então naquela época existia um Garland autêntico – Phil Resch inferiu. – E em algum momento foi substituído. – Seu rosto magro de tubarão contraiu-se num esforço para entender. – Ou... talvez eu esteja impregnado com um sistema de memória falsa. Talvez eu só me lembre de Garland durante esse tempo todo. Mas... – Seu rosto, agora inundado por um tormento crescente, continuava a se retorcer e a se mexer em espasmos – ... só androides apresentam sistemas de memória falsos; provaram-se sem efeito em humanos.

O elevador parou sua trajetória ascendente e suas portas deslizaram para os lados. Adiante se avistava o campo de pouso do departamento de polícia, deserto a não ser pelos carros estacionados e desocupados.

— Este é meu carro — disse Phil Resch, destrancando a porta de um hovercar ali perto e indicando para que Rick entrasse rapidamente; o próprio Resch assumiu o volante e ligou o motor. Em instantes eles já estavam no ar e, manobrando para o norte, seguiam de volta à Casa de Ópera Memorial da Guerra. Preocupado, Phil Resch dirigia absorto. Sua cadeia de pensamentos, cada vez mais obscura, seguia tomando-lhe toda a atenção. — Ouça, Deckard — disse, de repente —, depois que a gente aposentar Luba Luft... eu queria que você... — Sua voz, rouca e atormentada, desapareceu. — Você sabe. Me submeta ao teste Boneli ou àquela escala de empatia que você usa. Para descobrir quem eu sou.

— Podemos nos preocupar com isso mais tarde — disse Rick, evasivo.

— Você não quer que eu faça o teste, não é? — Phil Resch observou-o com compreensão aguçada. — Acho que você sabe o que os resultados vão mostrar; Garland deve ter falado algo pra você. Fatos que eu não sei.

— Vai ser difícil pegar Luba Luft, mesmo para nós dois — disse Rick —, ela é mais do que eu posso lidar, de todo jeito. Vamos manter nossa atenção focada nisso.

— Não são só estruturas de memória falsas — Phil Resch acrescentou. — Eu tenho um animal; não um falso, um de verdade. Um esquilo. Eu amo o esquilo, Deckard; toda maldita manhã eu o alimento e troco seus jornais... sabe, limpo sua gaiola... e então, de tarde, quando chego do trabalho, eu deixo ele solto no meu condapto e ele corre pra todo lado. Ele tem uma roda na gaiola; já viu um esquilo correndo dentro de uma roda dessas? Corre, corre, a roda gira, mas o esquilo fica parado no mesmo lugar. No entanto, Buffy parece gostar disso.

— Acho que os esquilos não são muito brilhantes — disse Rick.

Voaram em silêncio, então.

12.

Na casa de ópera, Rick Deckard e Phil Resch foram informados de que o ensaio havia se encerrado. E que a srta. Luft tinha saído.

— Ela disse pra onde ia? — Phil Resch perguntou para o assistente de palco, mostrando a ele sua identificação da polícia.

— Ao museu — o assistente estudava o cartão de identidade. — Disse que queria ver a exposição do Edvard Munch, que está lá agora. Termina amanhã.

E Luba Luft, Rick disse pra si mesmo, termina hoje.

Enquanto desciam a calçada até o museu, Phil Resch disse:

— Quais as nossas chances, em sua opinião? Ela escapou; talvez não a encontremos no museu.

— Talvez — disse Rick.

Chegaram ao prédio do museu, procuraram pelo andar em que estariam as obras de Munch e subiram. Pouco depois, perambulavam entre pinturas e xilogravuras. Muitas pessoas tinham vindo ver a exposição, incluindo alunos de uma escola primária; a estridente voz da professora penetrava todas as salas reservadas à mostra, e Rick pensou: é um som assim que se esperaria ouvir da parte de um andy — ou algo parecido. Em vez de Rachael Rosen e Luba Luft. E... o homem atrás dele. Ou melhor, a coisa atrás dele.

— Você já ouviu falar de algum andy que tivesse um bichinho de estimação? — perguntou-lhe Phil Resch.

Por alguma obscura razão ele sentiu a necessidade de ser brutalmente honesto; talvez já estivesse se preparando para o que viria.

– Em dois casos que conheço, andys possuíam e cuidavam de animais. Mas é raro. Por tudo o que aprendi, posso dizer que isso geralmente não dá certo; o andy é incapaz de manter o animal vivo. Animais necessitam de um ambiente aconchegante para se desenvolver. Exceto répteis e insetos.

– Um esquilo precisaria disso? Uma atmosfera de amor? Porque Buffy está indo bem, tão viçoso quanto uma lontra. Eu o limpo e escovo seu pelo dia sim, dia não. – Phil Resch parou diante de uma pintura a óleo e olhou-a atentamente. A obra mostrava uma criatura oprimida, sem pelos ou cabelo, com uma cabeça em forma de pera invertida, as mãos espalmadas em horror sobre as orelhas, a boca aberta em um vasto e mudo grito. Ondas contorcidas do sofrimento da criatura, ecos de seu brado, repercutiam no ar à sua volta; o homem, ou mulher, o que quer que fosse, estava contido em seu próprio urro. Havia coberto as orelhas para não escutar o próprio som. A criatura se encontrava sobre uma ponte; a criatura gritava em isolamento. Apartada por causa – ou a despeito – de seu clamor.

– Ele fez uma xilogravura disso – disse Rick, lendo a legenda fixada abaixo da pintura.

– Acho... – disse Phil Resch – ... que é assim que um androide deve se sentir. – Ele traçou no ar as volutas, visíveis na pintura, do grito da criatura. – Não me sinto assim, então talvez eu não seja... – Interrompeu-se, enquanto várias pessoas se aproximaram para examinar o quadro.

– *Aquela é Luba Luft!* – Rick apontou e Phil Resch pôs fim à sua lúgubre introspecção e à sua defesa; ambos andaram até ela em passos calculados, sem pressa, como se nada os confrontasse. Como sempre, era vital preservar a atmosfera de normalidade. Outros humanos, sem conhecimento da presença de androides entre eles, tinham de ser protegidos a qualquer preço, mesmo ao custo de perderem sua presa.

Segurando um catálogo impresso, Luba Luft, vestindo calças justas brilhantes e uma espécie de top dourado e resplandecente, estava absorta diante de uma pintura: o desenho de uma jovem, mãos cruzadas, sentada na beirada de uma cama, uma expressão de confusa surpresa conjugada a um novo e crescente espanto impresso em seu semblante.

– Quer que eu compre este pra você? – disse Rick para Luba Luft; ele parou ao lado dela, segurando-lhe frouxamente o antebraço. O modo suave com que lhe sustinha o braço deixava claro que ele a detinha em seu poder, que não precisava despender o mínimo esforço para prendê-la. Do outro lado, Phil Resch colocou a mão sobre o ombro de Luba e Rick entreviu a protuberância do tubo de laser. Phil Resch não tencionava se arriscar, não depois daquele quase fracasso com o inspetor Garland.

– Não está à venda. – Luba Luft olhou para ele distraidamente, e, em seguida, furiosamente, tão logo o reconheceu. Seus olhos desbotaram e a cor de seu rosto esmaeceu, tornando-o cadavérico, como se já começasse a se decompor; como se a vida tivesse, em um instante, partido para algum ponto longínquo dentro dela, deixando o corpo à sua automática ruína. – Pensei que tinham prendido você. Quer dizer que te *soltaram*?

– Srta. Luft – disse –, este é o sr. Resch. Phil Resch, esta é a renomada cantora de ópera Luba Luft. – Para Luba, falou: – O oficial que me prendeu era um androide. Assim como o chefe dele. Você conhece, ou conheceu, um inspetor Garland? Ele me disse que vocês todos vieram na mesma nave, em um grupo.

– O departamento de polícia que você chamou – disse Phil Resch para ela –, que opera a partir de um prédio na Mission, é a agência organizadora por meio da qual, aparentemente, seu grupo se mantém em contato. Eles se sentem tão confiantes que até contrataram um caçador de recompensas humano. É claro que...

– Você? – interrompeu Luba Luft. – Você não é humano. Não mais do que eu; você é um androide também.

Um intervalo de silêncio se passou e então Phil Resch disse em voz baixa e controlada:

– Bem, isso será averiguado em seu devido tempo. – Para Rick, ele falou: – Vamos levá-la pro meu carro.

Escoltando-a um de cada lado, os dois homens conduziram-na firmemente na direção do elevador do museu. Luba Luft não os acompanhou de bom grado, mas, por outro lado, não ofereceu resistência. Aparentemente, havia se resignado. Rick tinha visto isso antes em androides, em situações cruciais. A força de vida artificial que os animava parecia falhar se pressionados em demasia... pelo menos em alguns deles. Não em todos.

E poderia irromper novamente em fúria.

Os androides tinham, entretanto, e disso ele sabia, um desejo inato de passar despercebidos. No museu, com tantas pessoas andando ao redor, Luba Luft tenderia a não fazer nada. O confronto real – para ela, provavelmente, o último – teria lugar no carro, onde ninguém mais poderia vê-los. Sozinha, com uma terrível brusquidão, ela poderia dar vazão às suas inibições. Ele se preparou – e não pensou em Phil Resch. Conforme o próprio Resch havia falado, o assunto seria tratado no seu devido tempo.

No final do corredor, perto dos elevadores, havia sido instalada uma pequena loja para vender gravuras e livros de arte. Luba parou, procurando ganhar tempo.

– Olha – ela disse para Rick. Um pouco de cor tinha voltado ao seu rosto; uma vez mais ela parecia, pelo menos por um breve instante, viva. – Compra pra mim uma cópia daquele quadro que eu estava olhando quando você me encontrou. Aquele da garota sentada na cama.

Após uma pausa, Rick se voltou para a vendedora, uma mulher de meia-idade, maxilar inferior proeminente e cabelos grisalhos presos em uma rede:

– Você tem uma cópia do *Puberdade*, de Munch?

– Só neste livro, com seus trabalhos reunidos – respondeu a vendedora, levantando um belo e brilhante exemplar. – Vinte e cinco dólares.

– Vou levar – ele pegou a carteira.

– Nem em um milhão de anos – disse Phil Resch – meu departamento reservaria uma verba para esse tipo de despesa...

– Meu próprio dinheiro – Rick disse; deu as cédulas à mulher e entregou o livro a Luba. – Agora vamos descer – disse para ela e para Phil Resch.

– Muito simpático da sua parte – admitiu Luba enquanto entravam no elevador. – Existe algo muito estranho e comovente nos humanos. Um androide jamais teria feito isso. – Olhou friamente para Phil Resch. – Isso não teria ocorrido a ele; como ele disse, nem em um milhão de anos. – Ela continuou a encarar Phil, agora com hostilidade e nojo multiplicados. – Pra falar a verdade, não gosto de androides. Desde que cheguei de Marte, minha vida consiste em imitar os humanos, em fazer o que fariam, agir como se tivesse pensamentos e impulsos humanos. Imitar o que, em minha opinião, é uma forma de vida superior. – Disse para Phil Resch: – É assim que tem sido com você, Resch? Tentando ser...

– Não aguento mais isso – Phil Resch procurou por algo dentro do casaco.

– Não – exclamou Rick; segurou a mão de Phil Resch; Resch recuou, esquivando-se dele. – O teste Boneli – disse Rick.

– A coisa admitiu que é um androide – Phil Resch argumentou. – Não precisamos mais esperar.

– Mas aposentá-la só porque ela está te aborrecendo... – disse Rick – me dá isso aqui. – Ele tentou tomar o tubo de laser da mão de Resch, mas não conseguiu. Resch se virou dentro do elevador apertado, evitando-o, concentrando toda a atenção em Luba Luft. – O.k. – falou Rick. – Aposente-a; mate-a agora. Mostre pra essa coisa que ela está certa. – Ele viu que Resch ia fazer exatamente isso. – Espere...

Phil Resch atirou; no mesmo instante, Luba Luft, em um espasmo de medo de uma caça desesperada, contorceu-se e girou para longe, ao mesmo tempo que caía. O raio laser não atingiu o alvo; porém, quando Resch o baixou, o feixe abriu um buraco estreito, silenciosamente, no estômago dela. Ela começou a gritar; ficou agachada contra a parede do elevador, gritando. Como a pintura, Rick pensou, e, com seu próprio tubo de laser, matou-a. O corpo de Luba Luft tombou para a frente, de bruços, como um amontoado de coisas. Nem mesmo tremeu.

Com seu tubo de laser, Rick queimou sistematicamente o livro de fotos que havia comprado para Luba há apenas alguns minutos, reduzindo-o a cinzas. Fez seu trabalho minuciosamente, sem dizer uma palavra. Phil Resch observava sem compreender, o semblante demonstrando sua perplexidade.

– Você podia ter ficado com o livro – Resch disse, quando ele finalizou o trabalho. – Isso te custou...

– Você acha que os androides têm alma? – Rick interrompeu.

Inclinando a cabeça para um lado, Phil Resch observou-o, ainda mais perplexo.

– Eu podia comprar o livro – disse Rick. – Faturei hoje, até agora, 3 mil dólares, e ainda não estou nem na metade.

– Está reivindicando a recompensa por Garland? – Phil Resch perguntou. – Só que fui eu quem matou ele, não você. Você só estava lá. E Luba também. Fui eu que peguei.

– Você não pode cobrar – disse Rick. – Nem do seu departamento nem do nosso. Assim que chegarmos ao seu carro, vou aplicar o teste Boneli ou o Voigt-Kampff em você, então veremos. Mesmo que você não esteja em minha lista. – Com as mãos trêmulas, abriu a pasta e vasculhou entre as cópias de carbono amassadas. – Não, você não está aqui. Portanto, legalmente, eu não posso reclamar uma recompensa se matar você. Pra receber o dinheiro, tenho de dizer que fui eu quem matou Luba Luft e Garland.

– Você tem certeza de que sou um androide? Foi isso mesmo o que Garland disse?

– Foi isso o que ele disse.

– Talvez estivesse mentindo – Phil Resch falou. – Para nos separar. Como estamos agora. Somos loucos, deixando que eles nos separem. Você estava totalmente certo sobre Luba Luft... eu não deveria ter deixado que ela me irritasse daquele jeito. Devo ser muito sensível. Suponho que isso seja natural para um caçador de recompensas; você provavelmente reagiria do mesmo modo. Mas veja, nós teríamos de aposentar Luba Luft de qualquer maneira, em meia hora a partir de agora... apenas mais meia hora. Ela nem mesmo teria tido tempo de folhear o livro que você deu pra ela. E eu continuo achando que você não deveria ter destruído o livro, que foi um desperdício. Não consigo seguir seu raciocínio; não é razoável, é por isso.

– Vou largar esse trabalho – Rick disse.

– E fazer o quê?

– Qualquer coisa. Corretagem de seguros, como o relatório dizia que Garland deveria estar fazendo. Ou vou emigrar. Sim. – Assentiu. – Vou pra Marte.

– Mas alguém tem que fazer isso – apontou Phil Resch.

– Eles podem usar androides. Vai ser muito melhor se os andys fizerem esse trabalho. Eu não posso mais. Pra mim, chega. Ela era uma cantora maravilhosa. O planeta poderia tê-la apreciado. Isto é insano.

– Isto é necessário. Lembre-se: eles mataram humanos para conseguir fugir. E se eu não tivesse tirado você do departamento de polícia da Mission, teriam matado você. Foi pra isso que Garland me chamou; foi por isso que ele mandou que me chamassem até o escritório dele. O Polokov quase te matou, não foi? E Luba Luft quase não conseguiu? Estamos agindo defensivamente; eles estão aqui em nosso planeta... são estrangeiros ilegais assassinos disfarçados como...

– Como policiais – disse Rick. – Como caçadores de recompensas.

– O.k.; aplique o teste Boneli em mim. Talvez Garland tenha mentido. Acho que ele mentiu... memórias falsas simplesmente não são boas. E quanto ao meu esquilo?

– Sim, seu esquilo. Esqueci do seu esquilo.

– Se eu for um andy – disse Phil Resch –, e você me matar, você pode ficar com meu esquilo. Deixe-me colocar por escrito, vou escrever meu testamento.

– Andys não podem deixar testamento. Não podem possuir nada.

– Então pode ficar com ele – arrematou Phil Resch.
– Quem sabe – disse Rick. O elevador tinha chegado ao primeiro andar. As portas se abriram. – Fique aqui com Luba. Vou pegar um carro patrulha para levá-la ao Palácio de Justiça. Para o teste de medula óssea. – Viu uma cabine telefônica, entrou, inseriu uma moeda e, com os dedos tremendo, discou. Enquanto isso, um grupo de pessoas, que estava esperando o elevador, rodeou Phil Resch e o corpo de Luba Luft.

Ela era realmente uma cantora soberba, pensou quando desligou, uma vez completada sua ligação. Não entendo: como um talento desses poderia ser um risco para a sociedade? Mas não era o talento, disse a si mesmo; era ela propriamente. Assim como Phil Resch, refletiu. Ele é uma ameaça exatamente do mesmo jeito, pelas mesmas razões. Por isso é que não posso desistir agora. Emergindo da cabine telefônica ele abriu caminho entre as pessoas, voltando para Resch e para a figura prostrada da garota androide. Alguém havia colocado um casaco sobre ela. Não foi Resch.

Aproximando-se de Phil Resch, que estava de lado, fumando vigorosamente um pequeno charuto cinza, Rick disse:

– Espero em Deus que o resultado do teste comprove que você é um androide.

– Você realmente me odeia – Phil Resch disse, espantado. – E assim, de repente; não me odiava lá na Mission Street. Não enquanto eu estava salvando a sua vida.

– Vejo um padrão. A forma como você matou Garland e a forma como você matou Luba. Você não mata como eu mato; você não tenta... Diabos! Eu sei o que é. Você gosta de matar. Tudo o que você precisa é de um pretexto. Se tivesse um pretexto, me mataria. É por isso que você agarrou a possibilidade de Garland ser um androide. Isso dava um motivo pra ter de matá-lo. Eu me pergunto o que você fará quando for reprovado no teste Boneli. Cometerá suicídio? Androides às vezes fazem isso. – Mas era uma situação incomum.

– Sim, eu tomarei conta de tudo – Phil Resch disse. – Você não teria de fazer nada além de administrar o teste.

Um carro patrulha chegou; dele saltaram dois policiais, andaram a passos largos, avistaram a multidão e, imediatamente, abriram passagem. Um deles reconheceu Rick e acenou com a cabeça. Bem, agora podemos ir, pensou Rick. Nosso trabalho aqui está terminado. Finalmente.

Enquanto ele e Resch desciam a rua na direção da casa de ópera, em cujo terraço estava estacionado o hovercar, Resch disse:

– Vou te entregar meu tubo de laser. Assim você não terá de se preocupar com a minha reação durante o teste. Digamos que é pra sua própria segurança. – Estendeu o tubo para Rick, que o aceitou.

– E como você vai se matar sem isso? – perguntou Rick. – Se você falhar no teste?

– Eu seguro minha respiração.

– Pelamordedeus – disse Rick. – Não dá pra fazer isso.

– Não há interrupção automática do nervo vago em androides. Como há em humanos. Não ensinaram isso quando te treinaram? Aprendi isso há anos.

– Mas morrer assim... – objetou Rick.

– Não dói. Qual o problema?

– É... – Fez um gesto, incapaz de encontrar os termos apropriados.

– Não penso, claro, que vou ter de fazer isso – disse Phil Resch.

Subiram juntos para o terraço da Casa de Ópera Memorial da Guerra e depois até o hovercar de Resch.

Colocando-se ao volante e fechando a porta, Phil Resch disse:

– Prefiro que você use o teste Boneli.

– Não posso. Não saberia como obter resultados. – Eu teria de confiar em você para uma interpretação das leituras, Rick constatou. E isso está fora de cogitação.

– Você vai me falar a verdade, não vai? – perguntou Phil Resch. – Se eu for um androide, você vai me dizer?

– Com certeza.

– Porque eu realmente quero saber. *Tenho* que saber. – Phil Resch reacendeu seu charuto, acomodou-se no assento individual do carro, procurando uma posição mais confortável. Evidentemente não a encontrou. – Você realmente gostou daquele quadro do Munch que a Luba Luft estava olhando? – perguntou. – Ele não me agradou. O realismo na arte não me interessa. Gosto de Picasso e...

– *Puberdade* data de 1894 – Rick disse secamente. – Não havia nada na época a não ser realismo. Você precisa levar isso em consideração.

– Mas aquele outro, o do homem segurando as orelhas e gritando... aquilo não era uma pintura figurativa.

Abrindo sua pasta, Rick tirou o equipamento de teste.

– Sofisticado – observou Phil Resch. – Quantas perguntas você precisa fazer antes de chegar a uma conclusão?

– Seis ou sete. – Entregou o disco adesivo para Phil Resch. – Cole na sua bochecha. Bem firme. E esta luz... – Apontou-a com cuidado. – Permanece focalizada em seu olho. Não se mexa; mantenha o globo ocular tão imóvel quanto conseguir.

– Flutuações no ato reflexo – disse Phil Resch, incisivo. – Mas não a estímulo físico; você não está medindo a dilatação da pupila, por exemplo. Serão às perguntas verbais; o que chamamos de reação de esquiva.

– Acha que pode controlar isso? – perguntou Rick.

– Na verdade, não. Mais próximo do final, quem sabe. Mas não a amplitude inicial; está além do controle consciente. Se isso não fosse... – interrompeu-se. – Vá em frente. Estou tenso; me desculpe se eu falar demais.

– Fale o que quiser – contemporizou Rick. Pode seguir falando, disse para si mesmo, rumo à sua cova. Se é assim que você prefere. Não importava para Rick.

– Se o teste concluir que eu sou um androide – Phil Resch balbuciou –, você vai renovar a sua fé na raça humana. Mas, dado que não é isso o que vai acontecer, sugiro a você que comece a esboçar uma ideologia que dê conta de...

– Aqui vai a primeira pergunta – disse Rick; o equipamento já estava ligado e os ponteiros dos dois mostradores oscilavam. – O tempo de reação é um fator, portanto responda o mais rápido que puder. – De memória, escolheu a primeira pergunta. O teste tinha começado.

Depois, Rick ficou em silêncio por um tempo. Então começou a juntar seu equipamento, colocando-o de volta na pasta.

– Posso ver pela sua cara – disse Phil Resch; com alívio absoluto, desafogado e quase convulsivo, ele suspirou. – O.k., você pode devolver a minha arma. – Estendeu a mão, a palma para cima, aguardando.

– Evidentemente você estava certo – Rick disse. – Sobre os motivos de Garland. Querendo nos separar. Aquilo que você disse. – Ele se sentia psicológica e fisicamente cansado.

– Conseguiu esboçar sua ideologia? – perguntou Phil Resch. – Que poderia explicar como eu faço parte da raça humana?

– Existe uma deficiência em sua empatia – declarou Rick –, em sua capacidade de desempenhar papéis. Uma deficiência para a qual não temos testes. Seus sentimentos em relação aos androides...

– Claro que não temos testes para isso.

– Talvez devêssemos. – Ele nunca tinha pensado nisso antes, nunca tinha sentido empatia alguma em relação aos androides que matou. Sempre admitira que, em toda a sua psique, percebia o androide como uma máquina inteligente... bem como em sua opinião consciente. Ainda assim, em contraste com Phil Resch, havia se manifestado uma diferença. E ele sentiu instintivamente que estava certo. Empatia por um engenho artificial?, perguntou-se. Por algo que apenas finge estar vivo? Mas Luba Luft parecia *genuinamente* viva, não aparentava ser uma simulação.

– Você entende – Phil Resch disse calmamente – o que isso significaria. Se incluíssemos androides em nossa faixa de identificação empática, assim como fazemos com os animais.

– Não poderíamos nos proteger.

– Com certeza. Esses modelos Nexus-6... cairiam em cima da gente e nos esmagariam. Você e eu, e todos os caçadores de recompensas, ficamos entre os Nexus-6 e os humanos, somos uma barreira que mantém os dois separados. Além disso... – interrompeu-se, notando que Rick, mais uma vez, tirava da pasta o equipamento de teste. – Pensei que o teste tivesse acabado.

– Quero fazer a mim mesmo uma pergunta – disse Rick. – E quero que você me diga o que os ponteiros registram. Simplesmente me dê a calibragem. Eu posso computá-la. – Colou o disco adesivo na própria bochecha e ajustou o feixe de luz de modo que incidisse diretamente em seu olho. – Você está pronto? Observe os mostradores. Vamos excluir o lapso de tempo desta vez. Só quero a magnitude.

– Claro, Rick – respondeu Phil Resch, solícito.

Em voz alta, Rick declarou:

– Estou descendo em um elevador com um android que capturei. De repente, alguém mata a coisa, sem avisar.

– Nenhuma resposta em particular – comentou Phil Resch.

– O que os ponteiros indicam?

– O esquerdo ficou em 2.8. O direito em 3.3.

– Uma android mulher – prosseguiu Rick.

– Agora subiram para 4 e 6, respectivamente.

– Isso já é elevado o suficiente – disse Rick; removeu o disco adesivo e desligou o feixe de luz. – É uma resposta categoricamente empática. Próximo daquilo que um sujeito humano demonstra em relação à maioria das perguntas. Exceto no caso de perguntas extremas, como as que tratam de peles humanas usadas decorativamente... as realmente patológicas.

– O que quer dizer?

– Sou capaz de sentir empatia por certos androides específicos – disse Rick. – Não por todos, mas... por um ou dois. – Como por Luba Luft, disse para si. Então eu estava errado. Não existe nada de antinatural ou inumano nas reações de Phil Resch; *sou eu*.

E gostaria de saber, pensou, se algum ser humano já se sentiu assim antes a respeito de um android.

Claro, Rick refletiu, isso talvez nunca mais volte a acontecer no meu trabalho. Poderia ser uma anomalia, alguma coisa, por exemplo, com meus sentimentos em relação à *Flauta Mágica*. E à voz de Luba; na verdade, à sua carreira de modo geral. Certamente isso nunca tinha acontecido antes, ou, pelo menos, não que ele tivesse consciência. Não ocorreu, por exemplo, com Polokov. Nem com Garland. E se Phil Resch tivesse se provado um androide, constatou, eu o teria matado sem sentir nada, principalmente depois da morte de Luba.

Já chega dessa distinção entre seres humanos autênticos e constructos humanoides. Naquele elevador no museu, ele disse a si mesmo, eu desci com duas criaturas, uma humana e a outra, androide... e meus sentimentos foram o contrário do que deveriam ter sido. Do que estou acostumado a sentir. Do que eu *deveria* sentir.

– Você está numa situação difícil, Deckard – disse Phil Resch; isso parecia agradá-lo.

– O que... eu deveria fazer? – Rick perguntou.

– Sexo – respondeu Phil Resch.

– Sexo?

– Porque ela, a coisa, era fisicamente atraente. Isso nunca te aconteceu antes? – Phil Resch riu. – Nos ensinaram que esse é um problema crucial para os caçadores de recompensas. Você não sabia, Deckard, que nas colônias eles têm amantes androides?

– É ilegal – Rick disse, conhecendo a lei sobre o tema.

– Claro que é ilegal. No que se refere a sexo, a maioria das variações é ilegal. Mas as pessoas fazem assim mesmo.

– E o que dizer, não de sexo, mas de amor?

– Amor é um outro nome para sexo.

– Como amor pela pátria – disse Rick. – Amor pela música.

– Se é amor por uma mulher ou por uma imitação androide, é sexo. Acorde e encare a si mesmo, Deckard. Você quis transar com um modelo feminino de androide, nada mais, nada menos. Eu já senti isso, uma vez. Quando estava começando na caça de recompensas. Não permita que isso te deixe pra baixo; você vai superar. O que aconteceu é que você inverteu a ordem das coisas. Não matá-la, ou estar presente quando ela for morta e, depois, sentir-se fisicamente atraído. Faça isso ao contrário.

– Transar com ela antes... – Rick o encarou.

– ... e então, mate-a – Phil Resch completou, sucinto. Manteve seu sorriso duro, indefinido.

Você é um bom caçador de recompensas, Rick reconheceu para si mesmo. Sua atitude prova isso. Mas, e eu?

De repente, pela primeira vez em sua vida, ele começava a duvidar.

13.

Como um arco de fogo puro, John R. Isidore cruzou o céu entardecente a caminho de casa, ao fim do dia de trabalho. Me pergunto se ela ainda estará lá, disse para si. Lá embaixo, naquele velho apartamento infestado de bagulho, assistindo ao Buster Gente Fina em sua TV e tremendo de medo toda vez que imagina alguém chegando pelo corredor. Incluindo, suponho, eu.

Ele tinha parado antes em uma mercearia clandestina. No banco do passageiro, uma sacola com iguarias como tofu, pêssegos maduros e um bom, macio e malcheiroso queijo; a sacola balançava para a frente e para trás enquanto ele acelerava e reduzia a velocidade do hovercar. Naquela noite ele estava tenso, dirigia de maneira um tanto errática. E seu carro, supostamente consertado, engasgava e falhava, como vinha fazendo por meses antes da revisão. Pilantras, Isidore pensou.

O cheiro do pêssego e do queijo impregnava o carro, preenchendo-lhe as narinas de prazer. Só preciosidades, que tinham lhe custado duas semanas de salário – dinheiro emprestado como adiantamento pelo sr. Sloat. Além disso, debaixo do banco, para que não rolasse e quebrasse, uma garrafa de vinho Chablis chacoalhava de um lado para o outro: a maior de todas as preciosidades! Ele tinha guardado a garrafa em um cofre de segurança no Bank of America, conservando-a como um tesouro, recusando-se a vendê-la não importa quanto lhe oferecessem, para o caso de, em algum distante, tardio, derradeiro momento, poder dividi-la com uma garota. Mas isso não tinha acontecido, não até agora.

Como sempre, o terraço desértico e atulhado de lixo de seu prédio o deixou deprimido. Saindo do carro e dirigindo-se para a porta do elevador, restringiu sua visão periférica: concentrou-se nas valiosas compras e no vinho que levava, certificando-se de que não tropeçaria no lixo em uma humilhante queda em direção à ruína financeira. O elevador chegou rangendo, ele entrou e apertou o botão – não o do seu andar, mas o do andar de baixo, onde agora vivia a nova moradora, Pris Stratton. Em instantes ele estava à frente da porta dela, batendo com a borda da garrafa de vinho, o coração se fazendo em pedaços dentro do peito.

– Quem é? – A voz da garota, ainda que abafada pela porta, era clara. Um tom amedrontado, mas afiado como uma lâmina.

– É J. R. Isidore quem fala – disse ele com vivacidade, adotando a nova autoridade recém-adquirida graças ao vidfone do sr. Sloat. – Trouxe algumas coisas gostosas e acho que podemos fazer um jantar pra lá de razoável.

A porta foi aberta até certo ponto. Pris, com a sala atrás de si às escuras, surgiu no corredor sombrio.

– Você parece diferente – ela disse. – Mais adulto.

– Tive de lidar com algumas questões de rotina durante o expediente hoje. O de sempre. Se você me d-d-deixasse entrar...

– Você falaria delas. – De todo modo, ela abriu a porta o suficiente para que ele entrasse. Então, percebendo o que ele trazia, soltou uma exclamação, sua face inflamada por uma exuberante e delicada alegria. Mas quase no mesmo momento, sem aviso, um amargor letal atravessou suas feições, paralisando-a. A alegria desapareceu.

– Que foi? – ele disse; levou os pacotes e a garrafa para a cozinha, deixou tudo lá e voltou apressado.

– São um desperdício, comigo – Pris disse, sem expressão.

– Por quê?

– Ah... – ela encolheu os ombros, afastando-se distraída, as mãos nos bolsos de sua tão pesada quanto velha saia. – Um dia eu te conto. – Ergueu o olhar. – De todo modo, foi gentil de sua parte. Só que agora eu queria que você fosse embora. Não estou a fim de ficar com ninguém. – De uma maneira vaga, andou até a porta que dava para o corredor; seus passos se arrastavam e ela parecia esgotada, sua reserva de energia quase no fim.

– Eu sei qual é o seu problema – ele disse.

– É? – A voz dela, enquanto abria de novo a porta do corredor, se afundou ainda mais em inutilidade, apatia e exiguidade.

– Você não tem nenhum amigo. Você está bem pior do que quando eu te vi de manhã; é porque...

– Eu tenho amigos. – De repente, uma veemência súbita transformou sua voz; ela notadamente recuperou o vigor. – Ou tinha. Sete deles. Isso foi no começo, mas agora os caçadores de recompensas já tiveram tempo de trabalhar. Assim, alguns deles, talvez todos, estejam mortos. – Ela perambulou até a janela, contemplou a escuridão e as escassas luzes aqui e ali. – Talvez eu seja a única dos oito que restou. Então, talvez você tenha razão.

– O que é um caçador de recompensas?

– Pois é. Gente como você não deve saber. Caçador de recompensas é um assassino profissional a quem é dada uma lista de nomes daqueles que ele deve matar. Ele ganha uma quantia... mil dólares é a taxa vigente, até onde eu sei... por cada um. Normalmente ele tem um contrato com uma cidade, de maneira que ele recebe um salário também. Mas eles mantêm esse valor baixo para que o caçador fique estimulado.

– Tem certeza? – perguntou Isidore.

– Sim. – Ela balançou a cabeça. – Você quer saber se eu tenho certeza de que eles ficam estimulados? Sim, eles ficam estimulados. Eles adoram fazer isso.

– Acho que você está errada – disse Isidore. Nunca em sua vida ele tinha ouvido falar em algo parecido. Buster Gente Fina, por exemplo, nunca mencionou isso. – Isso vai contra a atual ética mercerista – ele apontou. – Todas as vidas são uma; "nenhum homem é uma ilha", como disse Shakespeare nos velhos tempos.

— John Donne.

— É pior do que qualquer coisa que eu tenha escutado — Isidore gesticulou, agitado. — Você não pode chamar a polícia?

— Não.

— E eles estão atrás de *você*? Estão prontos pra chegar aqui e matar *você*? — Ele entendia agora por que a garota agia de modo tão discreto. — Não me admira que você esteja assustada e não queira ver ninguém.

— Mas ele pensou: deve ser uma ilusão. Ela deve ser psicótica. Com delírios de perseguição. Talvez devidos a danos cerebrais causados pela Poeira; talvez ela seja uma Especial. — Vou pegá-los primeiro.

— Com o quê? — Ela sorriu de leve; mostrou-lhe seus pequenos dentes, brancos e alinhados.

— Vou tirar uma licença de porte de um raio laser. É fácil de arranjar, aqui, onde não tem quase ninguém; a polícia não patrulha... espera que você se cuide sozinho.

— E quando você estiver no trabalho?

— Vou pedir um afastamento!

— É muito gentil de sua parte, J. R. Isidore — disse Pris. — Mas se um caçador de recompensas pegou os outros, pegou Max Polokov e Garland e Luba e Hasking e Roy Baty... — interrompeu-se. — Roy e Irmgard Baty. Se eles estiverem mortos então realmente nada mais importa. São meus melhores amigos. Me pergunto por que diabos não tenho notícias deles... — ela praguejou, furiosa.

Abrindo caminho até a cozinha, ele pegou pratos empoeirados, há muito tempo não utilizados, vasilhas e copos; começou a lavá-los na pia, deixando a água quente e ferrugínea correr até que ela finalmente clareou. Logo em seguida Pris apareceu, sentou-se à mesa. Ele abriu a garrafa de Chablis, partiu os pêssegos e o queijo e o tofu.

— O que é essa coisa branca? Não o queijo — ela apontou.

— É feito a partir do soro do leite de soja. Queria ter um pouco de... — interrompeu-se, ruborizando. — Costumava-se servi-lo com caldo de carne.

— Um androide — Pris murmurou. — Esse é o tipo de deslize que um androide comete. É isso que os denuncia. — Ela se aproximou, ficou ao lado dele e, em seguida, para total surpresa de Isidore, colocou seu braço ao redor da cintura dele até que, por um instante, se aconchegou nele. – Vou provar uma fatia de pêssego – disse ela e, cuidadosamente, escolheu com seus longos dedos uma escorregadia lâmina de cor laranja-rosada. E assim que ela mordeu a fatia de pêssego, começou a chorar. Lágrimas frias desceram-lhe pelas faces e molharam o colo do vestido. Isidore não sabia o que fazer, portanto, continuou a dividir a comida. – Maldição – ela disse, furiosamente. – Bom... – afastou-se dele, andando vagarosamente pelo cômodo, com passos medidos – ... sabe, nós vivíamos em Marte. Foi assim que eu conheci androides. – Sua voz tremia, mas ela conseguiu continuar; obviamente significava muito para ela ter alguém com quem conversar.

– E as únicas pessoas na Terra que você conhece – disse Isidore – são seus amigos ex-emigrantes.

– A gente se conhecia antes da viagem. De um assentamento perto de Nova Nova York. Roy Baty e Irmgard tinham uma farmácia; ele era farmacêutico e ela lidava com os produtos de beleza, os cremes e as pomadas; em Marte eles usam muita loção hidratante pra pele. Eu... – hesitou. – Peguei muitos remédios com Roy... precisava muito deles porque... bem, de qualquer jeito, é um lugar horrível. Isso... – ela varreu o cômodo, o apartamento, com um movimento violento – ... isso não é nada. Você acha que eu estou sofrendo porque estou sozinha. Céus, tudo em Marte é solitário. Muito pior do que isto aqui.

– Mas os androides não te faziam companhia? Eu ouvi um comercial em que... – Sentando-se, ele continuou a comer, e em seguida ela pegou a taça de vinho; bebia sem expressão. – Achava que os androides ajudassem.

– Os androides também são solitários – ela disse.

– Gostou do vinho?

– É bom – ela pousou a taça.

– É a única garrafa que vi em três anos.

– Nós voltamos – disse Pris – porque ninguém deveria morar ali. Não foi concebido para ser habitado, pelo menos não no último bilhão de anos. É tão *velho*. Você sente nas pedras a terrível antiguidade. De todo modo, no começo eu pegava os remédios com Roy; eu vivia por aquele novo analgésico sintético, a silenizina. E então eu conheci Horst Hartman, que na época tinha uma loja de selos, selos postais raros. Lá a gente tem tanto tempo disponível que é preciso ter um hobby, algo a que possamos nos dedicar infinitamente. E Horst me deixou bem interessada em ficção pré-colonial.

– Quer dizer os livros antigos?

– Histórias escritas antes das viagens espaciais, mas sobre viagens espaciais.

– Como podiam existir histórias sobre viagens espaciais antes...

– Os escritores inventavam isso – Pris disse.

– Baseados no quê?

– Na imaginação. Eles se equivocaram inúmeras vezes. Por exemplo, eles descreveram Vênus como uma selva paradisíaca com monstros enormes e mulheres usando brilhantes protetores peitorais. – Ela olhou para ele. – Isso te interessa? Mulheres grandes com longos cabelos louros trançados e protetores peitorais reluzentes do tamanho de melões?

– Não – ele respondeu.

– Irmgard é loura – disse Pris. – Mas pequena. De todo modo, pode-se ganhar uma fortuna contrabandeando ficção pré-colonial, revistas, livros e filmes antigos para Marte. Nada é tão excitante quanto isso. Ler sobre cidades e enormes corporações industriais, e colonizações realmente bem-sucedidas. Você pode imaginar o que Marte poderia ter sido. O que Marte *deveria* ser. Canais...

– Canais? – Ele se lembrou, vagamente, de ter lido algo sobre o tema; nos velhos tempos eles acreditavam que havia canais em Marte.

– Atravessando o planeta – disse Pris. – E seres de outras estrelas. Com sabedoria infinita. E histórias sobre a Terra ambientadas em nosso tempo e mesmo depois. Onde não existe poeira radioativa.

– Eu penso – disse Isidore – que isso poderia fazer as pessoas se sentirem ainda piores.

– Não faria – disse Pris, bruscamente.

– Você trouxe algum material de leitura pré-colonial com você? – Ocorreu a Isidore que ele deveria tentar ler um texto desses.

– Aqui não vale nada, porque nunca virou febre na Terra. De qualquer maneira, as bibliotecas estão cheias deles; são delas que conseguimos os nossos exemplares: roubados das bibliotecas aqui da Terra e enviados por autofoguetes para Marte. Você fica de bobeira olhando o céu à noite quando, de repente, vê um clarão e do nada tem um míssil na sua frente, abrindo-se e transbordando revistas de ficção pré-colonial. Uma fortuna. Mas claro que você lê antes de vendê-las. – Ela estava se empolgando com o assunto. – De todos...

Uma batida soou na porta do corredor.

– Não posso atender – sussurrou Pris, lívida. – Não faça nenhum barulho; só fique sentado aí. – Fez força para ouvir. – Será que fechei a porta com chave... – disse, em voz quase inaudível. – Deus, tomara que sim. – Seus olhos, selvagens e poderosos, fixaram-se nele, suplicantes, como se rezassem para que ele transformasse aquilo em verdade.

– Pris, você está aí? – Uma voz distante vinda do corredor chamava. Uma voz de homem. – É Roy e Irmgard. Pegamos seu cartão.

Levantando-se e indo até o quarto, Pris reapareceu logo em seguida, trazendo uma caneta e um pedaço de papel. Voltou a sentar-se e rabiscou uma mensagem apressada:

VAI ATÉ A PORTA.

Isidore, nervoso, tomou-lhe a caneta e escreveu:

E DIGO O QUÊ?

Com raiva, Pris rabiscou:

VEJA SE SÃO REALMENTE ELES.

Levantando-se, ele caminhou taciturno até a sala de estar. Como eu vou saber se são eles?, perguntou-se. Abriu a porta.

No corredor escuro havia duas pessoas: uma pequena mulher, bonita como Greta Garbo, de olhos azuis e cabelos louros; e um homem muito alto, de olhos inteligentes mas monótonos, e feições mongóis que lhe davam um aspecto brutal. A mulher vestia um xale da moda, botas brilhantes de cano alto, calças de boca estreita; o homem posava displicente com uma camisa amarfanhada e calças manchadas, imprimindo um ar de vulgaridade quase proposital. Ele sorriu para Isidore, mas seus olhos brilhantes e pequenos permaneciam oblíquos.

– Estamos procurando... – a pequena mulher loura começou a falar, mas então ela enxergou por cima da figura de Isidore, sua expressão se desfez em êxtase e ela passou rapidamente por ele, exclamando:

– Pris! Como você está?

Isidore se virou. As duas mulheres se abraçavam. Ele deu um passo para o lado, e Roy Baty entrou, grande e soturno, sorrindo seu sorriso torto e silencioso.

– Podemos falar? – disse Roy, apontando Isidore.

Pris, vibrando de felicidade, disse:

– Tudo bem... até certo ponto. – Para Isidore, disse: – Com licença. – Levou os Batys para um canto da sala e conversou com eles aos sussurros; então os três voltaram a confrontar J. R. Isidore, que se sentia desconfortável e deslocado. – Este é o sr. Isidore – disse Pris. – Ele cuida de mim. – As palavras saíram tingidas de um sarcasmo quase malicioso; Isidore piscou. – Viram? Ele me trouxe um pouco de comida natural.

– Comida – ecoou Irmgard Baty, e trotou graciosamente até a cozinha para checar. – Pêssegos – disse, imediatamente pegando uma vasilha e uma colher. Sorrindo para Isidore, ela comeu dando rápidas mordidinhas animalescas. Seu sorriso, diferente do de Pris, transmitia uma cordialidade simples; não tinha conotações veladas.

Indo atrás dela – sentiu-se atraído por ela –, Isidore disse:

– Vocês são de Marte.

– Sim, desistimos. – A voz dela vacilou enquanto, com a perspicácia de um pássaro, seus olhos azuis brilhavam na direção dele. – Que prédio horrível esse seu. Ninguém vive aqui, não? Não avistamos nenhuma luz além desta.

– Moro lá em cima – disse Isidore.

– Ah, pensei que você e Pris talvez estivessem morando juntos. – Irmgard Baty não soava desaprovadora; disse isso, evidentemente, como mera constatação.

— Eles pegaram Polokov — Roy Baty falou rigidamente, mas ainda sorrindo o seu sorriso.

A felicidade surgida no rosto de Pris ao ver seus amigos se dissolveu imediatamente.

— Quem mais?

— Pegaram Garland — disse Roy Baty. — Pegaram Anders e Gitchel e hoje, um pouco mais cedo, pegaram Luba. — Ele deu as notícias como se, perversamente, tivesse satisfação em relatá-las. Como se extraísse prazer do choque de Pris. — Não acreditava que pegariam Luba; lembra que eu sempre dizia isso durante a viagem?

— Então restam... — ponderou Pris.

— Nós três — Irmgard disse com urgente apreensão.

— Por isso estamos aqui. — A voz de Roy Baty ressoou com um novo e inesperado entusiasmo; quanto pior a situação se apresentava mais ele parecia se divertir com ela. Isidore não conseguia compreendê-lo minimamente.

— Ó Deus — disse Pris, abalada.

— Bem, eles têm esse investigador, o caçador de recompensas — Irmgard comentou com agitação —, chamado Dave Holden. — De seus lábios escorria veneno ao pronunciar o nome. — Polokov quase o pegou.

— *Quase* o pegou — Ray ecoou, agora com um sorriso imenso.

— Por isso ele está no hospital, esse Holden — continuou Irmgard. — E evidentemente eles deram a lista dele para outro caçador de recompensas, e Polokov quase o pegou também. Mas no fim ele acabou aposentando Polokov. Então esse novo caçador foi atrás de Luba; sabemos disso porque ela conseguiu contatar Garland, que mandou alguém prender o homem e levá-lo para o prédio da Mission Street. Veja, Luba ligou pra gente depois que o agente de Garland pegou o caçador de recompensas. Ela estava certa de que tudo terminaria bem, certa de que Garland o mataria. — E acrescentou: — Mas claramente algo deu errado na Mission. Não sabemos o quê. Talvez nunca saibamos.

— Esse caçador de recompensas tem nossos nomes? — perguntou Pris.

— Ah sim, querida, suponho que tenha – respondeu Irmgard. – Mas ele não sabe onde estamos. Roy e eu não vamos voltar pro nosso apartamento; entulhamos nosso carro com tudo o que podíamos e decidimos ocupar um desses apartamentos abandonados neste prédio velho e arruinado.

— Isso é prudente? – Isidore falou, reunindo coragem. – T-t-todos no mesmo lugar?

— Bom, pegaram todos os outros – Irmgard disse com naturalidade; também ela, como o marido, parecia estranhamente resignada, a despeito de sua agitação superficial. Todos eles, pensou Isidore, todos são estranhos. Sentia isso sem conseguir determinar exatamente o motivo. Como se uma peculiar e maligna *abstração* pervertesse seus processos mentais. Exceto, talvez, Pris; era certo que ela estava radicalmente aterrorizada. Pris parecia quase direita, quase natural. Mas...

— Por que você não se muda pra casa dele? – Roy disse para Pris, apontando Isidore. – Ele pode te dar algum tipo de proteção.

— Um cabeça de galinha? – disse Pris. – Não vou morar com um cabeça de galinha. – Suas narinas se dilataram.

— Acho que você é tola por ser esnobe em uma época como esta – disse Irmgard rapidamente. – Caçadores de recompensas agem depressa; ele pode tentar acabar com tudo esta noite mesmo. Talvez tenham oferecido um bônus caso ele consiga finalizar até...

— Cristo, fechem a porta do corredor – Roy interveio, dirigindo-se até ela; bateu-a com força com um golpe e, em seguida, trancou-a sumariamente. – Acho que você deve se mudar pro apartamento do Isidore, Pris, e também acho que Irm e eu devemos ficar neste mesmo prédio. Desse jeito podemos ajudar uns aos outros. Tenho alguns componentes eletrônicos no carro, tralha que arranquei da nave. Vou instalar um grampo bidirecional, assim, Pris, você consegue ouvir a gente e a gente consegue ouvir você, e também vou montar um sistema de alarme que qualquer um de nós quatro pode disparar. É óbvio que as identidades sintéticas não funcionaram, mesmo a de Garland. Naturalmente, Garland colocou a corda no próprio pescoço trazendo o caçador de recompensas para o prédio da Mission Street; isso foi um erro. E Polokov, em vez de ficar o mais longe possível do caçador, escolheu se aproximar dele. Não vamos fazer isso; vamos ficar a postos. – Roy não soou nem um pouco preocupado; a situação parecia lhe despertar uma energia estalante quase maníaca. – Acho que... – Ele prendeu o fôlego ruidosamente, atraindo a atenção de todos na sala, incluindo a de Isidore. – *Eu* acho que existe uma razão para que nós três ainda estejamos vivos. Acho que se ele tivesse alguma pista de onde estamos, já teria aparecido aqui. O conceito por trás de todo caçador de recompensas é que ele tem de trabalhar o mais rápido possível. É daí que vem seu lucro.

– E se ele esperar – disse Irmgard concordando – nós escapamos, como já fizemos. Aposto que Roy está certo; aposto que o caçador tem nossos nomes, mas não tem nossa localização. Pobre Luba; presa na Casa de Ópera Memorial da Guerra, bem à vista de todos. Não era muito difícil encontrá-la.

– Bom – Roy disse afetadamente –, ela quis desse jeito; acreditava que estaria a salvo por ser uma figura pública.

– Você avisou a ela que não era assim – disse Irmgard.

– Sim, avisei – Roy concordou –, e disse para Polokov não tentar se passar por um homem da WPO. E falei para Garland que um de seus próprios caçadores de recompensas iria pegá-lo, o que provavelmente, imagino, foi o que aconteceu. – Balançou para a frente e para trás sobre seus calcanhares pesados, seu rosto transparecendo sabedoria e profundidade.

– P-p-pelo que o-o-ouvi, o sr. Baty é seu li-li-líder natural – falou Isidore.

– Ah sim, Roy é um líder – confirmou Irmgard.

– Ele organizou nossa... viagem – disse Pris. – De Marte pra cá.

– Então – disse Isidore – melhor você fazer o que e-e-ele sugere. – Sua voz tremia de esperança e tensão. – Acho que seria f-f-formidável, Pris, se você m-m-morasse comigo. Vou tirar uns dias do trabalho... tenho férias vencendo. Pra ter certeza de que você está bem. – E talvez Milt, que era tão criativo, pudesse projetar uma arma para ele usar. Algo imaginativo, que pudesse exterminar caçadores de recompensas... o que quer que fossem. Ele tinha uma impressão indistinta, incerta, obscura, sobre algo implacável que carregava uma lista impressa e uma arma, que se movia como uma máquina para cumprir sua trivial e burocrática função de matar. Uma coisa sem emoções, ou mesmo sem rosto; uma coisa que, se assassinada, pudesse ser substituída imediatamente por outra similar a ela. E assim sucessivamente, até que todos os que fossem autênticos e vivos tivessem sido eliminados.

Incrível, ele pensou, que a polícia não faça nada. Não acredito nisso. *Essas pessoas devem ter feito algo*. Talvez tenham emigrado de volta à Terra ilegalmente. Nos dizem – a TV nos diz – para denunciar qualquer aterrissagem de nave fora das áreas autorizadas. A polícia deve estar observando isso.

Mas mesmo assim, ninguém mais era morto deliberadamente. Isso ia contra o mercerismo.

– O cabeça de galinha gosta de mim – comentou Pris.

– Não o chame assim, Pris – disse Irmgard, e lançou sobre Isidore um olhar de compaixão. – Pense em como ele poderia chamar *você*.

Pris não disse nada. Sua expressão tornou-se enigmática.

– Vou começar a instalar os grampos – disse Roy. – Irmgard e eu vamos ficar neste apartamento; Pris, você vai com o... sr. Isidore. – Ele tomou a direção da porta, andando com espantosa velocidade para um homem tão pesado. Como um borrão, ele desapareceu pela porta, que bateu e voltou quando ele a abriu impetuosamente. Então Isidore teve uma breve e estranha alucinação: viu por um momento uma estrutura de metal, uma plataforma de polias e circuitos e baterias e torres mecânicas e engrenagens. Em seguida, a desleixada figura de Roy Baty voltou a ficar nítida. Isidore sentiu que uma vontade de rir crescia dentro dele; nervosamente, abafou-a. E viu-se confuso.

– Um homem de ação – disse Pris, distraída. – Uma pena que seja tão desajeitado com as mãos, fazendo coisas mecânicas.

— Se nos salvarmos — Irmgard falou em tom de severa repreensão, como se estivesse lhe dando uma bronca –, será por causa do Roy.
— Mas será que vale a pena? — Pris disse meio que para si mesma; encolheu os ombros e acenou para Isidore. — O.k., J. R. Vou me mudar pra sua casa e você pode me proteger.
— A t-t-todos vocês — Isidore imediatamente disse.
Solenemente, em voz baixa e formal, Irmgard Baty se dirigiu a ele:
— Quero que o senhor saiba o quanto apreciamos seu gesto, sr. Isidore. Creio que o senhor é o primeiro amigo que qualquer um de nós encontrou aqui na Terra. É muito amável de sua parte e talvez, algum dia, possamos retribuir a gentileza. — Ela deslizou para afagar seu braço.
— Vocês têm alguma ficção pré-colonial que eu possa ler? — ele perguntou a ela.
— Perdão? — Irmgard Baty relanceou o olhar inquirindo Pris.
— Aquelas revistas antigas — disse Pris; ela tinha juntado algumas coisas para levar consigo, e Isidore tirou-lhe o pacote dos braços, sentindo aquela alegria que vem apenas da satisfação de um objetivo alcançado. — Não, J. R. Não trouxemos nada com a gente, pelas razões que já expliquei.
— V-v-vou à biblioteca amanhã — disse ele, saindo para o corredor. — E vou p-p-pegar alguma coisa pra você ler, e pra mim também, assim você vai ter algo pra fazer além de simplesmente esperar.

Isidore conduziu Pris andar acima, para seu apartamento escuro e vazio e abafado e insípido como era; levando os pertences dela para o quarto, de uma só vez ligou o aquecedor, as luzes e a TV em seu único canal.
— Gosto disso — disse Pris, mas no mesmo tom de voz desinteressado e distante. Ela perambulou pelo apartamento, as mãos enfiadas nos bolsos da saia; seu rosto assumiu uma expressão amarga, quase justificada por seu desagrado. O oposto do que ela havia declarado.

– Qual o problema? – perguntou ele enquanto colocava as coisas de Pris no sofá.

– Nada. – Ela parou à janela panorâmica, puxou de lado as cortinas e olhou melancolicamente para fora.

– Se você acha que estão te procurando... – ele começou.

– É um sonho – disse Pris. – Induzido pelas drogas que Roy me deu.

– P-perdão?

– Você realmente acha que os caçadores de recompensas existem?

– O sr. Baty disse que eles mataram seus amigos.

– Roy Baty é tão louco quanto eu – Pris falou. – Estávamos entre ir para um hospício na Costa Leste ou vir para cá. Somos todos esquizofrênicos, com vidas emocionais defeituosas; embotamento afetivo, dizem. E temos alucinações coletivas.

– Não achava que isso fosse verdade – disse ele cheio de alívio.

– Por que não? – Ela se virou para fitá-lo atentamente; esquadrinhou-o de modo tão rigoroso que ele se sentiu corar.

– P-p-porque coisas assim não acontecem. O g-governo jamais executa quem quer que seja, por crime algum. E o mercerismo...

– Mas entenda – disse Pris –, se você não é humano, então tudo muda de figura.

– Isso não é verdade. Até animais, inclusive enguias, roedores, cobras e aranhas, são sagrados.

Pris, ainda encarando-o fixamente, disse:

– Então isso não pode ser verdade, pode? Conforme você disse, até os animais são protegidos por lei. Toda forma de vida. Todo ser orgânico que serpenteia ou se contorce ou cava ou voa ou enxameia ou bota ovos ou... – Ela se calou de repente, pois Roy Baty aparecera, abrindo a porta abruptamente e entrando no apartamento; uma trilha de arame farfalhava atrás dele.

– Insetos – ele disse, demonstrando nenhum embaraço em ouvir a conversa – são especialmente sacrossantos. – Retirando um quadro da parede da sala, ele afixou um pequeno dispositivo eletrônico ao prego, deu um passo para trás, examinou o trabalho e recolocou o quadro no lugar. – Agora o alarme. – Ele enrolou o arame que se arrastava e que terminava em um aparato complexo. Sorrindo seu incongruente sorriso, mostrou o aparato a Pris e a Isidore. – O alarme. Esses fios correm sob o tapete; são antenas. Captam a presença de... – Hesitou. – Uma entidade mentacional – disse, obscuramente – que não é nenhum de nós quatro.

– Então isso toca – disse Pris –, e depois? O caçador estará armado. Não podemos cair em cima dele e mordê-lo até a morte.

– Este aparato – Roy continuou – tem uma unidade Penfield integrada a ele. Assim que o alarme for acionado, ela irradia um estado de pânico para o... intruso. A não ser que ele aja com muita rapidez, o que pode acontecer. Um pânico enorme; ajustei a frequência no máximo. Nenhum humano consegue permanecer na vizinhança por mais de alguns segundos. Esta é a natureza do pânico: provoca arritmias aleatórias, desorientação e espasmos musculares e neurais. – Concluiu: – O que nos dará uma chance de pegá-lo. Possivelmente. Vai depender do quanto ele é bom.

– O alarme não vai nos afetar? – perguntou Isidore.

– É mesmo – Pris se voltou para Roy Baty. – Vai afetar Isidore.

– Bom, e daí? – Roy disse, voltando a seu trabalho de instalação. – Os dois saem correndo daqui em pânico. Isso nos dará tempo para reagir. E eles não vão matar Isidore; ele não está na lista deles. Por isso que ele é útil, como uma cobertura.

– Você não podia arranjar coisa melhor, Roy? – disse Pris, bruscamente.

– Não – ele respondeu –, não podia.

– A-a-amanhã eu consigo uma arma – Isidore falou.

– Você tem certeza de que a presença de Isidore aqui não vai disparar o alarme? – perguntou Pris. – Afinal, ele é... você sabe.

– Compensei as emanações cefálicas dele – Roy explicou. – A soma delas não provocará coisa alguma. Vai ser necessária a presença de mais um ser humano. Pessoa. – Fechando a cara, relanceou para Isidore, ciente do que tinha acabado de dizer.

– Vocês são androides – Isidore disse. Mas ele não se importava; não fazia diferença para ele. – Entendo agora por que eles querem matar vocês – disse. – Na verdade, vocês não estão vivos. – Tudo fazia sentido para ele agora. O caçador de recompensas, o assassinato de seus amigos, a viagem para a Terra, todas aquelas precauções.

– Quando usei a palavra "humano" – Roy Baty disse a Pris –, usei a palavra errada.

– Está certo, sr. Baty – disse Isidore. – Mas o que isso importa pra mim? Quer dizer, sou um Especial; eles também não me tratam muito bem; por exemplo, não posso emigrar. – Percebeu que estava matraqueando como um bobo. – Vocês não podem vir pra cá, e eu não posso... – Acalmou-se.

– Você não ia gostar de Marte – disse laconicamente Roy Baty, depois de uma pausa. – Você não perdeu nada.

– Eu me perguntava quanto tempo levaria até que você percebesse – Pris disse para Isidore. – Somos diferentes, não somos?

– Foi isso que, provavelmente, denunciou Garland e Max Polokov – falou Roy Baty. – Eles tinham a maldita certeza de que poderiam se passar por humanos. Luba também.

– Vocês são inteligentes – disse Isidore; sentia-se novamente empolgado, agora que havia compreendido. Empolgação e orgulho. – Vocês pensam abstratamente, e vocês não... – Gesticulou, suas palavras atropelando-se umas às outras. Como sempre. – Queria ter um Q.I. como o de vocês; então eu poderia passar no teste, não seria um cabeça de galinha. Acho que vocês são muito superiores; poderia aprender muito com vocês.

Após um intervalo, Roy Baty falou:

– Vou terminar de instalar o alarme. – E retomou o trabalho.

– Ele ainda não entendeu – Pris disse em voz aguda, irritadiça e estentórea – como foi que saímos de Marte. O que fizemos lá.

– O que não poderíamos ter deixado de fazer – grunhiu Roy Baty.

Irmgard Baty estava em pé à porta aberta para o corredor; eles perceberam sua presença assim que ela falou.

— Acho que não precisamos nos preocupar com o sr. Isidore – disse com gravidade; ela andou rapidamente até ele e o encarou. – Eles também não o tratam muito bem, como ele disse. E o que fazíamos em Marte não lhe interessa; ele nos conhece e gosta da gente, e uma aceitação emocional como esta... é tudo para ele. É difícil para nós compreendermos isso, mas é verdade. – Irmgard dirigiu-se a Isidore, chegando bem perto dele uma vez mais e observando-o com atenção: – Você poderia ganhar muito dinheiro nos denunciando; já pensou nisso? – Virando-se, ela disse ao marido: – Viu, ele sabe disso, mas ainda assim não diria nada.

— Você é um grande homem, Isidore – disse Pris. – Você valoriza a sua raça.

— Se ele fosse um androide – afirmou Roy, convicto – nos denunciaria amanhã às dez da manhã. Iria para o trabalho e fim de papo. Estou tomado de admiração. – Seu tom de voz não poderia ser decifrado; ao menos Isidore não conseguiria compreendê-lo. – E nós pensávamos que este seria um mundo sem amigos, um planeta de rostos hostis, com todos contra nós. – Soltou uma alta gargalhada.

— Não estou nem um pouco preocupada – disse Irmgard.

— Você devia estar se borrando de medo – rebateu Roy.

— Vamos votar – interveio Pris. – Como fizemos na nave, quando tivemos uma divergência.

— Bem – disse Irmgard. – Não vou falar mais nada. Mas se desprezarmos esta chance eu não acho que vamos encontrar nenhum outro ser humano disposto a nos acolher e a nos ajudar. O sr. Isidore é... – procurou pela palavra.

— Especial – disse Pris.

15.

Solenemente, e com cerimônia, começaram a votação.

– Ficamos aqui – Irmgard disse, com firmeza. – Neste apartamento, neste prédio.

– Voto em matar o sr. Isidore e nos esconder em outro lugar – falou Roy Baty. Ele e sua mulher, e Isidore, voltavam-se agora na direção de Pris.

– Voto para que fiquemos aqui – disse Pris em voz baixa. E num tom mais alto, acrescentou: – Acho que o valor de J. R. para nós supera o perigo que ele representa, que é o de saber a nosso respeito. Obviamente não podemos viver entre humanos sem sermos descobertos; foi isso que matou Polokov e Garland e Luba e Anders. Foi isso que matou todos eles.

– Talvez eles tenham feito justamente o que estamos fazendo – disse Roy Baty. – Trocaram confidências, confiaram em um ser humano específico que acreditavam ser diferente. Como você disse, Especial.

– Não sabemos disso – replicou Irmgard. – É só uma suposição. Acho que eles, eles... – gesticulou. – Andaram por aí. Cantaram em um palco, como Luba. Nós confiamos... eu vou te dizer no que confiamos e que nos colocou nesta enrascada, Roy; em nossa maldita inteligência superior! – Ela olhou para o marido, seus pequenos seios empinados subiam e desciam rapidamente. – Somos tão *espertos*... Roy, você está fazendo isso exatamente agora; maldito seja, você está fazendo isso *agora*!

— Acho que Irm está certa — disse Pris.

— Então nós colocamos nossas vidas nas mãos de uma criatura deteriorada, abaixo da média... — começou Roy, então desistiu. — Estou cansado — disse simplesmente. — Tem sido uma longa viagem, Isidore. Mas não vai se prolongar aqui. Infelizmente.

— Espero — disse Isidore, alegre — que eu possa fazer sua estada aqui na Terra muito agradável. — Ele estava certo de que poderia. Parecia a ele a coisa mais fácil do mundo, o apogeu de toda a sua vida (e da nova autoridade que ele havia manifestado ao vidfone aquele dia no trabalho).

Assim que deixou oficialmente o trabalho naquela noite, Rick Deckard voou pela cidade rumo à travessa dos animais: os vários quarteirões de grandes comerciantes de animais com suas enormes vitrines e anúncios resplendorosos. A nova e horrivelmente incomparável depressão que o havia abatido no começo do dia não tinha ido embora. Isto, sua atividade aqui com animais e comerciantes de animais, parecia o único ponto fraco no véu da depressão, uma brecha por meio da qual ele poderia agarrá-la e exorcizá-la. No passado, de algum modo, observar os animais, o cheiro das transações financeiras de altas cifras, havia feito muito por ele. Talvez surtisse o mesmo efeito agora.

— Sim, senhor — disse loquazmente um novo vendedor, elegantemente vestido, enquanto Rick observava as vitrines, boquiaberto, com um misto de encantamento e mansidão. — Vê algo que lhe agrada?

— Vejo muitas coisas que me agradam — disse Rick. — O que me incomoda é o preço.

— O senhor nos diz o negócio que quer fazer — o vendedor disse. — O que o senhor deseja levar para casa e quanto pode pagar. Levamos a proposta para nosso gerente e pegamos a aprovação dele.

— Tenho 3 mil em dinheiro. — O departamento, ao fim do dia, tinha pago sua recompensa. — Quanto custa aquela família de coelhos? — ele perguntou.

— Senhor, se der uma entrada de 3 mil, posso fazê-lo proprietário de algo bem melhor do que um casal de coelhos. Que tal uma cabra?

— Nunca pensei muito em cabras — disse Rick.

— Posso perguntar se isso representaria um novo patamar de preço para o senhor?

— Bem, eu não costumo levar 3 mil por aí — reconheceu Rick.

— Foi o que pensei, quando o senhor falou em coelhos. O problema com coelhos, senhor, é que todo mundo tem um. Gostaria de vê-lo ascender para a classe dos caprinos, à qual sinto que o senhor pertence. Para ser franco, o senhor me parece um homem bem mais afeiçoado a cabras.

— Quais são as vantagens das cabras?

— A grande vantagem de uma cabra é que ela pode ser ensinada a chifrar quem tentar roubá-la — disse o vendedor de animais.

— Não se for atingida por um hipnodardo e levada por uma escada de cordas para um hovercar flutuante — rebateu Rick.

— Uma cabra é leal — prosseguiu o vendedor, sem se deixar abater. — E tem uma alma livre e sincera que jaula alguma consegue aprisionar. E existe uma excepcional característica adicional nas cabras, uma que o senhor talvez desconheça. Muitas vezes, quando se investe em um animal e o leva para casa, descobre-se que, numa manhã, ele comeu algo radioativo e morreu. Uma cabra não sucumbe a quase alimentos contaminados; ela pode comer de modo eclético, até mesmo coisas que derrubariam uma vaca ou um cavalo ou, mais especialmente, um gato. Como investimento de longo prazo, sentimos que os caprinos — especialmente as fêmeas — oferecem vantagens imbatíveis para um proprietário de animais sério.

— Este caprino é fêmea? — Ele tinha reparado na grande cabra negra enquadrada no centro de seu engradado; foi na direção dela e o vendedor o acompanhou. O animal, pareceu a Rick, era lindo.

— Sim, é uma cabra. Uma cabra negra nubiana, muito grande, como o senhor pode ver. É uma aposta soberba do mercado neste ano, senhor. E a estamos oferecendo por um preço atraente e extraordinariamente barato.

Pegando seu Sidney's amarrotado, Rick procurou na listagem por cabras, nubianas negras.

— Seria uma transação em dinheiro? — perguntou o vendedor. — Ou o senhor incluiria um animal usado?

— Tudo em dinheiro — respondeu Rick.

O vendedor rabiscou um preço em um pedaço de papel e, então, brevemente, quase furtivamente, mostrou para Rick.

— Muito caro — disse Rick. Pegou o papel e anotou um valor mais modesto.

— Não podemos vender uma cabra por isso — protestou o vendedor. Anotou outro preço. — Essa cabra tem menos de um ano; tem uma longa expectativa de vida. — Mostrou o número a Rick.

— Fechado — disse Rick.

Assinou o contrato em prestações, pagou 3 mil dólares de entrada — toda a sua recompensa — e logo se viu parado ao lado de seu hovercar, meio confuso, enquanto os funcionários do revendedor de animais carregavam o engradado da cabra para dentro do veículo. Possuo meu próprio animal agora, disse para si mesmo. Um animal vivo, não um elétrico. Pela segunda vez na minha vida.

O gasto e o endividamento contratual o deixaram abalado; ele se percebeu tremendo. Mas eu tinha que fazer isso, disse a si mesmo. A experiência com Phil Resch... preciso recuperar minha confiança, minha fé em mim mesmo e em minhas habilidades. Ou não vou conseguir manter meu emprego.

Com as mãos dormentes, ele guiou o hovercar alto no céu e o conduziu a seu apartamento e a Iran. Ela vai ficar brava, disse a si mesmo. Porque isso vai deixá-la preocupada, a responsabilidade. E uma vez que ela está em casa o dia todo, uma série de atribuições vai cair sobre ela. De novo ele se sentiu abatido.

Quando aterrissou no terraço de seu prédio, Rick ficou sentado por um tempo, elaborando mentalmente uma história consistente e verossímil. Meu trabalho exige isso, pensou. Prestígio. Não podíamos continuar com aquela ovelha elétrica por muito mais tempo; isso abalava meu moral. Talvez eu possa dizer isso a ela, decidiu.

    Descendo do carro, Rick manobrou o engradado da cabra desde o banco traseiro, e com um esforço ofegante, colocou-o no chão do terraço. O animal, que tinha deslizado para um lado durante a mudança de posição, agora o observava com perspicaz sagacidade, mas não fez nenhum barulho.

    Ele desceu até seu andar, seguiu o caminho familiar pelo corredor até a porta de seu apartamento.

    – Oi – saudou-o Iran, ocupada na cozinha com o jantar. – Por que tão tarde hoje?

    – Sobe até o terraço – disse ele. – Quero te mostrar uma coisa.

    – *Você comprou um animal.* – Ela tirou o avental, passou a mão pelo cabelo instintivamente e seguiu o marido, deixando o apartamento; eles avançaram pelo corredor a passos largos e ansiosos. – Você não devia ter comprado sem mim – Iran ofegou. – Eu tenho o direito de participar dessa decisão, a mais importante aquisição que nós nunca...

    – Eu quis fazer uma surpresa – ele disse.

    – Você recebeu um dinheiro de recompensa hoje – Iran disse, acusadora.

    – Sim. Aposentei três andys – confirmou Rick. – Ele entrou no elevador e, juntos, eles subiram para mais perto de Deus. – Eu tinha que comprar isso – disse. – Algo deu errado hoje; algo sobre aposentá-los. Não conseguiria prosseguir se não comprasse um animal. – O elevador chegou ao terraço; ele conduziu a esposa pela escuridão noturna, na direção do engradado; ligando os refletores (mantidos para uso de todos os residentes do prédio), ele apontou para a cabra, silenciosamente. Aguardando pela reação dela.

    – Ó meu Deus – Iran disse suavemente. Ela andou até o engradado, perscrutando seu interior; então ela o contornou, examinando a cabra por todos os ângulos. – Ela é realmente verdadeira? – perguntou. – Não é falsa?

    – Absolutamente verdadeira – assegurou ele. – A menos que tenham me enganado. – Mas isso raramente acontece. A multa por falsificação seria enorme; duas vezes e meia o preço cheio de um animal genuíno. – Não, eles não me enganaram.

– É um bode – disse Iran. – Um bode negro nubiano.

– Uma cabra – corrigiu Rick. – Portanto, talvez possamos cruzá-la mais tarde. E teremos leite, com o qual podemos fazer queijo.

– Podemos tirá-la daí? Colocá-la onde está a ovelha?

– Ela deve ficar amarrada – disse ele. – Pelo menos por alguns dias.

– "Minha vida é amor e prazer" – disse Iran, em uma voz um pouco estranha. – Uma canção muito antiga de Joseph Strauss. Lembra? Quando a gente se conheceu? – Pôs suavemente a mão no ombro dele, inclinou-se e o beijou. – Muito amor. E muitíssimo prazer.

– Obrigado – ele disse, e a abraçou.

– Vamos descer correndo e agradecer a Mercer. Então podemos voltar aqui de novo e prontamente dar-lhe um nome; ela precisa de um nome. E talvez você possa arranjar uma corda para amarrá-la. – E começou a deixar o terraço.

De pé, ao lado de sua égua Judy, limpando-a e escovando-a, Bill Barbour, seu vizinho, chamou-os:

– Ei, que bela cabra vocês conseguiram, Deckards. Parabéns. Boa noite, sra. Deckard. Talvez vocês tenham cabritinhos; talvez eu troque meu potro por um casal de cabritos.

– Obrigado – disse Rick. Ele seguiu Iran na direção do elevador. – Isso cura a sua depressão? – perguntou a ela. – Cura a minha.

– Certamente cura a minha depressão – disse Iran. – Agora podemos admitir pra todo mundo que aquela ovelha era falsa.

– Não precisamos fazer isso – ele disse cuidadoso.

– Mas nós *podemos* – Iran persistiu. – Veja, agora não temos nada a esconder; aquilo que sempre desejamos virou realidade. É um sonho! – Outra vez ela ficou na ponta dos pés, inclinou-se e beijou-o rapidamente; sua respiração, ansiosa e errática, fez cócegas no pescoço dele. Em seguida, ela estendeu a mão para apertar o botão do elevador.

Alguma coisa o avisou. Alguma coisa o fez dizer:

– Não vamos descer para o apartamento ainda. Vamos ficar mais um pouco aqui com a cabra. Vamos apenas nos sentar e olhar pra ela, e talvez alimentá-la com alguma coisa. Eles me deram um saco de aveia para começarmos. E podemos ler o manual para a manutenção da cabra; está incluído na compra, sem custo extra. Podemos chamá-la de Eufêmia. – No entanto, o elevador havia chegado e Iran já se dirigia com pressa para seu interior. – Espera, Iran – ele disse.

 – Seria imoral de nossa parte não nos fundirmos com Mercer num gesto de gratidão – disse Iran. – Hoje apertei os manetes da caixa e ela me aliviou um pouco a depressão... só um pouco, não como isso. Mas, de qualquer modo, fui atingida por uma pedra, bem aqui. – Ela mostrou o pulso; ele notou um pequeno e escuro hematoma. – E eu me lembro de como ficamos muito melhor, como nossa situação fica muito melhor, quando estamos com Mercer. Apesar da dor. Dor física, mas espiritualmente unidos. Senti todos os outros, em todo o mundo, todos que haviam feito a fusão ao mesmo tempo. – Ela impediu que a porta deslizante do elevador se fechasse. – Vamos, Rick. Vai ser só por um instante. Você quase nunca experimenta a fusão; quero que você transmita a sensação que está sentindo agora para todas as pessoas; você deve isso a elas. Seria imoral guardarmos isso só pra gente.

 Ela estava certa, claro. Então ele entrou no elevador e outra vez desceu.

 Na sua sala de estar, em frente à caixa de empatia, Iran apertou o interruptor com agilidade, o rosto animado em progressiva satisfação; aquilo a iluminava como o surgimento de uma lua nova crescente.

 – Quero que todo mundo saiba – disse para ele. – Uma vez isso aconteceu comigo; eu me fundi e captei alguém que tinha acabado de comprar um animal. E então um dia... – suas feições tornaram-se momentaneamente sombrias; o prazer se esvaiu. – Um dia eu me peguei captando a emoção de alguém cujo animal tinha morrido. Mas outros de nós compartilharam suas diversas alegrias com essa pessoa (eu não tinha nenhuma, como você deve saber) e isso fez com que ela se animasse. Podemos até alcançar um potencial suicida; o que temos, o que estamos sentindo, pode...

— Eles vão receber a nossa alegria – disse Rick –, mas nós vamos perdê-la. Nós vamos trocar o que sentimos pelo que eles sentem. Nossa alegria vai ser perdida.

A tela da caixa de empatia agora mostrou fluxos velozes de cores vivazes e informes. Inspirando profundamente, a mulher segurou com força os dois manetes.

— Não vamos perder de fato o que sentimos, não se mantivermos isso bem claro na mente. Você realmente nunca pegou o jeito da fusão, não é Rick?

— Acho que não – disse ele. Mas agora ele estava começando a perceber, pela primeira vez, o significado que pessoas como Iran extraíam do mercerismo. Possivelmente, sua experiência com o caçador de recompensas Phil Resch havia alterado alguma ínfima sinapse nele, tinha desligado um interruptor neurológico e ligado outro. E isso talvez tivesse provocado uma reação em cadeia. – Iran – ele disse com urgência e afastou-a da caixa de empatia. – Escuta, preciso falar sobre o que me aconteceu hoje. – Levou-a até o sofá e sentou-a de frente para ele. – Conheci outro caçador de recompensas – continuou. – Um que eu nunca tinha visto antes. Um predador que parecia gostar de destruí-los. Pela primeira vez, depois de estar com ele, eu comecei a olhá-los de outra forma. Quero dizer, à minha maneira, eu os estava vendo como ele os via.

— Isso não pode esperar?

— Fiz um teste, uma pergunta, e a verifiquei – disse Rick. – Eu comecei a sentir empatia por androides, e veja o que isso significa. Você mesma disse isso hoje cedo, "aqueles pobres andys". Então você sabe do que estou falando. É por isso que comprei a cabra. Nunca senti nada como isso antes. Talvez seja uma depressão, como a que você tem. Agora eu entendo como você sofre quando está deprimida; sempre achei que gostasse disso, e eu pensava que pudesse sair desse estado a hora que quisesse, se não sozinha, por meio do sintetizador de ânimo. Mas quando você entra em depressão você não liga. Apatia, porque você perde o sentido de relevância. Não importa que você se sinta melhor, porque se você não tem valor...

— E o seu trabalho? — Seu tom de voz atingiu-o como um golpe; ele piscou. — Seu *trabalho* — Iran repetiu. — Qual o valor das parcelas mensais de sua cabra? — Ela estendeu a mão. Automaticamente, ele tirou do bolso o contrato que havia assinado e o entregou à mulher.

— Tudo isso — ela disse com voz tênue. — Os juros. Meu bom Deus... só os juros. E você fez isso porque estava deprimido. Não como uma surpresa pra mim, como tinha dito antes. — Devolveu o contrato para ele. — Bem, isso não importa. Ainda estou contente porque você comprou a cabra. Eu a amo. Mas é uma dívida pesada. — Ela parecia melancólica.

— Posso mudar de setor — disse Rick. — O departamento realiza dez ou onze trabalhos diferentes. Roubos de animais. Poderia ser transferido para lá.

— Mas e o dinheiro das recompensas? Precisamos dele ou vão tomar a cabra de volta!

— Vou conseguir que estendam o contrato de trinta e seis para quarenta e oito meses. — Tirou do bolso uma caneta esferográfica e rabiscou rapidamente no verso do contrato. — Dessa forma serão cinquenta e dois e cinquenta a menos por mês...

O vidfone tocou.

— Se não tivéssemos descido pra cá — Rick falou —, se tivéssemos ficado no terraço, com a cabra, não precisaríamos atender a chamada.

Dirigindo-se ao vidfone, Iran disse:

— Por que você está com medo? Eles não vão pegar a cabra de volta, ainda não. — Ela começou a erguer o receptor.

— É o departamento — disse Rick. — Diga que não estou. — Ele se dirigiu para o quarto.

— Alô — Iran disse ao aparelho.

Mais três andys, Rick pensou, que eu deveria ter perseguido hoje, em vez de voltar pra casa. O rosto de Harry Bryant se formou na vidtela, de modo que era tarde demais para fugir. Com os músculos das pernas enrijecidos, ele caminhou de volta para o vidfone.

— Sim, ele está — dizia Iran. — Compramos uma cabra. Passe aqui para vê-la, sr. Bryant. — Uma pausa enquanto ouvia e então ela estendeu o receptor para Rick. – Ele tem algo pra falar pra você – ela disse. Caminhando na direção da caixa de empatia, ela rapidamente se sentou e de novo pressionou o par de manetes. Ficou envolvida quase instantaneamente. Rick permaneceu ali segurando o receptor do vidfone, consciente da partida mental de sua esposa. Consciente de sua própria solidão.

– Alô – disse ao aparelho.

– Temos uma pista para dois dos androides restantes – disse Harry Bryant. Estava ligando de seu escritório; Rick viu a mesa familiar, a pilha de documentos e papéis e bagulho. – Obviamente eles foram alertados... eles deixaram o endereço que Dave deu a você e agora podem ser encontrados em... espere. – Bryant tateou sobre a mesa até localizar o material que queria.

Automaticamente, Rick procurou por sua caneta; segurou o contrato para o pagamento da cabra sobre o joelho e se preparou para escrever.

– Edifício de Condaptos 3967-C – disse o inspetor Bryant. – Vá para lá o mais rápido que puder. Temos de supor que eles sabem dos que você pegou: Garland, Luft e Polokov; é por isso que eles fizeram um voo ilegal.

– Ilegal – repetiu Rick. Para salvar suas vidas.

– Iran disse que você comprou uma cabra – falou Bryant. – Logo hoje? Depois que você saiu do trabalho?

– Vindo pra casa.

– Vou passar aí e dar uma olhada na sua cabra assim que você aposentar os androides que sobraram. Aliás... eu falei com Dave agora há pouco. Disse a ele do trabalho que eles lhe deram; ele mandou os parabéns e disse pra você ter cuidado. Disse que os modelos Nexus-6 são muito mais espertos do que pensava. Na verdade, ele não acreditou que você pegou três em um só dia.

– Três é o bastante – declarou Rick. – Não consigo mais fazer isso. Preciso descansar.

– Amanhã eles já terão escapado – rebateu o inspetor Bryant. – Pra fora de nossa jurisdição.

– Não tão logo. Eles continuarão por perto.
– Vá para lá agora à noite. Antes que eles comecem a se prevenir. Não esperam que você aja tão depressa.
– Claro que esperam – disse Rick. – Estarão esperando por mim.
– Está tremendo de medo? Por causa do que Polokov...
– Não estou tremendo – respondeu Rick.
– Então o que há de errado?
– O.k. – disse Rick. – Vou até lá. – Ele já ia desligar o vidfone.
– Me avise assim que tiver novidades. Vou estar aqui, no meu escritório.
– Se eu pegá-los, vou comprar uma ovelha – afirmou Rick.
– Você já tem uma ovelha. Você tem uma desde que te conheço.
– É elétrica. – rematou Rick. E desligou. Uma ovelha de verdade desta vez, disse para si mesmo. Tenho que ter uma. Em compensação.

Sua esposa estava curvada sobre a caixa preta da empatia, o rosto em êxtase. Ele permaneceu junto a ela por um tempo, a mão pousada no peito dela; sentiu-o subir e descer, a vida nela, a atividade. Iran não o notou; a experiência com Mercer tinha, como sempre, se tornado completa.

Na tela, a arcaica figura de Mercer, apagada e paramentada, subia sofregamente e, de súbito, uma pedra passou por ele. Observando, pensou Rick: meu Deus, existe alguma coisa pior na minha situação do que na dele. Mercer não tem que fazer coisa alguma que lhe seja estranha. Ele sofre, mas, ao menos, não é obrigado a violar sua própria identidade.

Inclinando-se, com delicadeza, ele tirou os dedos da mulher dos manetes duplos. Então, ele mesmo assumiu o lugar dela. Pela primeira vez em semanas. Um impulso: não havia planejado isso; de repente tinha acontecido.

Uma paisagem de ervas daninhas o confrontou, uma desolação. O ar cheirava a flores acres; tudo era deserto, e não havia chuva.

Um homem parou diante dele, uma triste luz em seus olhos cansados, banhados de dor.

— Mercer — disse Rick.

— Sou seu amigo — o velho disse. — Mas você precisa continuar como se eu não existisse. Consegue entender isso? — Estendeu as mãos vazias.

— Não — respondeu Rick. — Não entendo isso. Preciso de ajuda.

— Como posso salvá-lo — disse o homem —, se não posso salvar a mim mesmo? — Sorriu. — Você não vê? *Não há salvação.*

— Então, pra que serve isso? — perguntou Rick. — Pra que você serve?

— Para mostrar que você não está sozinho — disse Wilbur Mercer. — Estou aqui com você e sempre estarei. Vá e faça sua tarefa, mesmo que você saiba que é errado.

— Por quê? — perguntou Rick. — Por que eu deveria fazer isso? Vou largar meu emprego e emigrar.

— Você será requisitado a fazer coisas erradas não importa para onde vá — disse o velho. — É a condição básica da vida, ser obrigado a violar a própria identidade. Em algum momento, toda criatura vivente deve fazer isso. É a sombra derradeira, o defeito da criação; é a maldição em curso, a maldição que alimenta toda vida. Em todo lugar do universo.

— É tudo o que pode me dizer? — disse Rick.

Uma pedra zuniu na direção dele; ele se abaixou, mas a pedra o atingiu na orelha. Imediatamente soltou os manetes e se viu outra vez em sua própria sala de estar, ao lado da esposa e da caixa de empatia. A cabeça lhe doía pesadamente por causa da pancada; levando a mão até o local, reparou no sangue fresco a se acumular, escorrendo em grandes e brilhantes gotas pela lateral de seu rosto.

Com um lenço, Iran tocou de leve a orelha do marido.

— Ainda bem que você me tirou de lá... eu acho. Realmente não consigo suportar isso, ser alvejada. Obrigada por ter tomado a pedrada no meu lugar.

— Estou indo — disse Rick.

— O trabalho?

— Três trabalhos. — Ele pegou o lenço da mão dela e se encaminhou para a porta do corredor, ainda tonto e, agora, com náuseas.

— Boa sorte — disse Iran.

— Não consegui nada apertando esses manetes — falou Rick. — Mercer falou comigo, mas isso não ajudou. Ele não sabe mais do que eu sei. É só um velho subindo uma colina rumo à morte.

— Não é essa a revelação?

— Eu já tenho a revelação — respondeu Rick, abrindo a porta. — Te vejo mais tarde. — Saindo para o corredor, ele fechou a porta atrás de si. Condapto 3967-C, refletiu, lendo no verso do contrato. É no subúrbio; quase tudo está abandonado lá. Um bom lugar para se esconder. Exceto pelas luzes à noite. É por isso que estarei passando por lá, pensou. As luzes. Fototrópicas, como a cabeça de uma mariposa morta. E depois disso, pensou, não haverá nada mais. Vou fazer outra coisa, ganhar a vida de outra maneira. Esses três vão ser os últimos. Mercer está certo; tenho que fazer o que preciso fazer. Mas, pensou, não sei se consigo. Dois andys juntos... não é uma questão moral, é uma questão prática.

É provável que eu não *consiga* aposentá-los, ele admitiu. Mesmo que eu tente; estou cansado demais e coisas demais aconteceram hoje. Talvez Mercer saiba disso, refletiu. Talvez ele tenha previsto tudo o que vai acontecer.

Mas eu sei onde posso obter ajuda, oferecida a mim antes, mas recusada.

Rick alcançou o terraço e logo depois sentou-se no escuro de seu hovercar, e discou.

— Associação Rosen — a vidfonista atendeu.

— Rachael Rosen — ele falou.

— Perdão, senhor?

— Chame Rachael Rosen — Rick rangeu.

— A srta. Rosen está esperando...

— Tenho certeza que está — disse. E esperou.

Dez minutos depois a pequena face morena de Rachael Rosen surgiu na vidtela.

— Olá, sr. Deckard.

— Está ocupada agora ou posso falar com você? — Ele a interpelou. — Como você disse hoje mais cedo. — Não parecia ser o mesmo dia; uma geração inteira havia ascendido e declinado desde que ele falara como ela pela última vez. E todo aquele peso, todo o cansaço dele, voltaram a se abater sobre seu corpo; ele sentia o fardo físico. Talvez, pensou, por causa da pedra. Com o lenço, enxugou a orelha que ainda sangrava.

— Você cortou a orelha — disse Rachael. — Que pena.

— Você realmente achou que eu não iria te ligar? Como você disse antes? — perguntou Rick.

— Eu te disse que sem mim um dos Nexus-6 poderia te pegar antes que você o pegasse — respondeu Rachael.

— Você errou.

— Mas você está ligando. De todo modo. Quer que eu vá até San Francisco?

— Hoje à noite.

— Ó, mas é tão tarde. Vou amanhã, é uma hora de viagem.

— Me disseram que tenho de pegá-los hoje à noite. — Fez uma pausa e disse: — Dos oito originais, sobraram três.

— Parece que você teve um dia horrível.

— Se você não voar até aqui hoje à noite — ele disse —, vou atrás deles sozinho e não vou conseguir aposentá-los. Acabei de comprar uma cabra — ele acrescentou. — Com o dinheiro da recompensa dos três que eu peguei.

— Vocês, humanos. — Rachael riu. — Cabras fedem terrivelmente.

— Só os bodes. Li no manual de instruções que veio com ela.

— Você realmente está cansado — disse Rachael. — Você parece meio entorpecido. Tem certeza de que sabe o que está fazendo, tentando pegar mais três Nexus-6 no mesmo dia? Ninguém nunca aposentou seis androides em um único dia.

— Franklin Powers — rebateu Rick. — Cerca de um ano atrás, em Chicago. Ele aposentou sete.

— A obsoleta variedade McMilliam Y-4 – disse Rachael. – Estamos lidando com outra coisa. – Ela ponderou. – Rick, não posso fazer isso. Nem jantei ainda.

— Preciso de você – afirmou ele. De outro modo vou morrer, disse para si mesmo. Sei disso; Mercer sabia disso; acho que você sabe também. E estou desperdiçando meu tempo recorrendo a você, refletiu. Não se pode pedir nada a um androide; não se consegue nada.

— Desculpe, Rick – Rachael disse –, mas não posso fazer isso hoje à noite. Vai ter que ser amanhã.

— Vingança androide – falou Rick.

— O quê?

— Porque eu te peguei na escala Voigt-Kampff.

— Acha isso? – Arregalou os olhos e disse: – *Realmente?*

— Adeus. – Ele já ia desligando.

— Ouça – Rachael disse rapidamente. – Você não está usando a cabeça.

— Assim lhe parece porque, para você, os seus modelos Nexus-6 são mais inteligentes que os humanos.

— Não, eu realmente não entendo – suspirou Rachael. – Posso dizer que você não quer fazer esse trabalho hoje à noite... e talvez em momento algum. Tem certeza de que quer que eu facilite as coisas para você aposentar os três androides que restam? Ou quer que eu o convença a não tentar?

— Venha pra cá – ele disse –, vamos alugar um quarto de hotel.

— Por quê?

— Algo que eu ouvi hoje – ele respondeu com a voz rouca. – Sobre situações envolvendo humanos masculinos e androides femininos. Venha pra San Francisco hoje à noite e eu desisto dos androides restantes. Vamos fazer outra coisa.

Ela olhou atentamente para ele, então disse de modo abrupto:

— O.k., vou voar até aí. Onde devo te encontrar?

— No St. Francis. É o único hotel mais ou menos decente ainda operando na Bay Area.

– E você não vai fazer nada até eu chegar aí.

– Vou me sentar no quarto – ele disse – e assistir ao Buster Gente Fina na TV. Sua convidada nos últimos três dias tem sido Amanda Werner. Gosto dela. Poderia olhar pra ela pelo resto da minha vida. Ela tem seios que sorriem. – Ele desligou; então ficou sentado por um tempo, a mente vaga. Ao menos o frio do carro o deixou desperto; ele deu partida no carro e um momento depois já rumava para o centro de San Francisco. Para o Hotel St. Francis.

No suntuoso e enorme quarto do hotel, Rick Deckard sentou-se lendo as folhas de papel carbono datilografadas sobre os dois androides, Roy e Irmgard Baty. Nesses dois casos foram incluídos instantâneos telescópicos, indistintas fotos coloridas em 3D que ele mal conseguia discernir. A mulher, decidiu, parecia atraente. Roy Baty, entretanto, é algo diferente. Algo pior.

Um farmacêutico em Marte, ele leu. Ou pelo menos o androide tinha usado essa fachada. Na verdade, ele deveria ter sido um operário, um trabalhador rural, com aspirações a algo melhor. Androides sonham?, Rick se perguntou. Evidentemente; é por isso que de vez em quando eles matam seus patrões e fogem para cá. Uma vida melhor, sem servidão. Como Luba Luft; cantando *Don Giovanni* e *As Bodas de Fígaro* em vez de trabalhar duro por toda a superfície de um campo estéril repleto de rochas. Em um mundo colonial fundamentalmente inabitável.

Roy Baty (o relatório o informava) tem um ar agressivo e assertivo de falsa autoridade. Dado a preocupações místicas, este androide propôs ao grupo a tentativa de fuga, avalizando-a ideologicamente com uma pretensa ficção sobre a sacralidade da assim chamada "vida" androide. Além disso, este androide roubou – e experimentou – diversas drogas de fusão mental, alegando, quando descoberto, que esperava promover em androides uma experiência coletiva semelhante à do mercerismo, a qual, salientou, permanece inacessível a androides.

O relato tinha um caráter patético. Um androide rude e frio com esperanças de passar por uma experiência que, devido a um defeito deliberadamente embutido, não lhe era permitida. Mas ele não conseguia se preocupar em demasia com Roy Baty. Percebeu, pelos rabiscos de Dave, uma espécie de repulsa por esse androide em particular. Baty tinha tentado forçar a realidade de uma experiência de fusão para si mesmo, e então, quando fracassou, planejou o assassinato de um grande número de seres humanos... e, na sequência, a fuga para a Terra. E agora, especialmente a partir de hoje, ocorria a destruição gradativa dos oito androides originais, até restarem apenas três. E eles, os principais membros do grupo ilegal, também estavam condenados, uma vez que, se não conseguisse pegá-los, algum outro os pegaria. O tempo não para, refletiu. O ciclo da vida. Terminando nisso, o último ocaso. Antes do silêncio da morte. Ele percebeu nisso a existência de um microuniverso, completo.

A porta do quarto se abriu com um estrondo.

– Que voo – Rachael Rosen disse sem fôlego, entrando vestida com um longo casaco escama de peixe sobre sutiã com short combinando; ela carregava, além de sua grande e adornada bolsa estilo malote dos correios, uma sacola de papel. – Este é um quarto *bacana*. – Examinou seu relógio de pulso. – Menos de uma hora. Fiz um bom tempo. Aqui. – Mostrou a sacola de papel. – Trouxe uma garrafa. Bourbon.

Rick disse:

– O pior dos oito continua vivo. Aquele que os organiza. – Segurou o relatório sobre Roy Baty na direção dela; Rachael largou a sacola de papel e pegou a folha de carbono.

– Você localizou este? – perguntou, depois de ler.

– Tenho o número de um condapto. Lá nos subúrbios, onde alguns Especiais deteriorados, cabeças de formiga e cabeças de galinha levam aquilo que eles chamam de vida.

– Vejamos o que há sobre os outros – disse Rachael estendendo a mão.

– Fêmeas, ambas. – Rick passou os papéis para ela; um tratava de Irmgard Baty, o outro de uma androide que se apresentava como Pris Stratton.

– Oh... – disse Rachael, passando os olhos pela última folha. Largou os papéis, andou até a janela do quarto para contemplar o centro de San Francisco. – Acho que você vai se surpreender com essa última. Talvez não; talvez você não ligue. – Ela havia empalidecido e sua voz tremia. De repente ela se tornara excepcionalmente insegura.

– Sobre o que, exatamente, você está resmungando? – Ele pegou as folhas e voltou a estudá-las, perguntando-se que parte teria perturbado Rachael.

– Vamos abrir o bourbon. – Rachael levou a sacola de papel para o banheiro, pegou dois copos, voltou; ainda parecia distraída e indecisa... e preocupada. Ele percebeu o rápido voo de seus pensamentos ocultos; as transições se mostravam em sua expressão carrancuda e tensa. – Consegue abrir isso? – ela pediu. – Vale uma fortuna, você pode imaginar. Não é sintético; é de antes da guerra, feito de um *mash* genuíno.

Ele pegou a garrafa, abriu-a, despejou bourbon em dois copos e falou:

– Me diz qual é o problema.

– No vidfone você disse que se eu voasse pra cá esta noite, você desistiria dos três andys remanescentes – ela falou. – "Vamos fazer outra coisa", você disse. Mas aqui estamos...

– Me diz o que te incomoda – Rick interpelou-a.

De frente para ele, Rachael respondeu, em tom de desafio:

– Me diz o que vamos fazer em vez de reclamar e nos preocupar desnecessariamente com esses três últimos andys Nexus-6. – Ela desabotoou o casaco, levou-o até o closet e pendurou-o. Isso deu a Rick a oportunidade de dar uma boa olhada nela.

As proporções de Rachael, ele notou mais uma vez, eram estranhas; com o volumoso cabelo escuro, sua cabeça parecia grande; e por causa de seus seios diminutos, seu corpo assumia uma silhueta esguia, quase infantil. Mas seus olhos enormes, de cílios elaborados, só poderiam pertencer a uma mulher adulta; ali terminava a semelhança com uma adolescente. Rachael descansava ligeiramente sobre a parte dianteira dos pés, e seus braços, do modo como pendiam, curvavam-se nas articulações. A postura de um cauteloso caçador, ele refletiu, talvez da espécie Cro-Magnon. A raça dos caçadores altos, disse a si mesmo. Sem excesso de carnes, uma barriga plana, nádegas pequenas e peitos ainda menores – Rachael havia sido modelada à compleição celta, anacrônica e atraente. Abaixo do short curto, suas pernas, esbeltas, tinham um caráter neutro e não sexual, não muito bem-acabadas em suas deliciosas curvas. A impressão geral era boa, no entanto. Ainda que definitivamente a de uma garota, não de uma mulher. Exceto pelos olhos inquietos, ardilosos.

Ele provou o bourbon; o poder da bebida, o autoritarismo do gosto e do cheiro fortes, tinha se tornado quase estranho para ele, que teve dificuldade de engoli-la. Rachael, em contraste, não teve dificuldade com a dela.

Sentando-se na cama, Rachael alisou a colcha distraidamente; sua expressão havia cambiado agora para o mau humor. Ele depositou o copo no criado-mudo e acomodou-se ao lado dela. Sob seu peso a cama cedeu, e Rachael mudou de posição.

– O que foi? – disse ele. Alcançando-a, ele segurou a mão dela; pareceu-lhe fria, ossuda, ligeiramente úmida. – O que está te perturbando?

– O último maldito modelo Nexus-6 – respondeu Rachael, pronunciando as palavras com esforço – é do mesmo modelo que eu. – Ela olhou fixamente a colcha, encontrou um fio e começou a enrolá-lo entre os dedos e a transformá-lo em uma bolinha. – Não reparou na descrição? É a minha, também. Ela pode usar o cabelo de modo diferente, vestir-se de modo diferente... pode até mesmo ter comprado uma peruca. Mas, quando você vê-la, vai entender o que quero dizer.
– Ela riu com ironia. – Foi uma coisa boa a Associação ter admitido que sou uma andy; de outro modo, você provavelmente ficaria maluco quando tivesse Pris Stratton na sua mira. Ou pensaria que ela era eu.

– Por que isso te incomoda tanto?

– Droga, eu vou estar junto quando você *aposentá-la*.

– Talvez não. Talvez eu não a encontre.

– Conheço a psicologia dos Nexus-6 – disse Rachael. – Por isso estou aqui; por isso posso te ajudar. Eles estão escondidos juntos, os últimos três. Amontoados em volta de um desequilibrado que se autodenomina Roy Baty. Ele vai liderar a defesa crucial, total, final deles. – Mordeu os lábios. – Jesus! – ela exclamou.

– Anime-se – disse Rick; ele segurou seu pequeno e pontiagudo queixo na palma da mão e levantou sua cabeça, de modo que ela teve de encará-lo. Imagino como será beijar uma androide, ele pensou. Inclinando-se um pouco, beijou seus lábios secos. Nenhuma reação; Rachael seguia impassível. Como se não tivesse sido afetada. E ainda assim ele percebeu algo diferente. Ou talvez apenas esperasse que fosse isso.

– Gostaria de ter sabido disso antes de vir pra cá – disse Rachael. – Eu nunca teria vindo. Acho que você está me pedindo demais. Sabe o que eu sinto? Em relação a essa androide Pris?

– Empatia – ele respondeu.

– Algo assim. Identificação; como se fosse eu. Meu Deus; talvez seja o que vai acontecer. Na confusão você vai me aposentar, e não a ela. E então ela pode voltar para Seattle e viver a minha vida. Nunca me senti assim antes. Nós *somos* máquinas, produzidas como tampinhas de garrafa. É uma ilusão que eu... eu, pessoalmente... realmente exista; sou apenas a representação de um modelo. – Estremeceu.

Rick não pôde deixar de se divertir; Rachael tornara-se tão lúgubre e sentimental.

– Formigas não se sentem assim – ele disse –, e são fisicamente idênticas.

– Formigas. Não sentem, ponto final.

– Gêmeos humanos idênticos. Eles não...

– Mas eles se identificam entre si; eu entendo que eles têm uma empatia, uma ligação especial. – Levantando-se, ela pegou a garrafa de bourbon, um pouco trôpega; tornou a encher seu copo e de novo bebeu rapidamente. Por um tempo ela vagou pelo quarto, sobrancelhas sombriamente contraídas, e então, deslizando na direção de Rick, como se por acaso, ela se acomodou de volta na cama; jogou as pernas para

cima e se esticou, recostando-se nos travesseiros fofos. E suspirou.
– Esquece os três andys. – Sua voz transbordando cansaço. – Estou tão esgotada, por causa da viagem, acho. E por causa de tudo o que aprendi hoje. Só quero dormir. – Fechou os olhos. – Se eu morrer – ela murmurou –, talvez nasça de novo quando a Associação Rosen fabricar a próxima unidade do meu subtipo. – Ela abriu os olhos, encarou-o com ferocidade e disse: – Sabe por que eu vim pra cá, realmente? Por que Eldon e os outros Rosen, os humanos, queriam que eu estivesse aqui com você?

– Para observar – ele respondeu. – Para detalhar exatamente o que o Nexus-6 faz que o denuncia no teste Voigt-Kampff.

– No teste ou em outra situação. Tudo o que lhe dá uma característica diferente. E então apresentarei um relatório para que a empresa possa fazer modificações nos fatores DNS dos banhos de zigotos. Assim teremos os Nexus-7. E quando eles forem descobertos, iremos modificá-los novamente até que, enfim, a empresa chegará a um modelo que não poderá ser distinguido de um ser humano comum.

– Conhece o Teste de Arco Reflexo Boneli?

– Também estamos trabalhando nos gânglios espinais. Algum dia o teste Boneli vai se perder no passado, na mortalha cinzenta de esquecimento espiritual. – Ela sorriu de modo inócuo, em desacordo com suas palavras. A essa altura ele não conseguia discernir-lhe o grau de seriedade. Um tema de proporções planetárias e, no entanto, dito com tamanha frivolidade; uma característica androide, possivelmente, ele pensou. Nenhuma consciência emocional, nenhum senso de compreensão do real *significado* do que diz. Somente as definições vazias, formais, intelectuais das palavras isoladas.

E mais, Rachael tinha começado a provocá-lo. Imperceptivelmente, ela havia deixado de lamentar sua condição e passado a afrontá-lo pela condição dele.

– Vá pro inferno – disse ele.

– Estou bêbada – Rachael riu. – Não posso ir com você. Se você me deixar aqui – ela acenou um adeus –, eu fico para trás, durmo e depois você pode me contar o que aconteceu.

– Exceto pelo fato de que não vai haver um depois – disse ele –, porque Roy Baty vai acabar comigo.

– Mas eu não vou poder te ajudar de qualquer modo porque agora estou bêbada. Em todo caso, você conhece a verdade, a concretada, irregular e escorregadia superfície da verdade. Sou apenas uma observadora e não vou intervir para salvá-lo; não me importo se Roy Baty acabar com você ou não. Me importo se ele acabar *comigo*. – Escancarou os olhos. – Cristo, estou tendo empatia por mim mesma. E veja, se eu for para aquele prédio de condaptos deteriorado no subúrbio... – Ela estendeu a mão e brincou com um botão da camisa dele; vagarosamente e com destreza, começou a desabotoá-la. – Não ouso ir porque androides não têm lealdade uns com os outros, e porque sei que aquela maldita Pris Stratton vai me destruir e ocupar o meu lugar. Percebe? Tire o seu casaco.

– Por quê?

– Porque assim podemos ir pra cama – Rachael respondeu.

– Comprei uma cabra nubiana negra – disse ele. – Tenho que aposentar os outros três andys. Tenho que acabar meu trabalho e voltar pra casa, pra minha mulher. – Ele se levantou e deu a volta na cama até a garrafa de bourbon. Com muito cuidado, serviu-se de um segundo drinque; suas mãos, notou, tremiam bem de leve. Por causa da fadiga, provavelmente. Nós dois, ele constatou, estamos cansados. Cansados demais para caçar três andys, com o pior deles, dos oito originais, dando as cartas.

Parado ali, em pé, ele percebeu, de repente, que havia adquirido um medo patente, incontestável por aquele android líder. Tudo dependia de Baty – tudo tinha dependido dele desde o começo. Até então ele havia encontrado e aposentado manifestações de Baty de maneira progressiva, uma mais ameaçadora que a anterior. Agora chegava a vez de Baty, propriamente dito. Ele pensava em como sentia o medo crescer; o medo tomou-o completamente, agora que ele havia deixado esse sentimento se aproximar de sua mente consciente.

– Não posso ir sem você agora – ele disse a Rachael. – Nem mesmo posso sair daqui. Polokov veio atrás de mim; Garland praticamente veio atrás de mim.

— Você acha que Roy Baty vai te procurar? — Deixando de lado o copo vazio, ela se inclinou para a frente, levou as mãos para trás e soltou o sutiã. Desfez-se dele com agilidade; levantou-se em seguida, cambaleando e sorrindo porque percebeu-se cambaleante. — Na minha bolsa — disse ela — tenho um mecanismo que nossa autofábrica em Marte criou como um dispositivo para emer... — Fez uma careta. — Um treco de segurança para emergências, quando submetem um andy recém-construído para passar pelos testes de inspeção de rotina. Pega. Parece uma ostra. Você vai ver.

Ele começou a vasculhar a bolsa. Como uma mulher humana, Rachael tinha todo tipo imaginável de objeto furtado e escondido em sua bolsa; ele se percebeu em uma busca interminável.

Enquanto isso, Rachael tinha chutado fora suas botas e aberto o zíper de seu short; equilibrando-se sobre um pé, ela pegou a peça retirada com o dedão e a atirou para o outro lado do quarto. Então deixou-se cair sobre a cama, rolou o corpo para apanhar o copo e, sem querer, derrubou-o no chão acarpetado. — Droga — disse ela, e mais uma vez pôs-se tropegamente de pé; só de calcinha, ficou observando Rick inspecionar sua bolsa, e, então, com cuidado e atenção minuciosos, puxou a colcha para trás, deitou-se e depois se cobriu.

— É isso? — ele levantou uma esfera metálica de onde se projetava um botão.

— Isso neutraliza um androide, levando-o a um estado de catalepsia — disse Rachael, olhos fechados. — Por alguns segundos. Suspende sua respiração; a de vocês também, mas humanos podem sobreviver sem respirar... transpirando?... por alguns minutos, mas o nervo pneumogástrico de um andy...

— Eu sei — ele se endireitou. — O sistema nervoso autônomo de um androide não é tão flexível quando é necessário ligar e desligar como é o nosso. Mas, como você disse, isso não funcionaria por mais de cinco ou seis segundos.

— Tempo suficiente — Rachael murmurou — para salvar sua vida. Assim, veja. — Ela se mexeu na cama. — Se Roy Baty aparecer aqui, você pode segurar isso na mão e apertar o botão. E enquanto ele estiver paralisado, sem suprimento de ar para o sangue e com as células cerebrais se deteriorando, você pode matá-lo com seu laser.

– Você tem um tubo de laser – ele disse. – Na sua bolsa.

– É uma imitação. Androides – ela bocejou, olhos novamente cerrados – não têm permissão para carregar lasers.

Ele se aproximou da cama.

Contorcendo-se, Rachael conseguiu finalmente ficar de bruços, o rosto enterrado no branco lençol de baixo.

– Este é um tipo de cama nobre, limpo, virgem – declarou ela. – Só garotas limpas e nobres que... – Ponderou. – Androides não podem conceber filhos – ela disse então. – Isso é considerado uma perda?

Ele terminou de despi-la. Expôs suas pálidas e frias partes íntimas.

– É uma perda? – Rachael repetiu. – Não quero saber, realmente; não tenho como dizer. Qual a sensação de ter um filho? Pensando bem, qual é a sensação de nascer? Nós não nascemos; não crescemos; em vez de morrer de doença ou de velhice, desgastamos com o uso, como formigas. Formigas de novo; é o que somos. Não você; eu. Máquinas quitinosas com reflexos que não estão vivas de verdade. – Ela torceu a cabeça para um lado e disse alto: – *Eu não estou viva!* Você não está indo pra cama com uma mulher. Não se decepcione, o.k.? Você já fez amor com um androide antes?

– Não – ele respondeu, tirando a camisa e a gravata.

– Eu compreendo... eles me dizem... que é convincente se você não pensa muito a respeito. Mas se pensar demais, se você refletir no que está fazendo... daí não consegue ir em frente. Por, hum, razões psicológicas.

Curvando-se, ele beijou seu ombro nu.

– Obrigada, Rick – ela disse, lânguida. – Mas lembre-se: não pense nisso, apenas faça. Não pare nem filosofe, porque de um ponto de vista filosófico é desolador. Para nós dois.

– Mas depois eu ainda pretendo procurar Roy Baty – ele disse. – Ainda preciso de você lá. Eu sei que aquele tubo de laser que você tem na bolsa é...

– Você acha que eu iria aposentar um dos seus andys pra você?

– Eu acho que, a despeito do que disse, você vai me ajudar no máximo que puder. De outro modo, você não estaria deitada na cama comigo.

– Eu te amo – disse Rachael. – Se eu entrasse em uma sala e encontrasse um sofá coberto com sua pele, eu alcançaria uma pontuação alta no teste Voigt-Kampff.

Em algum momento desta noite, ele pensou enquanto apagava a luz da cabeceira, vou aposentar um Nexus-6 que se parece exatamente com essa garota nua. Meu bom Deus, refletiu; acabei bem onde Phil Resch tinha dito. Vá para a cama com ela primeiro, ele se lembrou. Então mate-a.

– Não posso fazer isso – disse ele, e se afastou da cama.

– Gostaria que você pudesse – disse Rachael. Sua voz vacilava.

– Não por sua causa. Por causa de Pris Stratton; do que eu tenho de fazer com ela.

– Não somos a mesma. *Eu não me importo com Pris Stratton. Ouça.* – Rachael se agitou na cama, levantando-se; na escuridão, ele pôde vagamente discernir sua silhueta quase sem seios, de físico tão elegante. – *Venha pra cama comigo e eu aposentarei Pris Stratton. O.k.? Porque eu não aguento ficar assim tão perto e então...*

– Obrigado – ele disse; um sentimento de gratidão, indubitavelmente por conta do bourbon, emergiu de dentro dele, apertando sua garganta. Dois, ele pensou. Eu só tenho que aposentar dois; só os Batys. Será que Rachael realmente faria isso? É evidente que sim. Androides pensam e funcionam desse jeito. Ainda assim, ele nunca tinha encontrado nada parecido com isso.

– Droga, venha logo pra cama – chamou Rachael.

Ele foi para a cama.

17.

Depois desfrutaram um grande luxo: Rick pediu ao serviço de quarto que trouxesse café. Durante um longo tempo ele ficou sentado entre os braços de uma poltrona Lounge Chair estampada com folhas verdes, pretas e douradas, bebericando café e meditando a respeito das próximas horas. No banheiro, Rachael cantarolava e guinchava e espirrava água de seu banho quente.

– Você fez um bom negócio quando fechou aquele negócio – ela falou alto assim que desligou o chuveiro; gotejando, o cabelo preso com um elástico, ela surgiu nua e rosada na porta do banheiro. – Nós androides não conseguimos controlar nossas paixões físicas e sensuais. Você provavelmente já sabia disso; na minha opinião, você se aproveitou de mim. – Mas claro que ela não aparentava estar genuinamente brava. Na realidade, parecia tão alegre e certamente tão humana quanto qualquer garota que ele tivesse conhecido. – Temos mesmo de perseguir aqueles três andys hoje à noite?

– Sim – respondeu Rick. Dois para eu aposentar, ele pensou; um pra você. Como Rachael dissera, o negócio tinha sido fechado.

Envolta por uma toalha de banho branca e gigante, Rachael perguntou:

– Gostou?

– Sim.

– Você iria pra cama com um androide de novo?

– Se fosse uma garota. Se parecesse com você.

– Você sabe qual é o tempo de vida útil de um robô humanoide como eu? – Rachael disse. – Eu existo há dois anos. Quanto tempo você calcula que eu tenha pela frente?

– Algo em torno de dois anos – disse ele, após hesitar.

– Eles nunca conseguiram resolver esse problema. Quero dizer, reposição de células. Renovação perpétua ou semiperpétua. Bem, acontece. – Ela começou a se secar vigorosamente. Sua face tinha se tornado inexpressiva.

– Eu sinto muito – disse Rick.

– Inferno – disse Rachael –, desculpe ter mencionado isso. De qualquer modo, isso faz com que os humanos não fujam para viver com um androide.

– E isso também vale pra vocês, Nexus-6?

– É o metabolismo. Não é a unidade cerebral. – Saiu do banheiro, apanhou a calcinha e começou a se vestir.

Ele também se vestiu. Então, juntos, falando pouco, os dois partiram para o terraço, onde o hovercar havia sido estacionado pelo simpático funcionário humano vestido de branco.

No momento em que tomavam a direção dos subúrbios de San Francisco, Rachael notou:

– Que noite agradável.

– A esta hora minha cabra deve estar dormindo – ele disse. – Ou talvez elas sejam animais noturnos. Alguns bichos nunca dormem. Ovelhas, jamais, não que eu visse. Sempre que olhamos pra elas, elas estão olhando pra gente, esperando para ser alimentadas.

– Como é a sua mulher?

Ele não respondeu.

– Você...

– Se você não fosse uma androide – Rick a interrompeu –, se eu pudesse legalmente me casar com você, eu me casaria.

– Ou poderíamos viver em pecado, apesar de eu não estar viva – disse Rachael.

– Legalmente, você não está. Mas está de fato. Biologicamente. Você não é feita de circuitos transistorizados como um animal falso. Você é uma entidade orgânica. – E em dois anos, ele pensou, você vai se desgastar e morrer. – Porque nunca solucionamos o problema da reposição das células, conforme você disse. Então eu acho que não importa, de qualquer modo.

Este é o meu fim, Rick disse a si mesmo. Como caçador de recompensas. Depois dos Batys, nenhum mais. Não depois disso, desta noite.

– Você parece tão triste – falou Rachael.

Estendendo a mão, ele tocou a bochecha dela.

– Você não vai conseguir caçar androides por muito tempo – ela disse calmamente. – Então não fique triste. Por favor.

Ele a encarou.

– Nenhum caçador de recompensas seguiu em frente – continuou Rachael – depois de ficar comigo. Exceto um. Um homem muito cínico. Phil Resch. E ele é maluco; ele tem uma metodologia de trabalho estranha.

– Entendo – falou Rick. Sentia-se entorpecido. Completamente. A sensação lhe atravessava o corpo todo.

– Mas esta viagem que estamos fazendo – Rachael disse – não será desperdiçada, porque você vai conhecer um homem maravilhoso, espiritual.

– Roy Baty – ele inferiu. – Você conhece todos eles?

– Conheci todos, quando ainda existiam. Hoje conheço três. Tentamos parar você hoje de manhã, antes que começasse com a lista de Dave Holden. Tentei de novo, pouco antes de Polokov alcançar você. Mas aí, depois daquilo, eu tive de esperar.

– Até que eu sucumbisse – disse ele. – E tivesse de chamar você.

– Luba Luft e eu fomos bem próximas, amigas bem próximas por quase dois anos. O que achou dela? Gostou dela?

– Gostei.

– Mas a matou.

– Phil Resch a matou.

— Ó, então Phil acompanhou você de volta à casa de ópera. Não sabíamos disso; a essa altura, nossas comunicações meio que falharam. Só sabíamos que ela havia sido morta; naturalmente, supusemos que por você.

— Pelas notas de Dave – ele disse –, acho que ainda consigo prosseguir e aposentar Roy Baty. Mas talvez não Irmgard Baty. – E não Pris Stratton, pensou. Mesmo agora, mesmo sabendo disso. – Então tudo o que aconteceu no hotel – ele continuou – consistiu em...

— A Associação – disse Rachael – queria alcançar os caçadores de recompensas aqui e na União Soviética. Isso parecia funcionar... por razões que não compreendemos inteiramente. Nossa limitação de novo, acho.

— Duvido que isso funcione tão frequentemente ou tão bem quanto você diz – disse ele de modo estúpido.

— Mas funcionou com você.

— Isso veremos.

— Eu já sei – Rachael disse. – Quando vi a expressão em seu rosto, aquela dor. Eu procuro esse sinal.

— Quantas vezes você fez isso?

— Não me lembro. Sete, oito. Não, acho que foram nove. – Ela, ou melhor, aquilo, meneou a cabeça. – Sim, nove vezes.

— A ideia é antiquada – disse Rick.

— C-como? – sobressaltou-se Rachael.

Empurrando o volante para longe de si, Rick fez com que o carro planasse para baixo.

— Ou, de qualquer modo, é assim que me parece. Vou matar você – ele falou. – E depois vou pegar Roy e Irmgard Baty e Pris Stratton sozinho.

— É por isso que você está pousando? – Apreensiva, ela disse: – Tem uma multa; eu sou propriedade, uma propriedade legal, da Associação. Não sou uma androide fugitiva que escapou para a Terra vinda de Marte; não me encontro na mesma categoria que os outros.

— Mas – ele comentou – se eu matar você, então posso matá-los.

As mãos dela mergulharam na bolsa abaulada, volumosa, cheia de bagulhos; procurou freneticamente, então desistiu.

– Bolsa maldita – ela disse com ferocidade. – Nunca consigo achar nada nela. Você vai me matar de um jeito que não doa? Quero dizer, faça com cuidado. Se eu não resistir, certo? Prometo que não vou lutar. Concorda?

– Eu agora entendo por que Phil Resch disse aquilo. Ele não estava sendo cínico; simplesmente tinha aprendido demais. Tendo passado por isso... eu não posso culpá-lo. Isso mexeu com ele.

– Mas da maneira errada. – Ela parecia exteriormente mais composta, agora. Mas ainda fundamentalmente inquieta e tensa. No entanto, o fogo sombrio tinha diminuído; a força da vida esvaía-se dela, como ele já havia testemunhado antes com outros androides. A resignação clássica. Uma aceitação mecânica e intelectual com a qual um organismo autêntico (com seus dois bilhões de anos de pressão atormentando-o para viver e se desenvolver) jamais poderia se resignar.

– Não suporto o jeito como vocês androides desistem – ele disse selvagemente. O carro agora se precipitava quase próximo ao solo; ele teve de puxar para si o volante para evitar uma colisão. Freando, fez com que o carro sacudisse e derrapasse antes de parar; desligou rapidamente o motor e sacou seu tubo de laser.

– No osso occipital, na base posterior do crânio – pediu Rachael. – Por favor. – Ela se virou para o outro lado, de modo que não tivesse de ver o tubo de laser; o feixe penetraria sem que ela percebesse.

– Não consigo fazer o que Phil Resch disse – admitiu Rick, guardando seu tubo de laser. Ligou outra vez o motor e um momento depois já estavam voando de novo.

– Se você vai fazer isso um dia – Rachael disse –, faça agora. Não me faça esperar.

– Não vou te matar. – Ele manobrou o carro na direção do centro de San Francisco, outra vez. – Seu carro está no St. Francis, não? Vou deixar você lá e dali você pode seguir para Seattle. – Aquilo encerrava o que ele tinha a dizer; guiou em silêncio.

— Obrigado por não me matar — Rachael disse então.

— Inferno, de todo modo, como você disse, você só tem dois anos de vida, e eu tenho uns cinquenta. Vou viver vinte e cinco vezes mais do que você.

— Mas você realmente me menospreza — disse Rachael. — Pelo que fiz. — Ela havia reconquistado a autoconfiança; a monotonia de sua voz revigorara. — Você se comportou do mesmo jeito que os outros. Os caçadores de recompensa anteriores a você. Toda vez eles ficavam furiosos e falavam de modo desenfreado sobre me matar, mas quando chegava a hora eles não conseguiam fazer isso. Assim como você, agora há pouco. — Ela acendeu um cigarro, tragou-o com prazer. — Você percebe o que isso quer dizer, não? Quer dizer que eu estava certa; você não vai mais conseguir aposentar nenhum androide; não apenas eu, os Batys e Stratton também. Então vá pra casa, pra sua cabra. E descanse um pouco. — De repente ela esfregou o casaco, com violência. — Ai! Derrubei uma cinza em brasa do cigarro... pronto, apagou. — Recostou-se no banco, relaxando.

Ele não disse nada.

— Aquela cabra — Rachael falou. — Você ama a cabra mais do que ama sua mulher, provavelmente. Primeiro a cabra, depois sua mulher, e, por último... — Ela gargalhou. — O que se pode fazer além de rir?

Ele não respondeu. Continuaram em silêncio por um tempo e então Rachael procurou e achou o rádio do carro, ligando-o.

— Desliga isso — disse Rick.

— Desligar o Buster Gente Fina e seus Amigos Gente Boa? Desligar Amanda Werner e Oscar Scruggs? Está na hora de ouvir a sensacional revelação bombástica de Buster, que, afinal, está quase chegando. — Ela se inclinou para ver o mostrador de seu relógio à luz do rádio. — Daqui a pouco. Você está a par? Ele vem falando sobre isso, preparando-se para...

O rádio falou:

— ... hei, quero falar com vocês, pessoal, estou aqui, sentado com meu amigo Buster, e estamos conversando e nos divertindo demais, esperando, muito ansiosos, que chegue a hora daquilo que, estou sabendo, vai ser o anúncio mais importante do...

Rick desligou o rádio.

– Oscar Scruggs – disse ele. – A voz de um homem inteligente.

No mesmo instante, Rachael ligou o rádio novamente.

– Quero escutar. *Pretendo* escutar. É bem importante o que o Buster Gente Fina vai dizer no programa desta noite.

A voz idiótica balbuciou mais uma vez no alto-falante, e Rachael Rosen se recostou e se fez mais confortável. Ao lado dele na escuridão, a brasa do cigarro dela brilhava como o traseiro de um complacente vaga-lume: um indicador sólido e preciso do feito de Rachael Rosen. Sua vitória sobre ele.

— Traz o resto das minhas coisas pra cá — Pris ordenou a J. R. Isidore. — Quero, particularmente, a TV. Assim a gente pode ouvir o anúncio do Buster.

— Sim — Irmgard Baty concordou, os olhos brilhantes saltitando de um ponto para outro. — *Precisamos* da TV; estávamos esperando por esta noite há muito tempo, e o programa vai começar daqui a pouco.

— Meu aparelho pega o canal do governo — disse Isidore.

Em um canto da sala de estar, sentado em uma poltrona funda, como se pretendesse ficar ali para sempre, como se tivesse resolvido fazer da cadeira sua residência, Roy Baty arrotou e disse, pacientemente:

— É o programa do Buster Gente Fina e seus Amigos Gente Boa que queremos ver, Is. Ou prefere que eu te chame de J. R.? Seja como for, você entende? Então, dá pra ir pegar a TV?

Sozinho, Isidore desceu o reverberante e vazio corredor na direção da escada. A poderosa fragrância de felicidade ainda vicejava nele, a sensação de ser, pela primeira vez em sua vida entediante, útil para alguém. Outras pessoas dependem de mim agora, ele exultava enquanto descia os degraus cobertos de poeira até o andar de baixo.

E vai ser legal ver o Buster Gente Fina na TV de novo, ele pensou, em vez de só ouvir o programa no rádio do caminhão da firma. E ele está certo, Isidore concluiu, hoje à noite Buster Gente Fina vai fazer sua espetacular revelação bombástica cuidadosamente documentada. Então, por causa de Pris e de Roy e de Irmgard eu vou assistir ao que, provavelmente, vai ser a mais importante notícia a ser levada a público em muitos anos. Que tal isso?, disse para si mesmo.

A vida, para J. R. Isidore, tinha definitivamente tomado um rumo ascendente.

Ele entrou no antigo apartamento de Pris, desligou o aparelho de TV da tomada e desconectou a antena. O silêncio penetrou bruscamente. Sentiu os braços se tornarem meio insubstanciais. Na ausência dos Batys e de Pris ele se viu desvanecendo, se transmudando estranhamente em algo como o aparelho de TV inerte que acabara de desligar. Você tem que estar com outras pessoas, ele pensou. Para que possa se considerar vivo. Quer dizer, antes da chegada deles eu conseguia suportar, ficar sozinho neste prédio. Mas agora isso mudou. Você não pode voltar atrás, pensou. Você não pode passar de pessoas para não pessoas. Em pânico, admitiu para si mesmo: eu dependo deles. Deus, obrigado por ficarem.

Seriam necessárias duas viagens para transferir as coisas de Pris para o apartamento de cima. Levantando o aparelho de TV, decidiu levá-lo antes, depois as malas e o restante das roupas.

Alguns minutos depois, ele chegou com o aparelho de TV ao andar de cima; com os dedos latejando, colocou-a sobre uma mesa de centro na sala de estar. Os Batys e Pris observavam impassivelmente.

– Temos um bom sinal neste prédio – ele arquejou enquanto ligava o cabo e conectava a antena. – Na época em que eu costumava ver o Buster Gente Fina e seus...

– Simplesmente ligue a TV – disse Roy Baty. – E pare de falar.

Isidore fez o que lhe mandavam e correu para a porta.

– Mais uma viagem – disse – e tudo estará aqui. – Demorou-se um pouco, aquecendo-se no calor da presença deles.

– Legal – Pris disse remotamente.

Isidore saiu outra vez. E pensou: acho que eles estão meio que me explorando. Mas ele não ligava. Ainda são bons amigos para se ter, disse a si mesmo.

Descendo de novo, reuniu as roupas da garota, colocou peça por peça dentro das malas para então, com esforço, dirigir-se novamente ao corredor e escada acima.

Um passo à frente dele, algo pequeno se moveu na poeira.

Instantaneamente ele derrubou as malas; tirou do bolso um frasco plástico de remédio, o qual, como todo mundo, ele levava somente para isso. Uma aranha, indistinta porém viva. Tremulamente, ele a colocou no frasco com cuidado e fechou bem a tampa, que estava perfurada por uma agulha.

Lá em cima, à porta de seu apartamento, ele fez uma pausa para tomar fôlego.

– ... muito bem, pessoal, a hora é agora. Aqui é Buster Gente Fina, que espera e confia que vocês estejam tão ansiosos quanto eu para compartilhar a descoberta que fiz e que, aliás, foi verificada pelos melhores e mais experimentados pesquisadores, que trabalharam muitas horas extras nas últimas semanas. Ho, ho pessoal, é o seguinte!

– Achei uma aranha – John Isidore disse.

Os três androides levantaram a vista, desviando, momentaneamente, sua atenção da tela de TV para ele.

– Vamos ver isso – disse Pris. Estendeu a mão.

– Não conversem enquanto o Buster está falando – reclamou Roy Baty.

– Nunca vi uma aranha – Pris continuou. Ela segurou o frasco de remédio entre as palmas das mãos e examinou a criatura que estava lá dentro. – Todas essas pernas. Por que ela precisa de tantas pernas, J. R.?

– É assim que são as aranhas – respondeu Isidore, o coração batendo forte; ele respirava com dificuldade. – Oito pernas.

– Sabe o que eu acho, J. R.? – disse Pris, levantando-se. – Acho que ela não precisa de todas essas pernas.

– Oito? – Irmgard Baty perguntou. – Será que não conseguiria sobreviver com quatro? Corte quatro fora e veja. – Abrindo impulsivamente sua bolsa, ela exibiu uma tesoura de unha limpa e afiada, que passou para Pris.

Um estranho terror se abateu sobre J. R. Isidore.

Levando o frasco de remédio para a cozinha, Pris se sentou à mesa de refeições de J. R. Isidore. Tirou a tampa do frasco e despejou a aranha.

– Ela, provavelmente, não vai conseguir correr tão rápido – disse Pris –, mas, de todo modo, não tem nada pra ela caçar por aqui. Ela vai morrer, de qualquer maneira. – Pegou a tesoura.

– Por favor – falou Isidore.

– Isso vale alguma coisa? – Pris olhou para ele de modo inquisitivo.

– Não a mutile – ele disse ofegante. Implorante.

Com a tesoura, Pris cortou uma das pernas da aranha.

Na sala de estar, na tela da TV, Buster Gente Fina dizia:

– ... Deem uma olhada na ampliação deste segmento do plano de fundo. Este é o céu que vocês veem normalmente. Espere, vamos pedir a Earl Parameter, chefe da minha equipe de produção, que explique pra vocês a descoberta que eles fizeram e que, virtualmente, vai chocar o mundo.

Pris cortou outra perna, imobilizando a aranha com a borda da outra mão. Ela sorria.

Uma nova voz vinda da TV dizia:

– ... Ampliações das imagens de vídeo, quando sujeitas a rigoroso exame de laboratório, revelam que o cenário cinzento do céu e da lua diurna contra o qual Mercer se move não apenas não é terráqueo: é artificial.

– Você está perdendo isso! – Irmgard chamou Pris com ansiedade; ela correu até a porta da cozinha, viu o que Pris tinha começado a fazer. – Ah, faça isso depois – disse ela, tentando dissuadi-la. – Isto é tão importante, o que estão dizendo; prova que tudo o que a gente acreditava...

– Fica quieta – disse Roy Baty.

– ... é verdade – Irmgard concluiu.

A TV seguia:

– ... A "lua" é pintada; nas ampliações, uma delas você pode ver agora em sua tela, as pinceladas são aparentes. E há mesmo uma evidência de que as ervas daninhas e o solo árido e desalentador (talvez mesmo as pedras atiradas contra Mercer por supostas entidades ocultas) são igualmente falsificadas. É bem possível, na verdade, que as "pedras" sejam feitas de plástico macio, não causando ferimentos autênticos.

– Em outras palavras – interrompeu Buster Gente Fina –, Wilbur Mercer não está sofrendo nada.

– Nós finalmente conseguimos, sr. Gente Fina – disse o chefe da pesquisa –, rastrear um ex-técnico de Hollywood, especializado em efeitos especiais, o sr. Wade Cortot, que declara categoricamente, apoiado em anos de experiência, que a figura de "Mercer" poderia ser um mero figurante caminhando por um ambiente cenográfico. Cortot chegou a ponto de declarar que reconhece o estúdio como um que foi utilizado por um cineasta menor, hoje fora do showbiz, com quem Cortot manteve diversos negócios várias décadas atrás.

– Assim, de acordo com Cortot – disse Buster Gente Fina –, não existe praticamente nenhuma dúvida.

Pris já havia cortado três pernas da aranha, que agora se arrastava miseravelmente sobre a mesa da cozinha, procurando uma saída, um caminho para a liberdade. Não encontrou nenhum.

– Muito francamente, acreditamos em Cortot – o chefe da pesquisa disse com sua voz seca e pedante –, e gastamos um bom tempo examinando fotos publicitárias de figurantes que foram empregados na agora extinta indústria de cinema de Hollywood.

– E você encontrou...

– Ouçam isto – Roy Baty disse. Irmgard olhava fixamente a tela da TV e Pris tinha parado de mutilar a aranha.

– Localizamos, por meio de milhares e milhares de fotos, um homem muito velho agora, chamado Al Jarry, que desempenhou vários papéis menores em filmes pré-guerra. De nosso laboratório enviamos uma equipe para a casa de Jarry em East Harmony, Indiana. Vou deixar que um dos membros da equipe descreva o que encontrou. – Silêncio, então uma nova voz, igualmente prosaica. – A casa na Lark Avenue, em East Harmony, malcuidada, caindo aos pedaços, fica nos limites da cidade, onde ninguém, exceto Al Jarry, ainda vive. Cordialmente convidado a entrar e sentado na sala de estar, rançosa, mofada e repleta de bagulhos, esquadrinhei telepaticamente a mente difusa, atulhada e nebulosa de Al Jarry, que estava sentado à minha frente.

– Escutem – disse Roy Baty na beirada de seu assento, como se estivesse prestes a atacar.

– Descobri – o técnico continuou – que o velho tinha feito, na verdade, uma série de curtas-metragens de quinze minutos, para um cliente que ele nunca conheceu. E, como havíamos teorizado, as "pedras" consistiam de plástico emborrachado. O "sangue" derramado era ketchup, e... – o técnico soltou uma risadinha – o único sofrimento que o sr. Jarry suportou foi passar um dia inteiro sem uma dose de uísque.

– Al Jarry – disse Buster Gente Fina, seu rosto retornando à tela –, bem, bem. Um velhote que mesmo na flor da idade jamais alcançou o destaque que ele mesmo ou que nós pudéssemos respeitar. Al Jarry fez um filme repetitivo e monótono, uma série deles, na verdade, para uma pessoa que nem conhecia... e não conhece até hoje. Foi dito com frequência pelos adeptos da experiência do mercerismo que Wilbur Mercer não é um ser humano, que ele é, na verdade, uma entidade arquetípica superior vinda talvez de uma outra estrela. Bem, num certo sentido essa conjectura se provou correta. Wilbur Mercer não é humano, de fato sequer existe. O mundo em que ele ascende é um ambiente cenográfico de Hollywood, barato e ordinário, que desapareceu no bagulho há muitos anos. E quem, então, teria perpetrado essa farsa contra todo o Sistema Solar? Pensem nisso por enquanto, pessoal.

– Talvez nunca saibamos – Irmgard murmurou.

– Talvez nunca saibamos – disse Buster Gente Fina. – Tampouco podemos sondar a estranha finalidade que se esconde por trás dessa fraude. Sim, pessoal, fraude. O mercerismo é uma fraude!

– Eu acho que sabemos – disse Roy Baty. – É óbvio. O mercerismo surgiu...

– Mas ponderem o seguinte – continuou Buster Gente Fina. – Perguntem a vocês mesmos o que é que o mercerismo faz. Bem, se vamos acreditar em seus muitos praticantes, a experiência funde...

– É aquela empatia que os humanos têm – disse Irmgard.

– ... homens e mulheres de todo o Sistema Solar em uma só entidade. Mas uma entidade que é gerenciável pela assim chamada voz telepática de "Mercer". Guardem isso. Um Hitler da vida, com uma mentalidade politicamente ambiciosa, poderia...

– Não, é aquela empatia – Irmgard disse com veemência. Punhos cerrados, ela se dirigiu à cozinha, até Isidore. – Não é uma maneira de provar que os humanos podem fazer algo que nós não podemos? Porque sem a experiência de Mercer nós só temos a sua *palavra* de que vocês sentem essa tal empatia, essa coisa compartilhada em grupo. Como está a aranha? – Ela se inclinou sobre o ombro de Pris.

Com a tesoura, Pris cortou outra perna da aranha.

– Quatro agora – ela disse e cutucou a aranha. – Ela não quer andar. Mas pode.

Roy Baty apareceu à porta, respirando fundo, uma expressão de realização no rosto.

– Está feito. Buster disse bem alto, e quase todo ser humano no sistema ouviu ele dizer. "O mercerismo é uma fraude." Toda a experiência de empatia é uma fraude. Roy se aproximou para olhar com curiosidade para a aranha.

– Ela não vai tentar andar – disse Irmgard.

– Posso fazê-la andar. – Roy Baty pegou uma caixa de fósforos, riscou um; segurou o palito perto da aranha, cada vez mais perto, até que ela se arrastou debilmente.

– Eu estava certa – disse Irmgard. – Não disse que ela conseguia andar com apenas quatro pernas? – Ela desviou o olhar para Isidore, observando sua reação. – Qual o problema? – Tocando-lhe o braço, ela falou: – Você não perdeu nada; vamos te pagar o que aquele... como chama mesmo?... aquele catálogo da Sidney's diz. Não seja tão rígido. Tudo isso que descobriram sobre o Mercer não é mais importante? Toda aquela pesquisa? Ei, responda – cutucou-o ansiosa.

— Ele está desnorteado – disse Pris. – Porque ele tem uma caixa de empatia. Na outra sala. Você a usa, J. R.? – perguntou a Isidore.

— Claro que usa – falou Roy Baty. – Todos eles usam... ou usavam. Talvez agora comecem a questionar.

— Não acho que isso vá acabar com o culto a Mercer – ponderou Pris. – Mas neste exato momento há um monte de seres humanos infelizes. – Para Isidore, ela disse: – Esperamos por meses; todos nós sabíamos que isso estava por acontecer, esse anúncio do Buster. – Ela hesitou e disse: – Bem, por que não? Buster é um de nós.

— Um androide – Irmgard explicou. – E ninguém sabe. Nenhum humano, quero dizer.

Pris, com a tesoura, cortou ainda mais uma perna da aranha. De repente, Isidore empurrou-a para um lado e levantou a criatura mutilada. Levou-a até a pia e afogou-a. Dentro dele, sua mente e suas esperanças afogaram-se também. Com tanta rapidez quanto a aranha.

— Ele está realmente transtornado – Irmgard disse nervosamente. – Não fique assim, J. R. E por que você não diz nada? – Para Pris e para o marido, ela disse: – Isso me deixa terrivelmente consternada, ele aí parado ao lado da pia, sem falar nada; ele não disse uma única palavra desde que ligamos a TV.

— Não é a TV – explicou Pris. – É a aranha. Não é mesmo, John R. Isidore? Ele vai superar isso – ela disse para Irmgard, que tinha saído para a outra sala, para desligar a TV.

Avaliando Isidore com leve contentamento, Roy Baty falou:

— Está tudo acabado, Is. Para o mercerismo, quero dizer. – Com suas unhas, Roy conseguiu resgatar o cadáver da aranha do ralo da pia. – Talvez esta tenha sido a última aranha – disse. – A última aranha viva da Terra. – Refletiu. – Neste caso, está tudo acabado para as aranhas também.

— Eu... não me sinto bem – disse Isidore. Pegou uma xícara do armário da cozinha; ficou parado, segurando-a por um tempo; ele não sabia exatamente por quanto tempo. Então disse a Roy Baty: – O céu por trás de Mercer é mesmo pintado? Não é real?

– Você viu as ampliações na tela da TV – respondeu Roy Baty. – As pinceladas.

– O mercerismo não acabou – Isidore disse. Algo atormentava os androides, algo terrível. A aranha, ele pensou. Talvez tenha sido a última aranha da Terra, como disse Roy Baty. E a aranha morreu; Mercer morreu; Isidore notou a poeira e a ruína do apartamento, espalhando-se por toda parte... ouviu o bagulho chegando, a desordem final de todas as formas, a ausência que, no fim, venceria. Aquilo crescia em volta dele enquanto segurava na mão a xícara de cerâmica vazia; os armários da cozinha estalaram e se partiram, e ele sentiu ceder o chão sob os pés.

Estendendo a mão, ele tocou a parede. Sua mão quebrou a superfície; partículas cinzentas escorriam rapidamente para baixo, fragmentos de gesso, semelhantes à poeira radioativa do lado de fora. Ele se sentou à mesa e, como se fossem tubos ocos e apodrecidos, as pernas da cadeira se dobraram; levantando-se ligeiro, ele pôs de lado a xícara e tentou consertar a cadeira, procurando devolver-lhe a forma correta. A cadeira se desfez em suas mãos, os parafusos foram arrancados e suas partes, antes conectadas, agora caíam soltas. Sobre a mesa, ele viu a xícara de cerâmica se estilhaçar; teias de finíssimas linhas cresciam como as sombras de uma parreira, e então uma lasca soltou-se da borda da xícara, revelando seu interior áspero e opaco.

– O que ele está fazendo? – a voz de Irmgard Baty chegou até ele, distante. – Ele está quebrando tudo! Isidore, pare...

– Não estou fazendo isso – ele disse. Caminhou vacilante até a sala, para ficar sozinho; de pé ao lado do sofá esfarrapado, ele olhou para a parede amarela, respingada pelas marcas dos insetos mortos, que um dia rastejaram por ali, e de novo ele pensou no cadáver da aranha com suas três pernas remanescentes. Tudo aqui é velho, concluiu. Começou a decair há muito tempo e não vai parar. O cadáver da aranha começou a dominá-lo.

Na depressão causada pelo afundamento do assoalho, pedaços de animais surgiram, a cabeça de um corvo, mãos mumificadas que

poderiam ter pertencido a macacos, no passado. Um asno estava um pouco afastado, imóvel e ainda aparentemente vivo. Pelo menos não tinha começado a se decompor. Isidore caminhou na direção dele, sentindo os ossos como gravetos, secos como ervas daninhas, lascarem-se sob seus pés. Mas antes de alcançar o asno – uma das criaturas que ele mais amava –, um brilhante corvo azul desceu do alto e pousou no resignado focinho do animal. Não faça isso, disse em voz alta, mas o corvo, rápido, bicou os olhos do asno. Outra vez, ele pensou. Está acontecendo comigo de novo. Vou ficar aqui embaixo por um bom tempo. Como antes. Sempre demora muito porque aqui nada muda, nunca; chega um ponto em que sequer ocorre a decomposição.

Um vento seco sussurrava, e ao redor dele se desfizeram as pilhas de ossos. Mesmo o vento os destrói, ele percebeu. Neste estágio. Bem antes de o tempo cessar. Gostaria de poder me lembrar de como subir a partir daqui, pensou. Olhando para fora, ele nada viu a que se agarrar.

– Mercer – Isidore disse alto –, onde está você agora? Este é o mundo tumular e eu estou nele de novo, mas desta vez você não está aqui.

Algo rastejou sobre seu pé. Ele se ajoelhou e procurou a coisa – e a encontrou, porque ela se movia muito lentamente. A aranha mutilada, avançando cambaleante com as pernas que lhe restavam; ele a pegou e segurou-a na palma de sua mão. *Os ossos*, ele entendeu, *se reverteram sozinhos*; a aranha está viva novamente. Mercer deve estar perto.

O vento soprou, quebrando e lascando os ossos remanescentes, mas Isidore sentiu a presença de Mercer.

– Venha até aqui. Rasteje sobre meu pé ou encontre outra maneira de me alcançar. O.k.? – Mercer, ele pensou. E chamou em voz alta:

– Mercer!

Por toda a paisagem à frente as ervas daninhas avançavam; elas serpenteavam pelas paredes ao redor dele e as tomavam até que se transformaram em seus próprios esporos. Os esporos se expandiam, se dividiam e explodiam dentro do aço corrompido e dos fragmentos de concreto que antes haviam sido as paredes. Mas a desolação persistiu após as paredes sumirem; a desolação continuou depois de tudo. Exceto a frágil e sombria figura de Mercer; o ancião o encarou, uma expressão plácida no rosto.

— O céu é pintado? — Isidore perguntou. — Existem mesmo as pinceladas como mostraram nas ampliações?

— Sim — respondeu Mercer.

— Não consigo vê-las.

— Você está perto demais — Mercer disse. — Você tem que estar bem longe, como os androides estão. Eles têm uma perspectiva melhor.

— É por isso que dizem que você é uma fraude?

— Eu sou uma fraude — afirmou Mercer. — Eles são sinceros; sua pesquisa é sincera. Do ponto de vista deles, eu sou um velho figurante aposentado chamado Al Jarry. Tudo isso, a revelação, é verdade. Eles me entrevistaram em minha casa, conforme alegam; eu disse a eles o que eles queriam saber, que era tudo.

— Incluindo aquilo sobre o uísque?

— Isso foi verdade — Mercer sorriu. — Eles fizeram um bom trabalho e, do ponto de vista deles, a revelação de Buster Gente Fina foi convincente. Eles vão ter dificuldade de compreender por que nada mudou. Porque você continua aí e eu continuo aqui. — Mercer indicou com um movimento de mão a desolada escarpa da colina, o lugar tão familiar. — Reergui você do mundo tumular agora mesmo e vou continuar a reerguê-lo até que perca o interesse e queira deixá-lo de lado. Mas você terá de parar de procurar por mim porque eu nunca vou parar de procurar por você.

— Não gostei daquilo sobre o uísque — Isidore disse. — Foi degradante.

— É porque você é uma pessoa altamente moral. Eu não. Eu não julgo, sequer a mim mesmo. — Mercer estendeu a mão fechada, a palma para cima. — Antes que eu me esqueça, tenho algo seu aqui. — Abriu os dedos. Em sua mão descansava a aranha mutilada, mas agora com as pernas restauradas.

— Obrigado — disse Isidore, aceitando a aranha. Ia começar a dizer mais alguma coisa...

O alarme disparou.

– Tem um caçador de recompensas no prédio – rosnou Roy Baty. – Apaguem todas as luzes. Tirem ele da caixa de empatia; ele tem de estar a postos na porta. Vamos... *façam com que ele se mexa!*

19.

Olhando para baixo, John Isidore viu suas próprias mãos; eles o haviam soltado dos manetes da caixa de empatia. Enquanto ele permanecia encarando-os, boquiaberto, as luzes da sala de estar se apagaram. Ele conseguiu ver, na cozinha, Pris se apressando para apagar a luminária que havia ali.

– Ouça, J. R. – Irmgard sussurrou asperamente em seu ouvido. Ela o tinha agarrado pelo ombro, e suas unhas cravaram-se nele com intensidade frenética. Mas ela parecia estar inconsciente do que fazia naquele momento. À débil luz noturna que se infiltrava de fora, o rosto de Irmgard se tornara distorcido, astigmático. Seu semblante parecia agora plano e acovardado, dotado de pequenos olhos sem pálpebras, tomados pelo medo. – Você tem que ir para a porta – ela sussurrou –, quando ele bater, isso se ele bater; você tem que mostrar a ele sua identificação, dizer que este é seu apartamento e que não há mais ninguém aqui. E você tem que pedir para ver o mandado.

Pris, em pé do outro lado dele, o corpo arqueado, murmurou:

– Não o deixe entrar, J. R. Diga alguma coisa, faça qualquer coisa pra segurá-lo. Você sabe o que um caçador de recompensas pode fazer solto aqui? Você entende o que ele faria conosco?

Afastando-se das duas androides, Isidore seguiu tateante até a porta; localizou a maçaneta com os dedos, parou, ficou escutando. Podia sentir o corredor do lado de fora, como sempre o sentiu: vazio, reverberante, sem vida.

— Ouve algo? — Roy Baty perguntou, curvando-se para perto. Isidore sentiu o cheiro rançoso de um corpo retraído; inalou o medo que vinha dele, medo transbordando, formando um nevoeiro. — Saia e dê uma olhada.

Abrindo a porta, Isidore olhou para cima e para baixo o corredor indistinto. O ar ali fora tinha uma evidente qualidade, a despeito do peso da Poeira. Ele ainda segurava a aranha que Mercer tinha lhe dado. Seria realmente a mesma aranha que Pris havia cortado em pedaços com a tesoura de unha de Irmgard Baty? Provavelmente não. Ele nunca saberia. Mas, de todo modo, ela estava viva; rastejava dentro de sua mão fechada, sem picá-lo: como na maioria das aranhas pequenas, suas mandíbulas não conseguiam perfurar a pele humana.

Ele chegou ao fim do corredor, desceu as escadas e se dirigiu para a área externa, para o que um dia fora um caminho de passagem margeado por jardins. Os jardins haviam perecido durante a guerra e o caminho tinha se rompido em mil lugares. Mas ele conhecia sua superfície; sob seus pés o caminho familiar pareceu bom, e ele o seguiu, passando ao longo da lateral mais ampla do prédio, chegando afinal ao único lugar verdejante da vizinhança: um espaço de metro quadrado de ervas daninhas moribundas e saturadas de Poeira. Ali ele depositou a aranha. Sentiu seus movimentos hesitantes progredindo enquanto ela se afastava de sua mão. Bem, isto era tudo; ele se endireitou.

O feixe de luz de uma lanterna focou as ervas; ao serem iluminadas, seus talos semimortos surgiram austeros, ameaçadores. Agora ele podia ver a aranha; ela descansava sobre uma folha serrilhada. Portanto, ela conseguira se virar muito bem.

— O que você fez? — perguntou o homem que segurava a lanterna.

— Deixei uma aranha aqui — disse ele, se perguntando por que o homem não conseguia ver; sob o feixe de luz amarela, a aranha parecia muito maior do que realmente era. — Pra que ela ficasse livre.

— Por que você não a leva pro seu apartamento? Você deveria colocá-la num frasco. De acordo com a edição de janeiro do Sidney's, a maioria das aranhas teve um aumento de dez por cento no preço de varejo. Você poderia ter ganho uns cento e tantos dólares com ela.

— Se eu a levasse de volta, ela iria cortá-la de novo — explicou Isidore. — Pedacinho por pedacinho, só pra ver como ela ficaria.

— Androides fazem isso – o homem disse. Enfiando a mão no casaco ele tirou algo que abriu e estendeu na direção de Isidore.

Sob a luz irregular, o caçador de recompensas parecia um homem mediano, não muito impressionante. Rosto redondo, careca, feições bem proporcionadas; como um funcionário em um escritório burocrático. Metódico mas informal. Não tinha o porte de um semideus; nem um pouco parecido com o que Isidore imaginava.

— Sou um investigador do Departamento de Polícia de San Francisco. Deckard, Rick Deckard. — O homem fechou sua identificação de novo, colocou-a de volta no bolso do casaco. — Eles estão lá em cima agora? Os três?

— Bem, o negócio é o seguinte... — Isidore disse. — Estou cuidando deles. Dois são mulheres. São os últimos do seu grupo; os demais estão mortos. Eu trouxe a TV da Pris do apartamento dela para o meu, assim eles poderiam assistir ao Buster Gente Fina. Buster provou, sem nenhuma dúvida, que Mercer não existe. — Isidore se sentiu empolgado por saber algo de tal importância: notícias que o caçador de recompensas evidentemente não tinha ouvido.

— Vamos lá pra cima — ordenou Deckard. Subitamente, ele apontou um tubo de laser na direção de Isidore; então, indeciso, baixou a arma. — Você é um Especial, não é? — disse. — Um cabeça de galinha.

— Mas eu tenho um emprego. Eu dirijo um caminhão pra... — Horrorizado, ele se deu conta de que havia esquecido o nome. — ... um hospital veterinário — disse. — O Hospital Van Ness para Bichos de Estimação — falou. — Dirigido p-p-por Hannibal Sloat.

— Você vai me levar até lá e me mostrar em que apartamento eles estão? – perguntou Deckard. — Existem mais de mil apartamentos aqui; você vai me poupar um tempão. — Sua voz estava imersa em cansaço.

— Se você matá-los, não vai poder se fundir de novo com Mercer — disse Isidore.

– Não quer me levar lá? Mostrar qual é o andar? Só me diga o andar. Eu descubro em que apartamento eles estão.

– Não.

– De acordo com a lei estadual e federal... – começou Deckard. Mas então parou, desistindo do interrogatório. – Boa noite – disse e se afastou pelo caminho, na direção do prédio, sua lanterna sangrando uma amarelada e difusa trilha à sua frente.

Dentro do prédio de condaptos, Rick Deckard desligou sua lanterna; guiado pelas ineficazes lâmpadas embutidas espaçadas à sua frente, ele caminhava pelo corredor, pensando. O cabeça de galinha sabe que eles são androides; já sabia disso, antes que eu falasse pra ele. Mas ele não entende. Por outro lado, quem entende? Eu entendo? *Eu entendi*? E um deles será uma réplica de Rachael, refletiu. Talvez o Especial esteja vivendo com ela. Será que gostou?, Rick se perguntou. Talvez seja aquela que ele achava que iria cortar a aranha. Eu poderia voltar lá e pegar a aranha, refletiu. Nunca encontrei um animal selvagem vivo. Deve ser uma experiência fantástica olhar para baixo e ver algo vivo correndo pelo chão. Talvez isso aconteça comigo algum dia, como aconteceu com ele.

Ele havia trazido do carro um aparelho de escuta; então instalou o equipamento, um detector-farejador com uma tela piscante. No silêncio do corredor a tela não indicava nada. Não neste andar, disse a si mesmo. Mudou o seletor para a vertical. Neste eixo o rastreador absorvia um sinal fraco. Lá em cima. Recolheu o aparelho e a pasta e subiu as escadas até o andar seguinte.

Uma figura nas sombras esperava.

– Se você se mover eu vou te aposentar – disse Rick. O homem androide, esperando por ele. Entre seus dedos cerrados, sentiu a rigidez do tubo de laser, mas não conseguia erguê-lo e apontá-lo. Tinha sido surpreendido primeiro, surpreendido cedo demais.

– Não sou um androide – a figura disse. – Meu nome é Mercer. – E se deslocou para uma zona iluminada. – Vivo neste prédio por causa do sr. Isidore. O Especial que estava com a aranha; você falou rapidamente com ele lá fora.

– E eu estou agora excluído do mercerismo? – perguntou Rick. – Como o cabeça de galinha disse? Por causa do que vou fazer nos próximos minutos?

– O sr. Isidore falou por ele mesmo, não por mim – disse Mercer. – O que você vai fazer tem de ser feito. Já disse isso antes. – Levantando o braço ele apontou para as estrelas atrás de Rick. – Vim te dizer que um deles está atrás e abaixo de você, não no apartamento. Será o mais difícil dos três e você precisa aposentá-lo antes. – A voz antiga e sussurrante subitamente ganhou um senso de urgência. – Rápido, sr. Deckard. *Nos degraus!*

Tubo de laser em riste, Rick girou sobre si mesmo, agachado, de frente para o lance de escada. Por ele subia uma mulher, na direção dele, e ele a conhecia; reconheceu-a e abaixou seu tubo de laser.

– Rachael – disse, perplexo. Teria ela o seguido em seu próprio hovercar, rastreado-o até aqui? E por quê? – Volte pra Seattle – ele disse. – Me deixe em paz; Mercer me disse que eu tenho de fazer isso. – E então ele viu que aquilo não era realmente Rachael.

– Pelo que nós significamos um para o outro – o androide disse enquanto se aproximava dele, os braços estendidos como se fosse abraçá-lo. As roupas, ele pensou, estão erradas. Mas os olhos, os mesmos. E há outras como essa; deve haver uma legião delas, cada qual com seu próprio nome, mas todas Rachael Rosen (Rachael, o protótipo, usada pelo fabricante para proteger os outros). Ele atirou nela enquanto, suplicante, ela corria na direção dele. A androide explodiu e partes dela voaram; ele cobriu o rosto e então olhou de novo, olhou e viu o tubo de laser que tinha caído e rolado para longe, para as escadas; o tubo de metal se precipitou para baixo, de degrau em degrau, o som ecoando, diminuindo, se extinguindo. O mais difícil dos três, Mercer tinha falado. Deckard olhou em volta, procurando o ancião. Mercer havia partido. Eles podem me seguir usando outras

Rachael Rosen até que eu morra, ele conjecturou, ou até que o modelo fique obsoleto, o que acontecer primeiro. E agora os outros dois, pensou. Um deles não está no apartamento, Mercer havia falado. Ele me protegeu. Manifestou-se e ofereceu ajuda. Ela – a coisa – teria me pegado, disse para si, caso Mercer não tivesse me avisado. Posso terminar o serviço agora, ele percebeu. Esta era a que seria impossível; ela sabia que eu não poderia fazer isso. Mas acabou. Em um instante. Fiz o que eu não poderia fazer. Quanto aos Batys, posso encontrá-los usando o procedimento padrão; serão difíceis, mas não como esta.

Ele estava sozinho no corredor vazio; Mercer o havia deixado porque ele tinha feito o que tinha vindo fazer; Rachael, ou melhor, Pris Stratton, tinha sido desmembrada e nada restava agora, só ele mesmo. Mas em algum outro lugar no prédio os Batys aguardavam e sabiam. Perceberam o que ele havia feito aqui. Provavelmente, a esta altura, estavam com medo. Esta foi a resposta deles à sua presença no prédio. A tentativa deles. Sem Mercer isso teria dado certo. Para eles, era o fim da linha.

Isso tem de ser feito com rapidez, isso que vou fazer agora, ele refletiu; correu apressado pelo corredor e, de repente, seu equipamento de detecção registrou a presença de atividade cefálica. Tinha achado o apartamento. Não precisaria mais do aparelho; descartou-o e bateu à porta.

De dentro, uma voz de homem soou:

– Quem é?

– É o sr. Isidore – disse Rick. – Me deixem entrar porque estou cuidando de vocês, e d-d-duas de vocês são mulheres.

– Não vamos abrir a porta – surgiu uma voz de mulher.

– Quero ver o programa do Buster Gente Fina na TV da Pris – disse Rick. – Agora que ele provou que Mercer não existe é muito importante assisti-lo. Eu dirijo um caminhão para o Hospital Van Ness para Bichos de Estimação, que pertence ao sr. Hannibal S-s-sloat. – Obrigou-se a gaguejar. – E-e-então, por que vocês não abrem a porta? É o meu apartamento. – Ele esperou, e a porta se abriu. No interior do apartamento, avistou escuridão e formas indistintas, duas delas.

A forma menor, a mulher, falou:

— Você tem que aplicar os testes.

— Tarde demais — disse Rick. A figura mais alta tentou empurrar a porta para fechá-la e ligou algum tipo de equipamento eletrônico.

— Não — insistiu Rick. — Tenho que entrar. — Ele permitiu que Roy Baty atirasse uma vez; esperou para revidar até que o raio laser passasse por ele enquanto se esquivava de sua trajetória. — Você perdeu sua base legal atirando em mim — disse Rick. — Você devia ter me obrigado a aplicar o teste Voigt-Kampff. Mas isso não importa agora. — Mais uma vez Roy Baty disparou um raio laser contra Rick, errou o alvo, deixou cair o tubo e correu para dentro do apartamento, talvez para outro cômodo, abandonando seu equipamento eletrônico.

— Por que Pris não pegou você? — perguntou a sra. Baty.

— Não existe mais Pris — ele respondeu. — Só Rachael Rosen, inúmeras vezes repetida. — Ele viu o tubo de laser vagamente delineado na mão dela; Roy Baty havia passado a arma para a esposa, queria atrair Rick para dentro, embrenhando-se no apartamento, de modo que Irmgard Baty pudesse pegá-lo por trás e atingi-lo nas costas. — Sinto muito, sra. Baty — disse Rick, e atirou nela.

Roy Baty, em outro quarto, soltou um grito de angústia.

— O.k., você a amava — Rick falou. — E eu amava Rachael. E o Especial amava a outra Rachael. — E atirou em Roy Baty. O corpo do grande homem vacilou, desabando como uma grande pilha mal-ajambrada de coisas frágeis e independentes; chocou-se contra a mesa da cozinha e carregou com ele pratos e talheres. Os circuitos de reflexo do corpo o faziam se contorcer e vibrar, mas o androide já havia morrido; Rick ignorou-o, não olhando para ele nem para Irmgard Baty na porta da frente. Peguei o último, Rick se deu conta. Seis hoje; quase um recorde. E agora acabou e posso ir pra casa, de volta para Iran e para a cabra. E nós vamos ter dinheiro suficiente, pelo menos.

Ele se sentou no sofá e simplesmente ficou no silêncio do apartamento, entre os objetos inertes, até que o Especial sr. Isidore apareceu na porta.

– Melhor não olhar – disse Rick.

– Eu a vi na escada. Pris. – O Especial estava chorando.

– Não leve isso tão a sério – Rick falou. Levantou-se meio tonto, fazendo esforço. – Onde está seu vidfone?

O Especial não disse nada, não fez nada a não ser permanecer no mesmo lugar. Então Rick procurou o vidfone sozinho, achou-o e discou para o escritório de Harry Bryant.

20.

— Muito bom — disse Harry Bryant, depois de ter sido informado. — Bem, vá descansar. Vamos mandar um carro patrulha para recolher os corpos.

Rick Deckard desligou.

— Androides são estúpidos — ele disse selvagemente para o Especial. — Roy Baty não conseguiu me distinguir de você; achou que fosse você à porta. A polícia vai vir limpar aqui; por que não fica em outro apartamento até eles terminarem? Você não vai querer ficar aqui com o que restou.

— Vou deixar este p-p-prédio — declarou Isidore. — Vou m-m-morar mais perto da cidade, onde há mais p-p-pessoas.

— Acho que tem um apartamento vago no meu prédio — disse Rick.

— Não q-q-quero morar perto de você — gaguejou Isidore.

— Vá lá pra fora ou para cima — disse Rick. — Não fique aqui.

O Especial parecia impotente, sem saber o que fazer; diversas expressões mudas cruzaram-lhe o rosto. Então ele se voltou e saiu do apartamento arrastando os pés, deixando Rick sozinho.

Que trabalho esse meu, pensou Rick. Sou um flagelo, como a fome ou a peste. Por onde eu passo levo uma maldição antiga. Como disse Mercer, sou requisitado a fazer coisas erradas. Tudo o que fiz, desde o começo, foi errado. De todo modo, é hora de ir pra casa. Talvez, depois de passar algum tempo com Iran, eu esqueça.

* * *

Quando chegou ao seu prédio, Iran foi encontrá-lo no terraço. Olhou-o de um jeito peculiar, perturbado; em todos os anos que passou com ela, nunca a havia visto daquela maneira. Enlaçou-a com o braço e disse:

— De qualquer jeito, acabou. E estive pensando; talvez Harry Bryant possa me designar para...

— Rick — ela o interrompeu. — Tenho que te contar uma coisa. Sinto muito. A cabra morreu.

Por alguma razão isso não o surpreendeu; só o fez se sentir pior, como um volume extra de peso a comprimi-lo por todos os lados.

— Acho que há uma garantia no contrato — disse ele. — No caso de ela ficar doente em noventa dias, o vendedor...

— Ela não ficou doente. Alguém — Iran pigarreou e continuou, com a voz rouca —, alguém veio aqui, tirou a cabra do engradado e a arrastou até a beira do terraço.

— E a empurrou? — ele disse.

— Sim.

— Você viu quem foi?

— Eu a vi nitidamente — disse Iran. — Barbour ainda estava aqui em cima, à toa; ele desceu pra me chamar e ligamos pra polícia, mas então o animal estava morto e ela já tinha ido embora. Era uma garota pequena e aparentemente jovem, com cabelos escuros e grandes olhos escuros, muito magra. Vestia um longo casaco escama de peixe. Usava uma bolsa tipo malote dos correios. E não fez nada para evitar que a víssemos. Como se não se importasse.

— Não, ela não se importava — disse ele. — Rachael não daria a mínima se você a visse. Provavelmente, ela queria que você a visse, assim eu saberia quem fez isso. — Ele beijou a esposa. — Você ficou aqui me esperando todo esse tempo?

— Só por meia hora. Foi quando tudo aconteceu. Faz meia hora. — Ternamente, ela devolveu o beijo. — Foi tão horrível. Tão desproposicionado.

Ele se voltou para o carro estacionado, abriu a porta e sentou-se ao volante.

251

– Não foi despropositado – ele disse. – Aos olhos dela, havia um motivo. – Um motivo androide, pensou.

– Aonde você está indo? Por que você não desce e... fica comigo? Deram a mais chocante das notícias na TV; Buster Gente Fina afirma que Mercer é uma fraude. Que você acha disso, Rick? Você acha que pode ser verdade?

– Tudo é verdade – ele respondeu. – Tudo o que qualquer pessoa já foi capaz de pensar. – Ligou o motor do carro.

– Você vai ficar bem?

– Vou ficar bem – disse ele, e pensou: e vou morrer. Estas são verdades também. Fechou a porta do carro, acenou para Iran e mergulhou no céu noturno.

Certa vez, Rick pensou, eu teria visto as estrelas. Anos atrás. Mas agora é somente a Poeira; ninguém viu uma estrela em anos, pelo menos não da Terra. Talvez eu vá aonde seja possível ver as estrelas, disse a si mesmo enquanto o carro ganhava velocidade e altitude; se afastou de San Francisco, rumo à desolação inabitada ao norte. Para o lugar aonde nenhuma coisa viva iria. Não até que sentisse que o fim havia chegado.

21.

À primeira luz da manhã, a terra sob ele parecia estender-se infinitamente, cinza e plena de resíduos. Pedregulhos do tamanho de casas tinham rolado e parado perto umas das outras, e ele pensou: parece uma sala de expedição depois que todas as mercadorias foram despachadas. Permanecem só os fragmentos dos engradados, os recipientes que em si mesmos nada significam. Antigamente, pensou, plantas eram aqui cultivadas e cresciam, animais pastavam. Que pensamento extraordinário, que qualquer coisa pudesse ter pastado aqui.

Que lugar estranho, ele pensou, para tudo aquilo morrer.

Ele fez o hovercar descer, costeando a superfície por um tempo. O que Dave Holden diria de mim agora?, perguntou-se. Num certo sentido, sou o maior caçador de recompensas que já viveu; ninguém jamais aposentou seis modelos Nexus-6 em um período de vinte e quatro horas, e é pouco provável que alguém faça isso de novo. Devo ligar pra ele, pensou.

A encosta atulhada de uma colina surgiu à sua frente; ele levantou o hovercar enquanto o mundo se aproximava. Cansaço, pensou; eu não deveria continuar guiando. Desligou o motor, planou por algum tempo e então pousou o hovercar. O veículo se inclinou e deslizou pela encosta, espalhando pedras; acabou parando, de forma vacilante e barulhenta, com a parte frontal para cima.

Pegando o receptor do vidfone do carro, ele chamou a vidfonista de San Francisco.

– Me ligue com o Hospital Mount Zion – disse a ela.

Pouco depois, outra vidfonista apareceu na vidtela:

– Hospital Mount Zion.

– Vocês têm aí um paciente chamado Dave Holden – ele afirmou. – Seria possível falar com ele? Ele está em condições de falar?

– Só um minuto e vou checar isso, senhor. – A tela ficou temporariamente em branco. Passou-se um tempo. Rick aspirou uma pitada do Rapé Dr. Johnson e estremeceu; sem o aquecedor do carro a temperatura começava a despencar. – O dr. Costa informou que o sr. Holden não está recebendo chamadas – disse a vidfonista ao reaparecer.

– É um assunto policial – ele insistiu; colocou sua identificação à altura da tela.

– Só um momento. – De novo a vidfonista sumiu. De novo Rick inalou uma pitada de Dr. Johnson; o mentol contido nele deixava um ranço desagradável quando consumido de manhã tão cedo. Baixou a janela do carro e jogou a latinha amarela no entulho. – Não senhor – a vidfonista disse, outra vez na tela. – O dr. Costa entende que as condições do sr. Holden não permitem que ele receba qualquer chamada, não importa quão urgente seja, por pelo menos...

– O.k. – disse Rick. Desligou.

O ar também tinha algo de desagradável; ele subiu novamente o vidro. Dave realmente está nocauteado, refletiu. Por que será que eles não me pegaram? Porque agi bem rápido, concluiu. Tudo em um dia só; não podiam esperar por isso. Harry Bryant estava certo.

O carro tinha ficado muito frio, agora, então ele abriu a porta e saiu. Um inesperado vento nauseabundo se infiltrava através de suas roupas e ele começou a andar esfregando as mãos uma na outra.

Teria sido gratificante conversar com Dave, Rick pensou. Ele teria aprovado o que fiz. Mas ele também teria entendido a outra parte, que acho que nem Mercer deve compreender. Para Mercer tudo é fácil porque ele aceita tudo. Coisa alguma lhe é estranha. Mas o que fiz, pensou, isso se tornou estranho para mim. De fato, tudo em mim se tornou antinatural; eu me tornei um ser antinatural.

Rick continuou a caminhar colina acima, a cada passo o peso sobre ele crescia. Cansado demais para subir, ele pensou. Parando, enxugou o suor lancinante de seus olhos, lágrimas salgadas produzidas por sua pele, por seu corpo todo dolorido. Então, com raiva de si mesmo, cuspiu – cuspiu no chão árido com ira e desprezo, por si mesmo, com ódio absoluto. Em seguida, retomou sua marcha rumo ao topo da colina, o terreno desolado e desconhecido, remoto a tudo; coisa alguma vivia ali exceto ele próprio.

O calor. Tinha esquentado agora; evidentemente, o tempo havia passado. E ele sentiu fome. Não comia nada sabe Deus por quanto tempo. A fome e o calor combinados, um gosto de veneno semelhante à derrota. Sim, pensou, é isso aí: de algum modo obscuro, fui derrotado. Por ter matado os androides? Por Rachael ter assassinado a minha cabra? Ele não sabia, mas enquanto prosseguia, um véu diáfano e quase alucinatório baixou sobre sua mente; encontrou-se no limite, sem ter noção de como havia parado ali, a um passo de uma queda certamente fatal de um precipício – uma queda humilhante e inevitável, ele pensou; caindo sem parar, sem que houvesse uma única testemunha. Não existia ali ninguém para registrar a degradação dele mesmo, ou de quem quer que fosse, e qualquer coragem ou orgulho que pudessem se manifestar ali acabariam desperdiçados... as pedras mortas, as ervas daninhas afetadas pela Poeira, ressequidas e moribundas, nada perceberiam, nada recordariam, sobre ele ou sobre elas mesmas.

Nesse momento, a primeira pedra – e não era de borracha ou de espuma sintética – atingiu-o na região da virilha. E a dor, a primeira compreensão do isolamento e do sofrimento absolutos, atingiu-o por inteiro em sua verdadeira e notória forma.

Ele se deteve. Em seguida, instigado – um estímulo invisível mas real, que não poderia ser contraposto –, reiniciou a subida. Rolando para cima, pensou, como as pedras. Estou fazendo o que as pedras fazem. Sem vontade. Sem que isso signifique nada.

– Mercer – ele disse, ofegante; parou e permaneceu imóvel. À sua frente, distinguiu uma figura nebulosa, inerte. – Wilbur Mercer!

É você? – Meu Deus, percebeu; é minha sombra. Tenho que sair daqui, descer esta colina!

Ele desceu com dificuldade. Uma vez, caiu; nuvens de Poeira obscureceram tudo, e ele fugiu dela – cada vez mais depressa, deslizando e caindo sobre os seixos soltos. À frente viu seu carro estacionado. Estou de volta aqui embaixo, disse a si mesmo. Saí da colina. Abriu com força a porta do carro, encolheu-se lá dentro. Quem jogou a pedra em mim?, ele se perguntou. Ninguém. Mas por que isso me incomoda? Já passei por isso antes, durante a fusão. Enquanto usava minha caixa de empatia, como todo mundo. Isso não é novo. Mas foi. Porque, pensou, fiz isso sozinho.

Tremendo, ele pegou uma nova lata de rapé do porta-luvas. Tirando a fita adesiva protetora, inalou uma pitada considerável; descansou, sentado com metade do corpo dentro do carro e metade fora, os pés tocando o solo árido e poeirento. Este era o último lugar para se vir, Rick compreendeu. Não deveria ter voado para cá. E agora se sentia cansado demais para voar de volta.

Se eu só pudesse falar com Dave, ele pensou, ficaria bem; poderia sair daqui, ir para casa e cair na cama. Ainda tenho minha ovelha elétrica e ainda tenho meu emprego. Haverá outros andys para aposentar; minha carreira não está acabada; não aposentei o último andy do universo. Talvez seja por isso, pensou. Tenho medo de que não haja mais.

Olhou o relógio. Nove e meia.

Pegando o receptor do vidfone, ele ligou para o Palácio de Justiça na Lombard.

– Quero falar com o inspetor Bryant – falou para a vidfonista da polícia, a srta. Wild.

– O inspetor Bryant não está no escritório, sr. Deckard. Saiu no próprio carro, mas não consigo contatá-lo. Deve ter deixado o carro temporariamente.

– Ele disse aonde pretendia ir?

– Alguma coisa sobre os androides que o senhor aposentou na noite passada.

– Deixe-me falar com a minha secretária – disse.

Um momento depois, surgiu na tela o rosto triangular e alaranjado de Ann Marsten.

– Ah, sr. Deckard... O inspetor Bryant esteve procurando o senhor. Acho que ele foi apresentar seu nome ao comissário Cutter, para fazer um elogio público. Porque o senhor aposentou aqueles seis...

– Sei o que fiz – ele disse.

– Isso nunca aconteceu antes. Ah, e sr. Deckard, sua esposa ligou. Quer saber se o senhor está bem. O senhor está bem?

Ele permaneceu calado.

– De todo modo – prosseguiu a srta. Marsten –, talvez fosse melhor o senhor ligar e conversar com ela. Ela disse que estaria em casa, esperando alguma notícia sua.

– Você ouviu alguma coisa sobre a minha cabra? – disse.

– Não, eu nem sabia que o senhor tinha uma cabra.

– Eles levaram minha cabra – disse Rick.

– Quem, sr. Deckard? Ladrões de animais? Acabamos de receber um relatório sobre uma nova e enorme gangue, provavelmente adolescentes, operando em...

– Ladrões de vida – disse Rick.

– Não estou entendendo, sr. Deckard. – A srta. Marsten o observou atentamente. – Sr. Deckard, o senhor está com uma aparência horrível! Muito cansada. E, meu Deus, seu rosto está sangrando.

Erguendo a mão, ele sentiu o sangue. Provocado por uma pedra, provavelmente. Era evidente que mais de uma o havia atingido.

– O senhor está parecendo Wilbur Mercer – ela comentou.

– Eu sou ele – Rick disse. – Eu sou Wilbur Mercer. Fundi-me permanentemente com ele. E não consigo mais me desfundir. Estou aqui sentado à espera da desfusão. Em algum lugar próximo à fronteira do Oregon.

– Quer que mandemos alguém? Um carro do departamento para pegá-lo?

– Não – ele respondeu. – Não trabalho mais no departamento.

— Evidentemente o senhor trabalhou demais ontem, sr. Deckard — ela disse em tom reprovador. — O que o senhor precisa agora é descansar na cama. Sr. Deckard, o senhor é nosso melhor caçador de recompensas, o melhor que já tivemos. Vou dizer ao inspetor Bryant quando ele chegar. Vá para casa e para a cama. Ligue agora mesmo para sua esposa, sr. Deckard, porque ela está terrivelmente, terrivelmente preocupada. Pude notar. Vocês dois estão num estado assustador.

— É por causa da minha cabra — ele disse. — Não por causa dos androides. Rachael estava errada... Não tive dificuldade alguma em aposentá-los. E o Especial também estava errado, ao dizer que eu não seria mais capaz de me fundir com Mercer. O único que estava certo era Mercer.

— É melhor o senhor voltar para Bay Area, sr. Deckard. Onde há gente. Não existe nada com vida aí perto do Oregon, não é mesmo? O senhor não está sozinho?

— É estranho — disse Rick. — Tive a absoluta, total e completamente real ilusão de que eu tinha me transformado em Mercer e de que pessoas jogavam pedras em mim. Mas não da maneira como experimentamos isso ao apertar os manetes de uma caixa de empatia. Quando usamos a caixa, sentimos que estamos *com* Mercer. A diferença é que eu não estava com pessoa alguma. Eu estava sozinho.

— Agora estão dizendo por aí que Mercer é uma farsa.

— Mercer não é uma farsa — ele disse. — A menos que a realidade seja uma farsa. — Esta colina, pensou. Essa Poeira e essa infinidade de pedras, todas elas diferentes umas das outras. — Estou com medo — Rick continuou — de que não possa deixar de ser Mercer. Uma vez que se começa, não se pode voltar atrás. — Vou ter de subir a colina de novo?, perguntou-se. Incessantemente, como Mercer faz... encurralado pela eternidade. — Adeus. — E já ia desligar.

— Vai ligar para sua esposa? Promete?

— Vou sim. — Ele assentiu com a cabeça. — Obrigado, Ann. — Desligou o vidfone. Descansar na cama, pensou. A última vez que me deitei em uma cama foi com Rachael. Uma violação de um estatuto. Copular com um androide, totalmente ilegal, aqui e nos mundos colonizados. Ela deve ter voltado para Seattle, agora. Com os outros Rosen, reais e humanoides. Eu queria poder fazer com você o que você fez comigo, ele desejou. Mas isso não pode ser feito com um androide, porque eles não se importam. Se eu tivesse te matado ontem, minha cabra estaria viva agora. Foi nesse instante que tomei a decisão errada. Sim, pensou; tudo pode ser atribuído a isso e ao fato de ter ido para a cama com você. De qualquer maneira, você estava certa em uma coisa: isso me modificou. Mas não do jeito que você previu.

De um jeito muito pior, ele concluiu.

E ainda assim eu realmente não me importo. Não mais. Não depois do que me aconteceu lá em cima, ele pensou, rumo ao topo da colina. Me pergunto o que viria depois, se continuasse a subir e atingisse o topo. Porque é onde Mercer aparece para morrer. É onde o triunfo de Mercer se manifesta, lá no fim do grande ciclo sideral.

Mas se eu sou Mercer, pensou Rick, nunca morrerei, não em 10 mil anos. *Mercer é imortal.*

Mais uma vez ele pegou o receptor do vidfone, para contatar sua mulher.

E ficou paralisado.

22.

Ele colocou o receptor de volta ao lugar e não tirou os olhos do ponto que havia se movido do lado de fora do carro. A protuberância no chão, entre as pedras. Um animal, disse para si mesmo. E seu coração batia sôfrego sob a carga excessiva, o choque do reconhecimento. Sei o que é, concluiu; nunca tinha visto um antes, mas conheço dos velhos filmes sobre natureza que eram apresentados na TV Governo.

Eles estão extintos!, disse a si mesmo; rapidamente ele resgatou o Sidney's extremamente amarrotado, virou as páginas com mãos trêmulas.

SAPO (*Bufonidae*), todas as variedades. . . . . . . *E*.

Extinto há anos. A criatura mais preciosa para Wilbur Mercer, juntamente com o asno; mas sapos estão acima de tudo.

Preciso de uma caixa. Ele se contorceu, não viu nada no banco de trás de seu hovercar; saltou do carro, correu para o compartimento do porta-malas, destravou-o e abriu-o. Lá estava uma caixa de papelão e, dentro dela, uma bomba de combustível sobressalente para seu carro. Jogou a bomba de combustível para o lado, encontrou um rolo de fio de cânhamo e caminhou lentamente na direção do sapo. Sem tirar os olhos dele.

O sapo, Rick observou, se matizava totalmente à textura e à tonalidade da Poeira onipresente. Tinha, talvez, evoluído, adaptando-se ao novo clima como havia se adaptado a todos os climas anteriores. Se ele não tivesse se movido, Rick jamais o teria notado; ainda que estivesse sentado a não mais que uns dois metros dele. O que acontece quando você encontra – se encontra – um animal que se acreditava extinto?, perguntou a si mesmo, tentando se lembrar. Acontecia tão raramente. Algo como uma medalha de honra das Nações Unidas e um prêmio em dinheiro. Uma recompensa que chegava a milhões de dólares. E dentre todas as possibilidades... encontrar a criatura mais sagrada para Mercer. Jesus, pensou, não pode ser. Talvez isto se deva a algum dano cerebral em mim: exposição à radioatividade. Sou um Especial, pensou. Algo aconteceu comigo. Como o cabeça de galinha Isidore e sua aranha; o que aconteceu a ele aconteceu comigo. Terá Mercer arranjado isso? Mas eu sou Mercer. Eu arranjei isso; eu encontrei o sapo. Encontrei-o porque vi com os olhos de Mercer.

Ele se agachou, bem perto do sapo. O animal havia empurrado para o lado um pouco de cascalho, fazendo assim um pequeno buraco para si, afastando a Poeira com a parte traseira do corpo. Desse modo, só a parte de cima de sua cabeça achatada e seus olhos se projetavam acima do solo. Enquanto isso, seu metabolismo reduzindo-se quase à paralisação total, o animal caiu em um transe. Os olhos embaçados nada refletiam, não percebiam a presença de Rick que, horrorizado, pensou: está morto, de sede talvez. Mas o sapo se mexeu.

Pondo a caixa de papelão no chão, ele cuidadosamente começou a remover a terra fofa para longe do sapo, que não ofereceu objeção; mas claro que ele não tinha consciência da existência de Rick.

Quando Rick ergueu o sapo, sentiu sua frieza peculiar; em suas mãos, o corpo do animal parecia seco e enrugado, quase flácido, e tão frio como se morasse em uma gruta quilômetros abaixo da terra, muito longe do sol. Agora o sapo se contorcia; com suas frágeis pernas traseiras, tentava se livrar das mãos que o apertavam, querendo, instintivamente, pular para longe. Um grandão, ele pensou; bem crescido e esperto. Capaz, à sua própria maneira, de sobreviver mesmo àquilo a que não estamos realmente conseguindo sobreviver. Gostaria de saber onde ele encontra água para seus ovos.

Então é isso o que Mercer vê, Rick concluiu enquanto amarrava caprichosamente a caixa de papelão fechada – amarrou-a várias vezes. Vida que não podemos mais distinguir; vida cuidadosamente enterrada até a testa na carcaça de um mundo morto. Em cada cinza do universo Mercer provavelmente distingue a vida mais imperceptível. Agora eu sei, pensou. E uma vez que vi através dos olhos de Mercer, possivelmente nunca vou parar.

E nenhum androide vai cortar as pernas deste bicho, disse a si mesmo. Como fizeram com a aranha do cabeça de galinha.

Depositou a caixa cuidadosamente amarrada no banco do carro e se sentou ao volante. É como ser criança de novo, pensou. Agora todo o peso se foi, a monumental e opressiva fadiga. Espere até Iran saber disso; pegou o receptor do vidfone e começou a discar. Então parou. Vou fazer uma surpresa, resolveu. São só trinta ou quarenta minutos de voo até lá.

Impaciente, ele ligou o motor e sem demora disparava pelo céu, na direção de San Francisco, 1200 quilômetros ao sul.

Em frente ao sintetizador de ânimo Penfield, Iran Deckard se sentou com o indicador da mão direita tocando o mostrador numerado. Mas não escolheu; sentia-se muito apática e indisposta para querer alguma coisa: um peso que bloqueava o futuro e quaisquer possibilidades que ele pudesse conter. Se Rick estivesse aqui, ela pensou, ele me faria escolher o 3, e assim eu ficaria com vontade de escolher alguma coisa importante, borbulhante alegria ou, se não isso, provavelmente então um 888, o desejo de assistir à televisão, não importa qual seja o programa. Que será que está passando na TV?, pensou. Em seguida imaginou para onde teria ido Rick. Ele pode estar voltando ou, por outro lado, pode não estar, disse a si mesma, e sentiu seus ossos se retraírem dentro dela por causa da idade.

Uma batida soou na porta do apartamento.

Deixando o manual do Penfield de lado, ela se levantou num salto, pensando: não tenho que escolher nada agora; já tenho o que quero – se for Rick. Correu para a porta, abriu-a amplamente.

– Oi. – Ali estava ele, um corte na face, as roupas amassadas e cinzentas, até o cabelo emplastado de Poeira. As mãos, o rosto... a Poeira pregava-se a todas as partes de seu corpo, exceto os olhos. Arregalados e cheios de espanto, seus olhos brilhavam como os de um menino; parece alguém que estava brincando e chegou a hora de parar e voltar para casa, ela pensou. Para descansar, tomar um banho e conversar sobre os milagres do dia.

– Bom te ver – Iran disse.

– Trouxe uma coisa. – Rick segurava a caixa de papelão com as duas mãos; quando ele entrou no apartamento, não a deixou em lugar algum. Como se aquilo contivesse algo muito frágil e muito valioso para se abrir mão, ela pensou; ele queria mantê-la perpetuamente consigo.

– Vou fazer um café pra você. – No fogão, ela apertou o botão de café e em um momento colocava uma imponente caneca ao lado dele na mesa da cozinha. Segurando ainda a caixa, ele se sentou, o olhar esbugalhado de espanto permanecia em seu rosto. Em todos os anos de convivência, ela nunca havia visto essa expressão. Alguma coisa tinha acontecido desde a última vez que o vira; desde ontem à noite, quando saiu em seu hovercar. Agora ele tinha voltado e essa caixa tinha chegado com ele; Rick segurava, na caixa, tudo o que lhe havia acontecido.

– Vou dormir – ele anunciou. – O dia todo. Liguei para Harry Bryant; ele disse para eu tirar o dia de folga e descansar. Que é exatamente o que estou indo fazer. – Cuidadosamente, ele colocou a caixa sobre a mesa e apanhou a caneca; obedientemente, porque ela queria que ele fizesse isso, bebeu seu café.

Sentando-se em frente a ele, Iran perguntou:

– O que você tem nessa caixa, Rick?

– Um sapo.

– Posso ver? – Ela observou enquanto ele desamarrava a caixa e tirava a tampa. – Ó – ela disse, vendo o sapo; por alguma razão aquilo a assustou. – Ele morde? – perguntou.

– Pegue-o. Não vai morder; sapos não têm dentes. – Rick ergueu o sapo e o estendeu na direção dela. Contendo sua aversão, ela o aceitou.

— Achava que estivessem extintos — disse ela enquanto o virava, curiosa com suas pernas; pareciam quase inúteis. — Os sapos pulam como rãs? Quer dizer, este aqui vai pular da minha mão de repente?

— As pernas do sapo são fracas — Rick respondeu. — Esta é a principal diferença entre um sapo e uma rã, isso e a água. A rã fica perto da água, mas o sapo pode viver no deserto. Encontrei este no deserto, perto da fronteira do Oregon. Onde tudo morreu. — Ele estendeu a mão para tomar o sapo dela. Mas ela havia descoberto algo; ainda o segurando de cabeça para baixo, ela cutucou-o no abdômen e então, com a unha, localizou um minúsculo painel de controle. Com um estalido ela o abriu.

— Ó. — A empolgação desvaneceu no rosto dele. — Sim, agora eu vejo; você está certa. — Cabisbaixo, ele olhou mudo para o animal falso. Pegou-o de volta, remexeu em suas pernas como se estivesse confuso; parecia realmente não ter compreendido. Então recolocou o sapo cuidadosamente na caixa. — Me pergunto como ele foi parar lá, numa região tão desolada da Califórnia. Alguém deve tê-lo colocado lá. Não sei pra quê.

— Talvez eu não devesse ter falado pra você... que ele é elétrico. — Ela esticou a mão, tocou o braço do marido; ela se sentia culpada vendo o efeito que isso havia causado nele, a mudança.

— Não — disse Rick. — Estou feliz em saber. Ou melhor... — Ficou em silêncio. — Eu iria querer saber.

— Quer usar o sintetizador de ânimo? Pra se sentir melhor? Você sempre tirou melhor proveito dele, mais do que eu jamais consegui.

— Vou ficar bem. — Ele sacudiu a cabeça, como se estivesse tentando clareá-la, ainda confuso. — A aranha que Mercer deu ao cabeça de galinha, Isidore; devia ser artificial também. Mas isso não importa. As coisas elétricas também têm suas vidas. Mesmo sendo insignificantes como essas vidas são.

— Você está com a aparência de alguém que andou quilômetros – disse Iran.

— Foi um dia longo – ele concordou com a cabeça.

— Vá pra cama e durma.

— Acabou, não é mesmo? – Ele encarou a esposa, então, com ar de perplexidade. Confiante, pareceu esperar que ela lhe dissesse, como se só ela soubesse. Como se ouvir a si mesmo dizer isso não significasse nada. Tinha uma atitude dúbia em relação às suas próprias palavras; elas não se tornavam reais, não até que Iran concordasse.

— Acabou – ela disse.

— Deus, essa missão foi uma maratona – Rick disse. – Desde que comecei não consegui parar; ela continuava a me levar em seu rastro até que finalmente peguei os Batys, e então, de repente, não tive mais nada pra fazer. E isso... – Ele hesitou, evidentemente assombrado com o que tinha começado a dizer. – Isso foi o pior de tudo – disse. – Depois que acabei. Eu não podia parar porque não haveria mais nada depois que parasse. Você estava certa de manhã, quando disse que eu não sou nada além de um policial com mãos sujas.

— Não me sinto mais assim – ela disse. – Estou satisfeita pra caramba que você voltou pra casa, onde é o seu lugar. – Ela o beijou e aquilo pareceu agradá-lo; o rosto de Rick se iluminou, quase tanto quanto antes... antes que ela tivesse mostrado a ele que o sapo era elétrico.

— Você acha que eu agi errado? – perguntou. – Sobre o que fiz hoje?

— Não.

— Mercer disse que aquilo que fiz era errado, mas que eu deveria fazer de todo modo. Realmente estranho. Às vezes é melhor fazer o errado do que o certo.

— Essa é a maldição que se abate sobre nós – disse Iran. – É disso que Mercer fala.

— A Poeira? – perguntou ele.

— Os assassinos que encontraram Mercer em seu décimo sexto ano, quando contaram a ele que ele não poderia reverter o tempo e trazer coisas de volta à vida de novo. Então tudo o que ele pode fazer agora é tocar a vida em frente, indo para onde ela levar, para a morte. E os assassinos atiram as pedras; são eles que fazem isso. Ainda o perseguindo. E a todos nós, na verdade. Foi um deles que cortou seu rosto, onde está sangrando?

– Sim – ele disse languidamente.

– Você vai pra cama agora? E se eu regular o sintetizador de ânimo para uma programação 670?

– O que isso produz? – ele perguntou.

– Uma longa e merecida paz – Iran disse.

Ele se levantou, ficou em pé com dificuldade, seu rosto sonolento e confuso, como se inúmeras batalhas tivessem sido travadas ali, por muitos anos. E então, gradualmente, adiantou-se pelo caminho que levava ao quarto.

– O.k. – disse ele. – Uma longa e merecida paz. – Esticou-se na cama, a Poeira se desprendendo de suas roupas e cabelos sobre os lençóis brancos.

Não havia necessidade de ligar o sintetizador, compreendeu Iran enquanto apertava o botão que tornava opacas as janelas do quarto. A luz acinzentada do dia desapareceu.

Depois de um momento, Rick adormeceu sobre a cama.

Ela ficou ali parada por um tempo, mantendo os olhos nele até ter certeza de que ele não acordaria, de que não se sentaria de repente, num sobressalto amedrontado, como ele às vezes fazia à noite. E então voltou à cozinha e sentou-se outra vez à mesa.

Ao lado dela, o sapo elétrico saltava e coaxava em sua caixa. Iran se perguntou o que será que ele "comia", e quais reparos seriam necessários. Moscas artificiais, concluiu.

Abrindo o catálogo vidfônico, procurou nas páginas amarelas por *acessórios para animais, elétricos*; discou e quando a vendedora atendeu, ela disse:

– Queria encomendar meio quilo de moscas artificiais que realmente voem e zumbam, por favor.

— É para uma tartaruga elétrica, senhora?

— Um sapo — ela respondeu.

— Então sugiro nossa porção sortida de insetos artificiais rastejantes e voadores de todos os tipos, incluindo...

— As moscas vão servir — disse Iran. — Vocês entregam? Não quero sair do meu apartamento; meu marido está dormindo e quero ter certeza de que ele está bem.

— Para um sapo eu sugiro também uma poça perpetuamente renovável — disse a vendedora —, a não ser que ele seja um sapo de chifres; neste caso, temos um kit com areia, seixos multicoloridos e detritos orgânicos. E se a senhora vai deixar que ele passe por seu ciclo de alimentação regular, recomendo que permita ao nosso departamento de serviço fazer um ajuste periódico da língua. Em um sapo isso é vital.

— Muito bem — disse Iran. — Quero que tudo funcione perfeitamente. Meu marido é muito apegado ao sapo. — Ela passou o endereço e desligou.

E, sentindo-se melhor, finalmente preparou para si mesma uma xícara de café preto e quente.

EXTRAS

CARTA DE PHILIP K. DICK AO SR. JEFF WALKER – THE LADD COMPANY

11 de outubro de 1981.

Sr. Jeff Walker
The Ladd Company
4000 Warner Boulevard
Burbank
Calif. 91522

Caro Jeff,

Por acaso, hoje à noite, assisti ao programa de TV no Canal 7 *Hooray For Hollywood*, com o trecho sobre *Blade Runner*. (Bom, para dizer a verdade, não assisti por acaso. Alguém me avisou que *Blade Runner* faria parte do programa e que valia a pena eu assistir.) Jeff, depois de ver o programa – e, especialmente, de ouvir Harrison Ford comentando o filme – cheguei à conclusão de que realmente não se trata de ficção científica, nem de fantasia. É exatamente o que Harrison disse: futurismo. O impacto de *Blade Runner* será simplesmente arrebatador, tanto em termos de público como para as pessoas criativas. E eu acredito também que sobre a ficção científica como um todo. Como venho escrevendo e vendendo trabalhos de ficção científica há trinta anos, para mim essa é uma questão importante. Com toda a sinceridade devo dizer que nosso campo, nos últimos anos, vem se deteriorando de maneira gradual e constante. Nada do que fizemos, individual ou coletivamente, se equipara a *Blade Runner*. Esse filme não tem a ver com escapismo: é super-realismo, tão temerário e detalhado, autêntico e convincente que, bem, depois daquele segmento, achei que a minha "realidade" normal, atual, ficou muito pálida. O que estou querendo dizer é que vocês todos podem ter criado coletivamente uma forma nova e incomparável de expressão artística e gráfica, nunca vista anteriormente. E eu também acho que *Blade Runner* irá revolucionar nossos conceitos do que a ficção científica é, e inclusive do que *pode* ser.

Vou resumir o que penso da seguinte forma: a ficção científica vem lenta e inelutavelmente se resignando a ter uma morte monótona; tornou-se endógama, secundária, estagnada. De repente, entraram em cena vocês, que são alguns dos maiores talentos atualmente em ação, e agora temos uma nova vida, um novo começo. Quanto ao papel que eu possa ter tido no projeto *Blade Runner*, só posso dizer que não sabia que um trabalho feito por mim, ou que um conjunto de ideias minhas, pudesse atingir uma escala de dimensão tão colossal. Minha vida e meu trabalho criativo estão justificados e foram completados com *Blade Runner*. Obrigado… e vai ser um sucesso comercial estrondoso. Será invencível.

Cordialmente,
Philip K. Dick

A ÚLTIMA ENTREVISTA DE PHILIP K. DICK

NOTA DOS EDITORES:

Quando John Boonstra realizou esta entrevista com Philip K. Dick, ele nunca pensou que seria a última vez que Dick daria uma entrevista. O próprio Dick estava num excelente estado de espírito e ansioso para a estreia de *Blade Runner*. A introdução de Boonstra – que deixamos tal como foi originalmente escrita – reflete o otimismo do entrevistado. No final de fevereiro, entretanto, Dick sofreu um acidente vascular cerebral de grandes proporções e morreu num hospital da Califórnia na manhã de 2 de março. Sua morte torna esta entrevista ainda mais contundente, em particular pelo comentário esperançoso com a qual se encerra.

Philip K. Dick pode se tornar uma expressão comum – pelo menos em Hollywood – no final do ano. Com seu romance *Androides sonham com ovelhas elétricas?*, filmado por Ridley Scott com o título *Blade Runner*, e com os estúdios Disney alocando uma verba igualmente alta para seu próximo lançamento, *O vingador do futuro*, baseado no conto *Lembramos para você a preço de atacado*, certamente muita atenção será dada ao trabalho de trinta anos feito por Dick.

Entre seus pares, ele nunca foi subvalorizado. "Dick tem... iluminado com os faróis incandescentes de sua imaginação uma terra incógnita de dimensões assombrosas", escreveu Harlan Ellison, em *Dangerous Visions*. Brian Aldiss comparou o "humor sinistro" de Dick com Kafka e Dickens. E Norman Spinrad escreve da maneira mais direta possível em sua introdução à edição da Gregg Press para *Dr. Bloodmoney*: "Daqui a cinquenta ou cem anos, Dick será reconhecido postumamente como o maior romancista americano da segunda metade do século 20".

Desde seu primeiro livro – *Solar Lottery* – até o mais recente – *The Divine Invasion* –, Philip Kindred Dick se focou na luta que o ser humano trava – em todas as áreas da vida – para enxergar além das ilusões que separam o homem da possibilidade de realmente *ser*; reconhecer o humano em meio aos androides. Sua genialidade nos fornece um conjunto de personagens memoráveis inseridos em tramas paradoxais e ricas em indagações filosóficas. Porém, uma descrição sucinta é insuficiente para explicar o quão invariavelmente divertido é o resultado dessa eclética mistura.

No final dos anos 1960, Dick demonstrou cada vez mais interesse pelos estados alterados de consciência via uso de drogas, mas *Os três estigmas de Palmer Eldritch*, geralmente citado como um trabalho baseado em LSD, foi concluído antes que Dick fosse minimamente exposto a alucinógenos. Nesse mesmo sentido, alguns dos primeiros livros de Dick (*The Cosmic Puppets*, *Eye in the Sky*) pressagiam seus polêmicos episódios visionários dos últimos anos, episódios que ele descreveu por escrito e que constituíram a base de sua mais recente fase como autor de ficção. Ele afirma que um nível mais elevado de consciência – possivelmente desencadeado pelo lado direito do seu cérebro, resultante de uma entidade alienígena ou angelical – apoderou-se temporariamente de seu corpo e efetuou mudanças permanentes em sua vida. Essas mudanças permitiram-lhe acesso a informações verificáveis que, certa vez, diagnosticaram um defeito congênito em seu filho do qual ninguém havia suspeitado até então. Os 34 livros publicados de Dick e as seis coletâneas de contos são tão uniformemente bons que parece impossível destacar um ou outro. Mas se eu tivesse que me limitar a uma escassa meia dúzia de títulos, ficaria com *Dr. Bloodmoney*, que fala sobre a guerra nuclear e as habilidades psiônicas de um homúnculo chamado Happy. Escolheria também *Martian Time-Slip*, em que a vida diária na miserável colônia marciana é reorganizada por uma criança autista; também *Time out of Joint*, protagonizado por um personagem denominado de maneira magistral como Ragle Gumm, o desavisado elemento-chave que mantém a civilização ocidental coesa. *Confessions of a Crap Artist* é um romance convencional sobre um amor devastador vislumbrado através da mente que parece uma sala de espelhos de um glorioso idiota. E, por fim, *VALIS* e *The Divine Invasion*, que descreve o retorno de Deus a este globo depois de Sua incompreensível ausência.

    VALIS é ambientado numa realidade atual idêntica à nossa, exceto pela alegação do protagonista de que "o Império Romano nunca acabou". Essas revelações enviam Horselover Fat, que não é nem um lunático, nem um iluminado, atrás de um novo Messias: uma menina de 2 anos. O mais perto que esse esforço literário chega da ficção científica é em seu relato de um filme que contém informações codificadas sobre o paradeiro do Messias. O livro todo se desenvolveu a partir de um rascunho que era o enredo do filme. *The Divine Invasion* situa os temas de *VALIS* no contexto de um futuro reconhecível de espaçonaves e mudanças sociais. O Deus do Velho Testamento aparece como um menininho que deve perder sua amnésia (um conceito chamado "anamnes", crucial na obra mais recente de Dick) a fim de derrotar os poderes que mantêm a Terra presa às ilusões. Participam da jornada o "pai" (humano até demais), chamado Herb, o profeta Elias e uma cantora pop tão parecida com a cantora favorita do autor, Linda Ronstadt, que até se desconfia.

Mas é uma pena mencionar como escolhas só essa meia dúzia de livros de Dick. Não posso excluir o mundo de *Ubik* e suas formas involuídas, ou o romance premiado com o Hugo sobre a vitória do Eixo, *O homem do castelo alto*, no qual a metade oriental dos Estados Unidos é controlada pela Alemanha nazista, e a metade ocidental pelo Japão. Ou *Clans of the Alphane Moon*. Ou o amargo elogio fúnebre de Dick à cultura das drogas, *O homem duplo*. E, como Phil Dick tem somente 53 anos, existe a promessa de outros trabalhos a caminho. Ele parece estar apenas chegando ao auge.

Boonstra: Seu próximo livro, *The Transmigration of Timothy Archer*, é essencialmente uma ficção não científica baseada na morte misteriosa que seu amigo, o bispo James Pike, sofreu no deserto. Disseram-me que você o escreveu em vez de trabalhar na adaptação do roteiro de *Blade Runner* para livro. Por que preferiu escrever um livro com temas religiosos tão escrachados, em vez de um *best-seller* lucrativo e 99% seguro?

Dick: A quantidade de dinheiro teria sido muito boa e as pessoas envolvidas no filme nos ofereceram participação nos direitos de *merchandising*. Mas elas exigiram a supressão do livro original, *Androides sonham com ovelhas elétricas?*, para focarmos na adaptação novelizada, baseada no roteiro do filme. Minha agência calculou que, numa estimativa conservadora, eu poderia ganhar US$ 400 mil se fizesse a novelização. Por outro lado, se relançássemos o livro original, eu ganharia em torno de US$ 12500.

O pessoal do *Blade Runner* estava fazendo uma tremenda pressão sobre nós para que realizássemos essa novelização, ou para que permitíssemos que outro escritor fizesse isso, como, por exemplo, Alan

Dean Foster. Mas, para nós, o original era um bom livro. Além disso, eu não queria escrever o que chamei de uma adaptação barata. Eu realmente queria escrever o livro do *Timothy Archer*.

Então, nós batemos o pé e, num dado momento, *Blade Runner* se tornou algo tão sangue-frio que eles ameaçaram retirar os direitos da marca. Não poderíamos mais dizer "O livro que inspirou *Blade Runner*". E não poderíamos usar nada do filme.

No fim, chegamos a um acordo com eles. Nos mantivemos firmes quanto a relançar o livro original. E escrevi *The Transmigration of Timothy Archer*.

Bom, o valor pago por esse livro é muito baixo, somente US$ 7.500, o que, hoje em dia, é praticamente o mínimo. Isso é porque, para o *mainstream*, sou quase um escritor novato. Não sou conhecido. E estou sendo pago conforme a tabela para novos autores. O contrato é para dois livros e um deles é de ficção científica – que me dará exatamente três vezes mais do que estou recebendo para fazer o *Timothy Archer*.

Boonstra: Você já começou o de ficção científica?

Dick: Fiz dois esboços diferentes. Provavelmente, vou acabar juntando-os e fazendo um livro só, que é o que eu gosto de fazer: desenvolver esboços independentes e depois colocar ambos no mesmo livro. É assim que tenho minhas múltiplas ideias para a trama. Eu realmente gosto disso, desse tipo de trabalho-colagem. Em outras palavras, uma síntese.

Esse segundo livro tem de ser entregue somente em 1º de janeiro de 1983, então tenho tempo. Neste momento, estou fisicamente cansado demais para datilografar. Parece que vai ser um bom livro. Chama-se *The Owl in Daylight*.

A Simon and Schuster queria o *Archer* antes, e eu queria fazer primeiro do *The Owl*. Talvez eu tenha cometido um erro enorme porque no fim pode não ser um livro bem-sucedido. Pode ser que eu tenha perdido a habilidade de escrever um romance literário, se é que de fato algum dia tive essa habilidade. Já faz mais de vinte anos que escrevi o último livro que não era de ficção científica, e é muito problemático saber se consigo ou não escrever ficção com qualidade literária. Esta é definitivamente uma coisa incerta e crucial. Talvez eu descubra que recusei US$ 400 mil e acabei sem nada.

Boonstra: Não considero *VALIS* ficção científica. Esse livro poderia ter sido publicado como um título de ficção convencional e, mesmo assim, ter recebido algum tipo de atenção. Tenho certeza de que teve mais receptividade com essa roupagem de ficção científica do que se não a tivesse. Mas, em si, é muito literário; uma ficção científica marginal, na melhor das hipóteses.

Dick: Eu diria que *VALIS* é um romance picaresco, uma ficção científica experimental. *The Divine Invasion* tem uma estrutura muito convencional para ficção científica, é quase uma fantasia científica, sem nenhum recurso experimental de qualquer tipo. *Timothy Archer* não é ficção científica de jeito nenhum. O livro começa no dia em que John Lennon é assassinado e aí entra em *flashbacks*. Mesmo assim, os três títulos foram uma espécie de trilogia que gira em torno de um tema básico. Isso é extremamente importante para o desenvolvimento orgânico das minhas ideias e preocupações a respeito da minha escrita. Quero dizer, eu me descarrilar e fazer aquela adaptação marqueteira de *Blade Runner* – uma coisa completamente comercial e voltada para a faixa de leitores de 12 anos – teria sido desastroso para mim artisticamente, embora, como meu agente me explicou, financeiramente eu teria resolvido a minha vida. Não acho que meu agente esteja achando que eu vou viver muito.

É como o *Inferno*, de Dante. Um escritor enviado ao Inferno é sentenciado a reescrever todos os seus livros – os melhores, pelo menos – como versões banais, para crianças de 12 anos, pelo resto da eternidade. Que castigo mais terrível! O fato de que me dariam um monte enorme de dinheiro para isso salienta como essa situação é grotesca. Quando, finalmente, isso me é oferecido, fico mais ou menos apático diante dos megadólares. Prefiro levar uma vida ascética. Não tenho desejos materiais e não estou endividado. Meu apartamento está quitado, meu carro está pago e meu aparelho de som também.

Pelo menos, desse jeito, tento escrever o melhor livro que consigo. E, se eu não conseguir, pelo menos terei dado o meu melhor. Acho que a pessoa sempre deve dar o seu melhor em tudo, seja um sapateiro, um motorista de ônibus, um escritor, um vendedor de frutas. Você faz o melhor que pode. E, se falhar, ponha a culpa na sua mãe.

Boonstra: Como você compara a trilogia *VALIS* com o restante de seu trabalho?

Dick: Eu me livrei da primeira versão de *VALIS*, que era um livro muito convencional. No livro terminado, essa versão aparece como o filme. Faço uma pesquisa em busca de um modelo que introduza algo novo na ficção científica e me ocorreu voltar muito para trás até o romance picaresco e criar personagens que sejam malandros – trapaceiros – e escrever em primeira pessoa, usando uma trama bastante solta. Sinto que há uma tremenda relevância no romance picaresco ultimamente. *Um safado em Dublin*, de Donleavy, é um exemplo, assim como *As aventuras de Augie March*, de Saul Bellow. Para mim, é uma forma de protesto para os romances, um repúdio do livro burguês mais estruturado, que tem sido tão popular.

Estou reprocessando a minha vida pessoal. Tive um período muito interessante, começando em 1970, quando minha esposa, Nancy, me deixou e foi embora com um Pantera Negra, para minha grande surpresa. Por causa disso, caí bem fundo. Quero dizer, rolei pela sarjeta e vaguei pelas ruas atordoado, totalmente chocado quando isso aconteceu.

Eu era muito burguês. Tinha uma esposa e um filho, estava comprando uma casa, dirigia um Buick e usava terno e gravata. De repente, do nada, minha esposa me abandona e eu acabo indo parar nas ruas, com os sem-teto. Depois fui me reerguendo e saindo disso que, no fundo, foi uma viagem para a morte da minha parte. Então, pensei: "Bom, tenho um pouco de material bem interessante, em primeira mão, sobre o qual gostaria de escrever. Vou reciclar a minha própria vida em um romance". Depois de ter feito isso em *A Scanner Darkly [Um reflexo na escuridão]*, me vi diante da questão do que fazer em seguida. Levei muito tempo até sentir que tinha o que eu queria.

Agora, antes disso, eu costumava ver as pessoas como um artesão. Eu trabalhava há oito anos com varejo, gerenciando uma das maiores lojas de discos da Costa Oeste nos anos 1950, e tinha trabalhado numa oficina de conserto de rádios quando estava no colegial. Em geral, via as pessoas como "o cara que conserta TVs", "o vendedor", e assim por diante. Depois, por ter ficado nas ruas algum tempo, costumava ver as pessoas essencialmente como canalhas. Não estou me referindo a canalhas de quem a gente possa gostar; estou me referindo a criaturas inescrupulosas que não perdem a chance de te passar a perna, a qualquer momento e por qualquer motivo. Eu via isso com um fascínio sem fim. E não via esse tipo de gente sendo adequadamente representado na ficção.

Boonstra: Às vezes, o mundo em geral me parece um enredo de livro, e não necessariamente um livro agradável. Muitas vezes, tenho a sensação de que estou vivendo no futuro sobre o qual li quinze anos antes. Fico me perguntando como é isso a partir da sua perspectiva, depois de ter escrito as coisas que eu lia quando era adolescente.

Dick: Oh, meu Deus, eu concordo totalmente com você. Meu agente disse, depois que ele terminou *The Transmigration of Timothy Archer*: "Sabe, nas suas ficções científicas eles dirigem coisas chamadas *flobbles* e *quibbles*, e neste livro eles dirigem Hondas, mas é basicamente um livro de ficção científica, embora eu não possa explicar exatamente como é que isso acontece".

É realmente como se o mundo tivesse chegado à ficção científica. Os anos se passaram e a disparidade, a lacuna temporal, começou a se preencher até que finalmente não existisse mais. Não estávamos mais escrevendo sobre o futuro. Em certo sentido, o próprio conceito de projetar o futuro perde o sentido porque já estamos lá, em nosso mundo real. Em 1955, quando eu ia escrever um livro de ficção científica, eu o situava em 2000. Então, mais ou menos em 1977, pensei: "Meu Deus, está ficando exatamente como naqueles livros que eu costumava escrever na década de 1950!".

Tudo aquilo está se tornando real. Isso cria dentro da ficção científica um tipo completamente fantástico de romance, ambientado no planeta "Mordaria" ou "Malefoozia", em outra galáxia. E todos os Malefoozianos têm dezoito cabeças, das quais dezesseis praticam um ato sexual coletivo. Em outras palavras, não tem nenhuma conexão com a Terra, nenhuma sátira ou comentário social como o que se lê em obras como *Player Piano*, de Kurt Vonnegut, que é um exemplo perfeito: você pode simplesmente ir ao centro da cidade, aos grandes prédios de escritórios, e chegar lá e se sentar, como está em *Player Piano*.

Boonstra: Em entrevistas anteriores, você descreveu seu encontro, em 1974, com uma "mente transcendentalmente racional". Esse "espírito tutelar" continua a orientá-lo?

Dick: Ela não pronunciou mais nenhuma palavra desde que escrevi *The Divine Invasion*. Essa voz é identificada como Ruah, um termo que, no Antigo Testamento, designa o Espírito de Deus. Ela fala como uma voz feminina e tende a fazer comentários relativos à espera messiânica.

Essa entidade me guiou por algum tempo. Ela tem falado comigo esporadicamente desde o colegial. Se acontecer alguma crise, espero que ela me diga alguma coisa de novo. Ela é muito econômica no que diz e se limita a poucas e pequenas frases. Eu só escuto a voz desse espírito quando estou quase adormecendo ou acordando. Tenho de estar muito receptivo para ouvi-la. Ela me dá a sensação de estar vindo de muitos milhões de quilômetros de distância.

Boonstra: O que o tornou um escritor? Você disse que não foi pelo dinheiro. Quando foi que vendeu seu primeiro livro? E há quanto tempo já escrevia antes disso?

Dick: Comecei a escrever meu primeiro romance quando tinha 13 anos. Essa é a verdade verdadeira. Eu aprendi a datilografar sozinho e comecei meu primeiro livro quando estava na oitava série. Chamava-se *Return to Lilliput*.

Fiz minha primeira venda em novembro de 1951, e minhas primeiras histórias foram publicadas em 1952. Quando concluí o colegial, eu já estava escrevendo regularmente, um livro atrás do outro. Claro que não vendi nenhum desses. Eu estava morando em Berkeley, e ali havia um tipo de efervescência para romances mais literários. Eu conhecia todo tipo de gente que escrevia esse tipo de livro. E conheci alguns dos melhores poetas de vanguarda residindo em Bay Area: Robert Duncan, Jack Spicer, Philip Lamantia, todo aquele pessoal. Eles me incentivaram a escrever, mas não havia encorajamento para vender nada. Mas eu queria vender, e também queria fazer ficção científica. Meu maior sonho era ser capaz de fazer os dois, tanto textos mais literários como ficção científica.

Bom, as coisas não aconteceram assim. Naquela época eu lia muita filosofia. Minha esposa um dia chegou em casa e me disse: "O que é que você está lendo de novo?". Eu respondi: "É o *Guia para os perplexos*, de Moises Maimônides".

Ela disse: "Claro... falei isso para o meu instrutor. Ele disse que você provavelmente é o único ser humano na face da Terra que está lendo Moises Maimônides agora". Eu só estava ali sentado, comendo um sanduíche de presunto e lendo. Não me parecia nada esquisito.

Boonstra: Você falou de uma de suas esposas. Sei que você teve mais uns dois casamentos...

Dick: Pelo menos. Houve outros. Detesto dizer quantos. Uma infindável sucessão de divórcios, todos resultantes de casamentos feitos de forma inconsequente e afobada. Ainda mantenho um bom relacionamento com minhas ex-esposas. Aliás, a minha mais recente ex-esposa – são tantas que preciso manter uma relação numerada – e eu somos ótimos amigos. Tenho três filhos. O mais novo está com 7 e ela o traz sempre aqui.

Mas o motivo pelo qual meus casamentos todos terminam é que sou tão autocrático quando estou escrevendo que me torno um Beethoven: completamente belicoso e defensivo, tentando resguardar a minha privacidade. É muito difícil conviver comigo quando estou escrevendo.

Boonstra: Você disse que muitos dos personagens de sua ficção são variações pouco disfarçadas de pessoas que você conhece pessoalmente.
Dick: É isso mesmo.

Boonstra: E como elas reagem?
Dick: Elas me odeiam com toda a força! Gostariam de me esquartejar em pedacinhos! Fico esperando o dia em que todas elas vão cair em cima de mim e me encher de pancada.

Eu acho que a gente só consegue desenvolver personagens baseando-se em pessoas reais. Na verdade, não existe aquele personagem que sai do nada, que brota da cabeça de Zeus. As tendências são extraídas de pessoas de carne e osso, mas, naturalmente, as pessoas não são transferidas de maneira intacta. Isso não é jornalismo, é ficção.

A coisa mais importante é escolher o padrão da fala, escolher a cadência da língua efetivamente falada. Isso é o que eu mais busco, os pequenos maneirismos, a escolha de palavras.

Boonstra: Falamos de sua obra convencional e de sua ficção científica. E quanto à escrita de fantasia? Alguma vez você escreveu para *The Twilight Zone*?
Dick: Não, mas teria gostado da oportunidade. Fiz alguns roteiros de rádio para o sistema da Mutual Broadcasting, e escrevi alguns textos de fantasia para eles.

Sempre minto para mim mesmo e me digo que nunca realmente quis escrever fantasia. Mas o que está documentado me desmente. Os registros mostram que meu interesse original era essa espécie de fantasia da *Twilight Zone*, a fantasia situada no presente. Você não conseguia sobreviver escrevendo esse tipo de coisa, mas conseguia escrevendo ficção científica. Em 1953, havia perto de treze revistas de ficção científica e, em junho daquele ano, eu tinha histórias em sete delas ao mesmo tempo, tudo de ficção científica. Em 1953, publicaram trinta histórias que eu escrevi.

Boonstra: Por que você parou temporariamente de escrever no final daquela década?

Dick: Em 1959, o campo da ficção científica tinha entrado totalmente em colapso. O público leitor tinha se reduzido a um total de 100 mil pessoas. Hoje, para que você tenha uma noção de como isso representa poucos leitores, apenas *Solar Lottery* vendeu 300 mil cópias em 1955.

Muitos autores tinham abandonado essa área. Não conseguíamos viver disso. Eu tinha partido para a fabricação de joias, junto com minha esposa. Eu não estava feliz. Não gostava de fazer joias; minha esposa não estava feliz. Eu não tinha o menor talento para isso, mas ela, sim. Ela ainda é uma excelente criadora de joias, e produz peças maravilhosas que vende para lugares como Neiman-Marcus. É arte de alto nível, mas eu não conseguia fazer mais do que polir o que ela fazia.

Decidi que era melhor eu dizer a ela que estava trabalhando num livro, para não precisar mais polir as joias dela o dia inteiro. Tínhamos uma pequena cabana e eu ia para lá com uma máquina de escrever portátil, que valia US$ 65, feita em Hong Kong, e cuja tecla da letra "e" não funcionava. Comecei com nada além de um nome, "Mister Tagomi", escrito num pedaço de papel, e nenhuma outra anotação. Eu estivera lendo muita filosofia oriental, lendo bastante sobre zen budismo e I Ching. Era esse o *zeitgeist* em Marin County naquela altura, zen budismo e o I Ching. Eu apenas arregacei as mangas e mergulhei naquilo. Era isso ou polir joias.

Quando terminei o manuscrito, mostrei para ela. Ela disse: "Está bom, mas você nunca vai ganhar mais do que US$ 750 com isto. Não consigo nem achar que vale a pena o esforço de mostrar para o seu agente".

Eu disse: "Que se dane!". E *O homem do castelo alto* foi comprado pela Putnam's por US$ 1.500, que não foi assim muito mais do que ela havia profetizado. Mas recebeu elogios e mais elogios, em parte porque tive a sorte de ele ser escolhido pelo Clube do Livro de Ficção Científica. Se não fosse por essa escolha, não teria ganho o Prêmio Hugo porque a tiragem tinha sido pequena demais.

Devo reconhecer que durante anos eu tinha pensado em escrever um romance sobre um mundo alternativo no qual o Eixo tivesse vencido a Segunda Guerra Mundial. Quando comecei, foi sem anotações por escrito, mas eu havia feito pesquisas nos arquivos confidenciais da Universidade da Califórnia em Berkeley por sete anos. E tinha examinado documentos da Gestapo porque sabia um pouco de alemão. Era um material marcado com "Somente para o alto escalão da polícia".

Eu tinha de estruturar as decisões que os nazistas teriam de tomar, as mudanças na história que lhes teriam permitido ao vencer aquela guerra. Seria uma longa lista de coisas que teriam de ter acontecido e nem todas estão em *O homem do castelo alto*. Só para dar um exemplo, a Espanha precisaria ter dado aos alemães autorização para que atravessassem seu território, saindo pela França para tomar Gibraltar e fechar o acesso ao Mediterrâneo. Essa guerra não foi realmente algo que ficou tão por um triz quanto pensamos. Não é exatamente tão fácil derrotar a Rússia, como alguns historiadores constataram. Espero que nós mesmos não precisemos constatar isso.

Boonstra: Vamos voltar a *Blade Runner*. O que foi que o fez girar 180° em termos de sua atitude a respeito da produção?

Dick: Sabe, eu fui muito desprezado por Hollywood. E eles também foram desprezados por mim. Aquela minha insistência em trazer o romance original e em não fazer a adaptação deixou o pessoal absolutamente enfurecido. Por fim, eles reconheceram que havia um motivo legítimo para fazer uma nova tiragem do livro, ainda que isso lhes causasse despesas. Foi uma vitória não somente de obrigações contratuais, como de princípios.

E, embora agora seja uma especulação da minha parte, penso que uma das decorrências disso foi eles terem retornado ao livro original porque sabiam que seria relançado, entende? Então, é possível que ele tenha retornado como influência no roteiro para o filme como uma forma de retroalimentação. Fiz críticas tão contundentes ao roteiro original de Hampton Fancher e me manifestei de maneira tão incisiva que o estúdio entendeu que minha atitude atual é sincera, que não estou apenas sendo ranzinza com eles, porque antes eu realmente ficara furioso e enojado.

Havia coisas boas no roteiro de Fancher. É como a história da velha dama que leva uma joia ao joalheiro para fixar melhor a gema. E o joalheiro aproveita e remove toda a pátina de anos e anos de uso e devolve a ela uma joia cintilante. Então ela diz: "Meu Deus, era aquilo que me fazia adorar o anel: a pátina!" O.k., eles faxinaram o meu livro e removeram todas as sutilezas. Não havia mais significado. Tudo tinha se tornado uma luta entre androides e um caçador de recompensas.

Eu me imaginava indo lá e sendo apresentado a Ridley Scott e a Harrison Ford, que era o personagem principal. Imaginava que ficaria tão deslumbrado que ia ficar parecido com o sr. Toad quando viu um automóvel pela primeira vez. Meus olhos iam se arregalar até ficar do tamanho de um pires e eu ficaria lá, parado e petrificado. Então, assistiria à filmagem de uma cena. E Harrison Ford diria: "Abaixe essa pistola ou você é um androide morto!". Então, eu saltaria através do set de efeitos especiais como uma verdadeira gazela e o agarraria pelo pescoço e começaria a espancá-lo contra a parede. O pessoal teria de correr e jogar um cobertor em cima de mim e chamar os seguranças para me aplicarem Torazina. E aí eu ia começar a berrar: "Vocês destruíram o meu livro!".

Logo apareceria uma chamadinha de nada em algum jornal: "Autor obscuro tem acesso psicótico em set de Hollywood; lesões pequenas, principalmente contra o autor". Daí, teriam de me despachar de volta para Orange County dentro de uma gaiola cheia de furos para respirar, enquanto eu continuaria berrando.

Comecei a beber muito uísque. Passei de uma dose para um copo e depois para duas taças cheias de *scotch*, toda noite. No último Memorial Day, comecei a ter um sangramento gastrointestinal por causa de tanto uísque, mais as aspirinas que eu tomava constantemente, e a preocupação por causa dessa encrenca toda. Então eu disse: "Hollywood vai me matar pelo controle remoto!".

A gente sempre acaba assombrado pelo espectro de F. Scott Fitzgerald, que chega lá e eles moem o cara, como trituradores de lixo.

Boonstra: Tudo isso mudou quando você viu o roteiro revisado de David W. Peoples?

Dick: Eu vi um trecho dos efeitos especiais de Douglas Trumbull para *Blade Runner* no noticiário da KNBC-TV. Reconheci aquilo no mesmo instante. Era meu próprio mundo interior. Eles captaram perfeitamente.

Escrevi para a emissora e eles enviaram a carta para a Ladd Company. Recebi deles um roteiro atualizado que li sem saber que tinham contratado outra pessoa para fazer isso. Eu não conseguia acreditar no que estava lendo! Era simplesmente sensacional. Continuava sendo o roteiro de Hampton Francher, mas milagrosamente transfigurado. A coisa toda tinha sido simplesmente revigorada de uma forma fundamental.

Depois que acabei de ler o roteiro, peguei o livro e dei uma espiada geral no texto. Os dois materiais se reforçam mutuamente. De forma que a pessoa que começasse lendo o livro iria curtir o filme e quem visse antes o filme iria gostar de ler o livro. Fiquei surpreso que Peoples tivesse conseguido fazer algumas cenas daquelas funcionar. Aquilo me ensinou coisas sobre escrever que eu ainda não sabia.

O que eu tinha em mente, desde o começo, era *O homem que caiu na Terra*. Esse era o paradigma. Foi por isso que fiquei tão desapontado quando li o primeiro roteiro de *Blade Runner*, era a antítese absoluta do que foi feito em *O homem que caiu na Terra*. Em outras palavras, era a destruição do livro. Mas agora a magia tinha voltado. Você lê o roteiro e depois lê o livro e é como se fossem as duas metades de um metatrabalho, de um meta-artefato. É sensacional.

Como meu agente, Russell Galen, disse: "Sempre que uma adaptação de um livro para filme de Hollywood funciona, é como um milagre", porque simplesmente isso não costuma acontecer. Mas aconteceu com *O homem que caiu na Terra* e aconteceu com *Blade Runner*, agora eu tenho certeza.

Boonstra: É ótimo ouvir isso.

Dick: Se é! Para mim, foi a melhor coisa de todas. Houve um momento em que eu me senti arrasado com a possibilidade de uma coisa horrível ter acontecido com o meu trabalho. Eu não iria até lá, não conheceria Ridley Scott. Iam me oferecer um jantar e vinho e tudo mais, e eu não iria, simplesmente não apareceria. O clima entre nós estava péssimo.

Aquele roteiro de David W. Peoples mudou minha atitude. Ele estava trabalhando antes no terceiro filme de *Star Wars*, *O Retorno de Jedi*. O pessoal do *Blade Runner* o contratou por um tempo, para que ele pudesse interromper o outro trabalho e fazer o roteiro, e mostraram o meu livro a ele.

Agora, estou trabalhando bem de perto com a Ladd Company e estamos todos nos dando muito bem. Na verdade, essa é uma das coisas que mais me desgastou. Fiquei tão excitado com essas questões envolvendo *Blade Runner* que não consegui mais trabalhar no *The Owl in Daylight*.

Ouvi dizer que o filme terá uma estreia de gala como antigamente. Isso quer dizer que vou precisar comprar – ou alugar – um smoking, não é algo que eu queria fazer. Não é o meu estilo. Fico mais feliz de camiseta.

FALSO É VERDADEIRO: UMA LEITURA DA "FALTA QUE AMA" EM PHILIP K. DICK

RONALDO BRESSANE[1]

"A realidade é aquilo que, quando você para de acreditar, não desaparece"
PKD

Ah, mas então esse é o livro que deu origem ao tal *Blade Runner*... O.k.: já que muita gente descobriu Philip Kindred Dick por causa de Ridley Scott, por que não ler o romance a partir do filme? A obra audiovisual, de narrativa mais enxuta, serve como excelente trampolim para um mergulho hermenêutico no romance *nec plus ultra* de PKD. A começar pelo título.

Embora sugestivo, *Androides sonham com ovelhas elétricas?* é bem menos impactante que o título do filme estrelado por Harrison Ford. A expressão *blade runner* foi tirada de um roteiro de William S. Burroughs que não tem nada a ver com a narrativa de PKD. Ridley Scott achava o título original de PKD obscuro demais para um filme e pediu aos roteiristas um nome mais sexy para dar uma aura ao trabalho de Deckard. O roteiro de Burroughs, mestre *beat* que também zanzou pela ficção científica, recriava uma novela do escritor de fantasia Alan E. Nourse: a história se passava em um futuro distópico em que

---

1   Escritor e jornalista, Ronaldo Bressane é autor do romance *Mnemomáquina* (Demônio Negro) e do roteiro da *graphic novel V.I.S.H.N.U.* (Companhia das Letras).

remédios e equipamentos médicos eram tão escassos que só poderiam ser fornecidos por contrabandistas, e estes eram chamados de *bladerunners* – literalmente, "traficantes de lâminas". Os caçadores de recompensas como Rick Deckard – no original, *bounty hunter*, que também pode ser traduzido como "caçador de cabeças" – acabaram transformados em *blade runners*. Talvez, sem as mãozinhas de Nourse e Burroughs no título, o filme não tivesse se tornado tão conhecido nem iluminasse a obra de PKD do modo como ela surge hoje. Talvez. Talvez é uma palavra-chave nesta obra-prima.

Androides sonham com ovelhas elétricas? inaugura a linha de obras com títulos herméticos e narrativos de Philip K. Dick. Como *A Scanner Darkly [Um reflexo na escuridão]*, que relê uma passagem bíblica – "through a mirror, clearly". Se Paulo dizia aos coríntios: "... então veremos o mundo claramente, em espelho", PKD preferia "veremos através de um scanner, obscuramente". Ou como *Flow My Tears, the Policeman Said [Fluam, minhas lágrimas, disse o policial]*, que alude a uma ária de John Dowland do século 17, "Flow my tears"; o policial citado é o sofisticado antagonista da história. Ao introduzir uma pergunta no título de seu mais conhecido romance, PKD de cara já meteria uma minhoca na cabeça do leitor: afinal, o protagonista é um ser humano ou um androide?

Porque Rick Deckard é, afinal, o dono de uma ovelha elétrica, fato inexistente no filme de Ridley Scott. Outra colossal diferença do Deckard literário para o Deckard do cinema: no livro, o caçador de androides é casado. Como quase todas as mulheres dos romances de PKD, sua esposa Iran fará o papel ora de vilã ora de redentora. A princípio, ela não chega a ser exatamente maligna, mas é depositária de um mal – a *depressão*. Acorda com muita dificuldade e se mostra dependente de duas *coisas*: o sintetizador de ânimo – um gadget em que o usuário programa o humor que o comandará durante o dia – e a caixa de empatia, com a qual se conecta à entidade chamada Mercer e pratica o mercerismo. Esta é uma religião criada por PKD que abre outro campo também totalmente inexistente no filme: o *espiritual*.

Nosso Deckard é um policial pequeno-burguês sem graça, casado com uma mulher chata, vagamente maníaco-depressiva, com uma obsessão religiosa que ele não entende nem alcança. Um sujeito fosco, descrito como um "homem mediano, não muito impressionante. Rosto redondo, careca, feições bem proporcionadas; como um funcionário em um escritório burocrático. Metódico mas informal. Não tinha o porte de um semideus". Um *everyman*, um cara qualquer, bem distante da intensidade física e do sex appeal de Harrison Ford. Para piorar, tem uma ovelha elétrica, e ter um bicho falso é uma das maiores vergonhas na sua hipócrita e decadente sociedade. Na Terra de 2019, quando quase todos os animais foram extintos, você precisa ter um animal de estimação para ser considerado um sujeito integrado: assim, para enganar os vizinhos com seu falso status, Deckard apascenta uma ovelha de mentira e sonha com o dia em que terá dinheiro para comprar um animal de verdade.

Daí amplificarmos a questão do título: se um ser humano sonha em ter um animal de verdade, um androide, ao contrário, sonhará em ter um animal de mentira? PKD nunca responde a essa questão de fundo existencialista – bom lembrar, a frase jamais é dita na narrativa.

O MISTÉRIO DE RACHAEL ROSEN

A chance de comprar um bicho verdadeiro surge quando o caçador de recompensas sênior é ferido por androides que fugiram de Marte para a Terra e Deckard é escalado para "aposentar" o perigoso sexteto formado por subtipos Nexus-6. Os androides foram criados pela corporação Rosen; no filme, o nome da empresa é Tyrrell, sobrenome de um genial inventor de carros de F-1, Ken Tyrrell, que criou um famoso bólido de seis rodas. Como no filme, a sobrinha do inventor é escalada para ajudar Deckard a encontrar os Nexus-6 fujões. No livro, porém, o criador não tem a aura divina do filme: é um personagem tíbio, meio ranzinza, que fica borocoxô quando Deckard desmascara sua sobrinha Rachael, demonstrando que ela é uma androide.

Bem diferente da *bombshell* Sean Young, a Rachael de PKD não tem as curvas vertiginosas, o olhar oceanicamente melancólico e o penteado bizarro da protagonista do filme. Mais parecida com Twiggy, magérrima modelo britânica que no ano de 1968, quando o autor escrevia, era um radical modelo de beleza, esta Rachael é quase uma boneca. De porte infantil, tem 18 anos, bunda e seios diminutos, pernas longas, olhos enormes e irreais proporções de Barbie. Deckard guarda sentimentos ambivalentes em relação à androide – por vezes a deseja, por vezes tem nojo dela. Afinal, Rachael não está viva: é um ser *incriado* – encontra-se na mesma categoria que os zumbis e os vampiros. Uma viva-morta. Ela representa uma ponte entre esses dois mundos, e é, para si mesma, um mistério. "Androides não podem conceber filhos", Rachael diz a Deckard.

"É uma perda? Não quero saber, realmente; não tenho como dizer. Qual a sensação de ter um filho? Pensando bem, qual é a sensação de nascer? Nós não nascemos; não crescemos; em vez de morrer de doença ou de velhice, desgastamos com o uso, como formigas. Formigas de novo; é o que somos. Não você; eu. Máquinas quitinosas com reflexos que não estão vivas de verdade. Eu não estou viva! Você não está indo pra cama com uma mulher. Não se decepcione, o.k.? Você já fez amor com um androide antes?".

Rachael já tinha feito sexo com outros homens: espécie de prostituta da corporação Rosen, a boneca havia seduzido nove caçadores de recompensas antes de Deckard com o propósito sub-reptício de fazê-los se apaixonarem por uma androide e perderem a força moral para assassinar suas "cópias". Mais perfeito produto da linhagem Nexus-6, Rachael, dentro da arquetípica de PKD, representa a Lilith original, a Eva Negra que arrasta o protagonista ao abismo. No filme, essa função de androide-meretriz cabe à personagem Pris, interpretada por Daryl Hannah, que seduz J. F. Sebastian em busca de um esconderijo para ela e seu namorado, Roy Baty, o líder dos Nexus-6 fugitivos.

OS BAGULHOS DE J. R. ISIDORE

Outro personagem importante na trama de PKD é o "especial" J. R. Isidore, um sujeito que, na infância, demonstrou ter dotes paranormais; entretanto, afetado pela poeira radioativa, ficou lesado a ponto de ser considerado um "cabeça de galinha" (*chickenhead*, no original). No filme, Isidore é batizado de J. F. Sebastian, e não tem nada de *chickenhead*. Ele é um designer geneticista que trabalha para a Tyrrell e tem uma doença que o faz envelhecer precocemente — daí ganhar a simpatia dos androides que esconderá em seu apartamento: afinal, eles têm no máximo quatro anos de vida. O Isidore do livro é um mercerista fanático que se apega ao culto à caixa de empatia para dar sentido à sua vida medíocre — é o único habitante do prédio em que vive, nos subúrbios de San Francisco, e trabalha como motorista do caminhão de um hospital de bichos de estimação falsos. É assombrado por visões da infância infeliz, onde habitaria um enigmático "mundo-túmulo", de onde acredita ter sido resgatado por Mercer.

É então que entramos em outro domínio de PKD parcialmente explorado por Scott: a *metafísica*. A porta de entrada neste terreno é um neologismo, *kipple* — que pode ser traduzido para entulho, atulho, lixo, porcaria, caca, treco, traste, coisa. Optamos pela sonoridade de *bagulho*, franca e bichogrilesca como o ambiente da Califórnia em que PKD vivia nos anos 1960.

Na Terra devastada de 2019, após a Guerra Mundial Terminus, a humanidade fugiu para as colônias espaciais, especialmente em Marte. Quem não conseguiu escapar sobrou na Terra. Deserto e corroído pela poeira radioativa, o planeta assiste a um fenômeno estranho — à tomada total do planeta pelo *bagulho*.

"É todo tipo de coisa inútil, como correspondências sem importância, caixa de fósforos vazia, embalagem de chiclete ou homeojornal de ontem. Quando ninguém está por perto, o bagulho se reproduz. Por exemplo, se você vai dormir e deixa algum bagulho próximo ao seu apartamento, na manhã seguinte, quando acordar, terá o dobro daquilo. E vai sempre acumulando mais e mais", diz Isidore. "Bagulho expulsa o não bagulho. Ninguém pode vencer o bagulho. É um princípio universal que opera por todo o cosmo; o universo inteiro está se movendo na direção de um estado final de total e absoluta bagulhificação."

Embora mascarada por esse papo de maconheiro que vive em um mocó soterrado por todo tipo de bagunça, a embagulhação seria uma espécie de *despertar da alma das coisas*. Os objetos que, abandonados por seus donos, resolvem tomar de assalto o planeta. É como se a cultura fizesse renascer a natureza; como se da morte a vida fosse recriada. Uma espécie de vingança entrópica dos objetos inanimados, saudosos dos acumuladores humanos que os largaram ao léu. Metaforicamente, a embagulhação aproxima-se da estranha nostalgia que os androides sentem pela Terra. Afinal, eles também são objetos inanimados. Será mesmo? Estarão mortos? Qual é sua real natureza? O que significa estar vivo? Eis algumas das questões levantadas pelo fenômeno da embagulhação – que, no limite, nada mais significa do que a capacidade de as coisas criadas pelo homem tomarem o lugar dele.

O VAZIO DE ROY BATY

Por trás da embagulhação está o *vazio*. Oco, deserto, vago, nada: o campo semântico do não existente surge em vários momentos do romance, nas mais variadas formas – nunca morto, no entanto. O vazio está nos olhos dos androides; na paisagem da teogonia de Mercer; na voz da mulher de Deckard; no som surdo e monótono que emana nos subúrbios abandonados, cobrindo-os como um manto protetor. Na epopeia niilista de PKD, em que – ao contrário do filme de Scott – não há esperança ou sequer a possibilidade de redenção, o *vazio* opõe-se ao *indiferenciado* do bagulho. O bagulho é louco; o vazio faz sentido.

Na batalha do nada *versus* nada, o humano parece menos real, menos vivo do que o não humano. Por isso temos aqui, mais sofisticada do que uma mera narrativa de ficção científica – o que, segundo a terminologia de Tzvetan Todorov, ocupa os domínios da *fantasia* –, uma narrativa de *realismo fantástico*. Segundo Todorov, o sentimento do fantástico emerge da incapacidade ou hesitação entre definir se o que ocorre na narrativa é ou não real. Essa sensação nos surge em muitos momentos do livro. Iran, a deprimida mulher de Deckard, tem menos fome de viver do que a androide Rachael; o gato de verdade morre parecendo um gato de mentira; Phil Resch, o frio caçador de androides rival de Deckard, se assemelha a um androide – até ele mesmo desconfia ser um androide –, mas na verdade é humano; Isidore, o sonso cabeça de galinha, é menos vívido do que Roy Baty, o líder dos fugitivos.

Este personagem guarda outra faceta apenas sugerida no livro, porém ausente no filme. Como seu trabalho era cuidar de uma farmácia em Marte, Baty "roubou e experimentou diversas drogas de fusão mental, alegando, quando descoberto, que esperava promover em androides uma experiência coletiva semelhante à do mercerismo". Mentor intelectual da fuga do grupo de androides para a Terra, Baty era "dado a preocupações místicas" e tinha criado "uma pretensa ficção sobre a sacralidade de uma assim chamada vida androide". Baty é o Espártaco dos androides: líder da rebelião dos escravos-coisas, é responsável pelo despertar político de sua classe, por retirá-la de sua alienação e coisificação. Para aumentar a confusão política, metafísica e cultural, Baty introduziu no grupo um culto ao resgate de histórias de ficção científica publicadas antes da Guerra Mundial Terminus... sem dúvida uma piscada de olho de PKD ao leitor.

Embora psicologicamente muito mais interessante do que o Roy Baty de *Blade Runner*, o androide de PKD não tem a consistência amedrontadora e brilhante do ator Rutger Hauer – é um tanto tosco e tem traços esquizoides. No livro, a cena de sua execução lembra mais a morte de uma galinha, que ao perder a cabeça continua a se mexer espasmodicamente. O Baty de K. Dick não seria capaz do lírico solilóquio de Hauer, quando poetiza a um aterrorizado Harrison Ford, na sofisticada cena final do filme de Scott: "Tenho visto coisas que vocês não imaginariam. Naves de ataque ardendo no cinturão de Órion. Vi raios gama brilharem na escuridão, próximo ao Portão de Tannhäuser. Todos esses momentos se perderão no tempo como lágrimas na chuva. Hora de morrer". A fala sequer está no roteiro: foi um caco criado em pleno set de filmagem por Hauer, com a intenção de demonstrar a ambição de humanidade do androide.

O SOFRIMENTO DE WILBUR MERCER

Afinal, o que distingue um androide de um ser humano? A empatia, ou seja, a capacidade de se importar com o próximo. Para não perder essa capacidade é que surgiu – K. Dick não explicita como – o culto a Wilbur Mercer. Praticado através de uma "caixa de empatia", é uma espécie de realidade virtual imersiva experenciada apenas apertando dois manetes enquanto se olha para uma tela (e olha que ainda nem havia videogames em 1968...). O praticante do mercerismo mergulha em uma visão em que presencia um personagem velho e fraco subindo penosamente uma colina em uma paisagem desolada. À medida que sobe, o personagem começa a receber pedras vindas de todos os lados; no momento em que cai, sente-se fundido a toda a humanidade. Para aumentar a ilusão de fusão, se machuca de verdade com as pedradas, e chega a sangrar.

Em variados momentos da trama, o próprio Mercer surge diante de Deckard ou de Isidore. Sua fala mixa ensinamentos cristãos com budistas: o *sofrimento eterno* que a todos une, no vale de lágrimas que é este mundo, ecoa a *dukkha* – conceito budista que propõe: os seres buscam a felicidade e procuram se afastar do sofrimento, mas nessa busca e dentro da própria felicidade encontrada estão as sementes de sofrimentos futuros. O sofrimento de ser Mercer, de ser um velhinho subindo eternamente um morro (que remete ao mito de Sísifo) é compartilhado por todos os humanos no momento em que sofrem; e esse sofrimento é *gozo*. A paixão de Mercer, no entanto, extingue-se no momento exato em que ocorre a empatia com a humanidade, pois então o praticante desgarra-se de sua caixa de empatia e cai de novo em sua vidinha cotidiana.

Todavia, essa volta ao real só aumenta a sensação de vazio, fazendo com que o praticante retorne, o quanto antes, à caixa de empatia. Astuciosamente, PKD aproxima o mecanismo de compensação/castigo típico das religiões burocratizadas ao comportamento de um dependente de drogas. Não à toa Roy Baty, que em Marte era um androide farmacêutico, com farto acesso a substâncias indutoras da fusão mental, teria ambições místicas. Sim, K. Dick relacionava "a falta que ama", no verso de Drummond, ao "sentimento oceânico" de que fala Freud – a busca incessante de preencher o vazio espiritual através da integração com o outro e com o cosmos –, mas a extrema originalidade de sua metafísica reside em demonstrar que este vazio também poderia ser sentido por coisas inanimadas. Como o bagulho; como os androides.

Mas, se até mesmo Mercer não era verdadeiro, como seguir vivendo? Próximo ao fim, K. Dick revela que Mercer seria uma fraude. Pior: o próprio revelador da fraude, o apresentador de TV Buster Gente Fina – uma espécie de Faustão intergaláctico, "o ser humano mais famoso do universo" –, também seria um androide. Se Mercer morreu, tudo é permitido e nada importa; se Buster Gente Fina não é humano, como aprender a ter uma alegria de viver espontânea?

AS DÚVIDAS DE RICK DECKARD

Philip K. Dick nunca sugere de modo incisivo a não humanidade de Deckard. Já em seu *director's cut*, Scott faz um leve aceno a essa possibilidade, durante a bela sequência do sonho do unicórnio. No livro, o narrador pressiona o personagem até o limite da quebra, da autodestruição mental. PKD faz com que o protagonista transe com a androide Rachael (aliás, um ato sexual absolutamente pudico, típico da escrita neutra e assexuada de K. Dick) para que ele crie empatia com uma androide e sinta-se incapaz de matar sua réplica, a sádica Pris Stratton (no filme, a graciosa Daryl Hannah). Mas é justamente por ter se apaixonado por Rachael e amá-la que ele consegue matar sua congênere. Também paradoxalmente, a vingança de Rachael por ter sido abandonada por Deckard é matar o animal que ele conseguiu comprar com a "aposentadoria" de três androides: uma cabra nubiana negra. Simbolicamente, a cabra é associada a ritos de fertilidade; na Índia chega a ser a personificação da Mãe do Mundo.

Matar a cabra de Deckard é o tipo de vingança que somente uma mulher apaixonada de verdade imaginaria: destruir o objeto do amor do outro revelaria a força do seu sentimento. Ou, quem sabe, somente a mera *imitação* do sentimento: como se a simples emulação da vontade de ter um sentimento bastasse para fazer com que um ser inanimado adquirisse a capacidade de ter empatia. Do mesmo modo que a cantora de ópera androide Luba Luft emocionava Deckard com a perfeição e a profundidade de sua arte de um modo como nenhuma cantora de ópera "de verdade" havia conseguido. A própria Luba tencionava adquirir a capacidade de emocionar-se: é presa no meio de uma exposição de Edvard Munch. Deckard vê, no rosto contorcido da androide assassinada, a mesma expressão de angústia do personagem do quadro *O grito*. Na obra de PKD, toda imitação, por *pretender* ser real, é mais passível de autenticidade do que um objeto genuíno.

Será que androides sonham com ovelhas elétricas? Nunca teremos uma resposta: Deckard pode alucinar, mas jamais parece sonhar. Depois de um dia inteiro de trabalho duro – e o romance se passa durante um único dia de vigília de Deckard –, o caçador de androides quer somente dormir e mergulhar em "uma longa e merecida paz". Enquanto ressona, Iran demonstra seu afeto a Deckard fazendo um agrado ao bichinho de estimação que substituiu a ovelha elétrica defeituosa e a cabra morta – o sapo elétrico que o marido encontrou no deserto – e resolve comprar-lhe um suprimento de moscas falsas. "Quero que tudo funcione perfeitamente", ela diz ao telefone a uma anônima vendedora de acessórios para animais elétricos. "Meu marido é muito apegado ao sapo", afirma Iran. Nesse mundo sem Deus, sem fantasia e sem esperança, compartilhar a devoção a um brinquedo que finge ser verdadeiro é o mais próximo que qualquer ser – humano ou androide, real ou falso – pode aspirar ao ideal de amor.

MULHERES, DROGAS, EPIFANIAS E LIVROS
A ESTRANHA VIDA DE PKD

Philip Kindred Dick nasceu em Chicago em 1928, em um parto prematuro complicado por conta da doença renal da mãe, em que sua irmã gêmea morreu. O escritor sempre relatará sentir o fantasma da irmã como o conflito que o levará a sentir-se incompleto, ou, pior, tendo sua identidade trocada com outro indivíduo. Era uma criança tímida, imersa em livros – e que às vezes tinha visões de paz e felicidade, a que mais tarde nomeará pelo termo budista *satori*. Aos 10 anos criava o primeiro fanzine de quadrinhos; aos 15 escrevia o primeiro romance; aos 19 começava a se tratar com um terapeuta jungiano; aos 22, já morando na Califórnia, se casava pela segunda vez; vivia em extrema pobreza (chegou a comer carne de cavalo para sobreviver); e aos 23 escrevia o primeiro livro, o angustiante *Vozes da rua*, só publicado em 2007. Publicaria o primeiro romance, *Solar Lottery*, em 1955, início de sua produção desenfreada como escritor, que abrangerá cerca de 44 romances e 121 contos, nem todos de ficção científica. Nos anos 1950 já se iniciava nas anfetaminas, que aceleravam sua produção em maratonas criativas que poderiam atravessar dias inteiros.

Em 1962, "quando achei um caminho de fazer tudo o que queria como escritor, pulando o hiato entre o *mainstream*, o experimental e a ficção científica", segundo disse, publicou O homem do castelo alto, o livro lhe deu o primeiro Hugo Awards, mais importante prêmio de ficção científica. Em 1964, depois de visões devastadoras em que via um rosto humano no céu, escreveu *Os três estigmas de Palmer Eldritch*; no mesmo ano experimentou LSD pela primeira vez. Foi uma *bad trip*: Dick viu Deus como uma "furiosa massa autoritária clamando por vingança". Em 1966, publica três livros e escreve quatro outros – entre eles, *Ubik* e *Androides sonham com ovelhas elétricas?*. Em 1969, recebe uma ligação de Timothy Leary, que estava no famoso Bed-In com Yoko Ono e John Lennon – o papa do LSD tinha lido *Palmer Eldritch* e disse a Dick que estava louco para filmar o livro. Ao mesmo tempo, o quinto casamento de PKD (que já tinha duas filhas) entrava em crise – bem como seus rins, deplorados pelo uso frenético de ritalina e anfetaminas, o que o levou algumas vezes a ser internado. *Fluam, minhas lágrimas, disse o policial* foi escrito em 1970, motivado por uma experiência de "radiante amor" durante o uso de mescalina. Na época, sua casa havia se tornado um condomínio de hippies, motoqueiros e drogados bem semelhante ao ambiente retratado em *O homem duplo* – que escreveria em 1973, quando, depois de uma tentativa de suicídio, entrou em uma clínica de reabilitação.

 O ano de 1974 foi marcado por uma série de visões perturbadoras, iniciada após arrancar um dente do siso: na anestesia para a cirurgia, havia tomado pentotal. Perturbado pela famigerada "visão do raio rosa", que vislumbrou quando notou uma luz refletida no pingente usado por uma visita repentina, teve um dos mais estranhos surtos criativos da história da literatura. Então PKD dava início a um complexo texto religioso chamado *Exegese*; a visão teria salvo a vida de seu filho mais novo – uma voz teria lhe soprado que o garoto recém-nascido tinha uma doença ainda não detectada pelos médicos, e ele pôde ser operado a tempo (Robert Crumb quadrinizou o episódio em *A experiência religiosa de Philip K. Dick*). Em 1975 se abria seu reconhecimento popular: a *Rolling Stone* publicava um longo perfil em que era chamado de "mais brilhante escritor de ficção científica em qualquer planeta". Deprimido por não ter mais acesso às revelações místicas, terminou as 8 mil páginas da *Exegese* em 1980.

Em 1981, seria procurado pelo diretor de cinema britânico Ridley Scott, que mais tarde transformaria seu romance *Androides sonham com ovelhas elétricas?* no longa-metragem *Blade Runner* – hoje considerado um dos mais importantes filmes de ficção científica da história. Na época em que se discutia a adaptação do romance às telas, porém, PKD alternava desdém e esperança ao falar da produção em curso. Só quando viu um trecho da película ficou entusiasmado – até mesmo escreveu uma carta ao produtor dando os parabéns pelo trabalho. Contudo, não chegaria a ver o corte final do filme. Philip K. Dick morreu em decorrência de um AVC em 2 de março de 1982, em Santa Ana, Califórnia, três meses antes da estreia do filme que o tornaria uma lenda da ficção científica – e, para cada vez mais leitores, um dos mais inquietantes narradores do século 20.

A VISÃO APOCALÍPTICA DE PHILIP K. DICK

STEVEN BEST E DOUGLAS KELLNER

Este texto é uma ampliação do nosso estudo sobre Philip K. Dick publicado em *The Postmodern Adventure: Science Technology, and Cultural Studies at the Third Millennium* (2001)[1].

DA GUERRA FRIA À CORRIDA ESPACIAL

"Nosso atual continuum social está se desintegrando rapidamente; se a guerra não o romper, ele obviamente se desgastará... evitar o tema da guerra e da regressão cultural é irreal e completamente irresponsável."
Philip K. Dick

"Já que a ficção científica diz respeito ao futuro da humanidade, a perda mundial de fé na ciência e no progresso científico não pode deixar de causar convulsões no campo da FC. Essa perda de fé na ideia de progresso, de um 'amanhã melhor', estende-se sobre todo o nosso meio cultural; o tom severo da ficção científica recente é um efeito, não uma causa."
Philip K. Dick

Após a Segunda Guerra Mundial, surgiu uma imaginação apocalíptica que acompanhou a gênese da ficção científica, da política e da cultura pós-guerra. Depois de Hiroshima, as pessoas viviam assombradas pelo medo da aniquilação nuclear, como se pode ver na literatura popular e na cultura de massa da época. Em especial, escritores de ficção científica como Philip K. Dick, Bernard Wolfe, J.G. Ballard e outros tentaram imaginar e representar as consequências do holo-

---

[1] Steven Best é um ativista americano dos direitos dos animais, autor e professor associado de Filosofia da Universidade do Texas de El Paso.
Douglas Kellner é um acadêmico que trabalha na intersecção da teoria crítica da "terceira geração" da tradição da Escola de Frankfurt. Atualmente ocupa uma cadeira de Filosofia da Educação na Universidade da Califórnia, Los Angeles.

causto nuclear, o maior acontecimento catastrófico concebível jamais desencadeado pela espécie humana e contra ela.

Ironicamente, enquanto a ciência e a tecnologia são forças chave que impulsionam a aventura pós-moderna[2], o ceticismo dirigido a elas decisivamente moldou a cultura e a consciência contemporâneas. O declínio em grandiosas narrativas de progresso que Lyotard (1984) popularizou e promoveu se baseia no constante questionamento das forças da ciência, da tecnologia e do Iluminismo como forças do avanço e do aprimoramento social. No decorrer da era moderna, a ciência e a tecnologia foram consideradas os principais veículos do progresso, os maiores promotores do bem-estar humano e os melhores bens sociais. A perda de fé nelas leva, em parte, aos perigos à espécie humana resultantes do descontrolado e excessivo desenvolvimento industrial-tecnológico. Em particular, a tecnologia militar altamente destrutiva e a criação de sociedades de dominação e manipulação burocráticas levantam questões sobre se a ciência e a tecnologia são de fato instrumentos de progresso e emancipação ou de dominação e destruição.[3]

A explosão da bomba atômica e o subsequente desenvolvimento de um arsenal nuclear letal que poderia destruir o mundo foi o grande

---

2   O conceito da aventura pós-moderna é empregado pelos autores para caracterizar as dificuldades do tempo presente, o que envolve impressionantes metamorfoses e controvérsias polêmicas. Envolve abandonar suposições e métodos da teoria moderna e abraçar novos modos de economia, sociedade e forma de governo que ajudam a criar novas teorias, ciências, tecnologias, formas culturais, meios de comunicação, experiências políticas e identidades. [N. de E.]

3   Horkheimer e Adorno, em *Dialectic of Enlightenment* (1972 [1947]), argumentam que a ciência, a tecnologia, a cultura e a racionalidade estão se transformando nos seus opostos em sociedades totalitárias contemporâneas, e que supostos instrumentos de emancipação e progresso estão se tornando forças de dominação e retrocesso. No que se refere às novas informações e às biotecnologias, nós argumentamos que aspectos positivos e negativos se conjugam e que, portanto, esses fenômenos são altamente ambivalentes. (Ver Best e Kellner, 2001.)

catalisador no questionamento do valor da ciência e da tecnologia e da civilização moderna que elas produziram. A possibilidade de destruição da espécie humana e da vida na Terra promoveu uma imaginação apocalíptica que retratou a espécie humana chegando ao fim. Alertas admonitórios referentes ao potencial mau uso da ciência e da tecnologia se tornaram um traço distintivo da melhor ficção imaginativa dos nossos tempos.

Na verdade, são romancistas como Thomas Pynchon, clássicos da FC como H.G. Wells e Philip K. Dick e cyberpunks como William Gibson que lidam melhor com as consequências da ciência e da tecnologia e das transformações arrebatadoras pelas quais estamos passando.[4] Dessa forma, para suplementar as ideias de uma teoria crítica da ciência e da tecnologia, deve-se buscar não só a teoria sociológica e os estudos da ciência/tecnologia, mas também escritores visionários, em especial os mestres da ficção científica. Pode-se dizer que a literatura consegue, poderosa e concretamente, incorporar representações dos produtos e efeitos da tecno-ciência, do que ela faz com os seres humanos, de como os humanos e a tecnologia estão se fundindo, e de quais novos ambientes e modos de vida a ciência e a tecnologia estão criando. Uma vez que o assim chamado hi-tech é a personificação de uma imaginação futurista que é, em muitos aspectos, realmente fantástica, os melhores escritores de FC capturam o drama, a textura, a aparência, a sensação e o impacto da tecnologia nos seres humanos. A FC é, portanto, uma forma vanguardista da aventura pós-moderna, um modo altamente apropriado para a representação de formas originais de ciência, tecnologia e tecno-capitalismo.

Enquanto H.G. Wells realizou um avanço crucial na ficção científica, Philip K. Dick surge em nossa leitura como o poeta laureado da aventura pós-moderna em seus desoladores e brilhantes retratos do futuro do capitalismo global, das viagens espaciais interplanetárias e

---

[4] Sobre o cyberpunk, veja McCaffery (1991) e Kellner (1995), capítulo 9.

da colonização, e da fusão entre humanos e tecnologia.[5] As histórias e romances de Dick seguem a lógica do "e se?" típica da FC, baseando-se em uma premissa sobre o desenvolvimento social atual e levando-a a cabo até as suas possíveis conclusões. Evitando a abordagem hard science de Asimov, Clarke e Heinlein, Dick estava mais interessado do que outros escritores de FC de sua época no questionamento filosófico da realidade, no declínio dos valores humanos e sociais e na oferta de aviso contra futuras catástrofes da espécie humana e do mundo natural.

Espantosamente prolífico, incrivelmente inventivo e sempre visionário, Dick, em suas melhores obras, tenta medir os efeitos colaterais de uma sociedade tecnológica em expansão e projetar visões agourentas de futuros possíveis, uma vez que extrapola a partir de progressos econômicos, tecnológicos, políticos e culturais. Como o cyberpunk, que ele antecipou e influenciou, Dick situa suas fantasias em um mundo tirado das configurações atuais do capitalismo global e da Guerra Fria. Seus escritos revelam um medo profundo da guerra, do colapso social, de um armagedom nuclear, e de que tecnologias militares e tensões políticas fujam do controle. Ele retrata um futuro no qual os demagogos usam a cultura para manipular massas subjacentes de pessoas, e onde o desenvolvimento de sistemas cibernéticos resulta em uma sociedade na qual humanos são dominados por máquinas, pela tecnologia e, em alguns casos, por uma espécie superior. Portanto, o colapso dos humanos e da tecnologia e uma ameaça pós-humana aos indivíduos no tecno-capitalismo são temas centrais da obra de Dick.

---

5   Dick publicou 80 contos e 13 romances de 1951 a 1958 (Sutin 1989: 85), uma intensidade e produtividade que continuou no decorrer dos anos 1960, durante os quais ele chegou a publicar 11 romances em um ano. Há 5 volumes de seus contos impressos e ele publicou mais de 40 romances. Dick se tornou de fato uma figura cult com seguidores fiéis, com um importante prêmio de FC batizado em sua homenagem e filmes e séries de TV baseados em sua obra aparecendo regularmente. Em geral, ele foi ignorado durante sua vida, vivendo frequentemente na extrema pobreza e em confusão. Sobre Dick, veja Sutin (1989) e Hayles (1999).

Tipicamente, as narrativas de Dick não têm finais felizes. Profundamente perturbado pelo fascismo alemão, ele costuma esboçar sociedades totalitárias governadas por demagogos ou autoritários. Mais presciente do que outros escritores do seu tempo no que se refere à dinâmica do capitalismo global, Dick retrata forças corporativas usando a tecnologia para explorar e controlar a população subjacente. Além disso, ele foi um dos primeiros escritores de FC a explorar uma nova tecno-cultura virtual, na qual a distinção entre a realidade e a ilusão, o real e o virtual, implode.

A forte tendência oculta do pessimismo na obra de Dick corresponde à conformidade e à estabilização da Guerra Fria em seus escritos dos anos 1950 e 1960 e então à derrota da contracultura, da qual ele foi precursor e participante, em torno dos anos 1970. Enquanto seus personagens, em geral, conseguem ver através das ilusões socialmente fabricadas que estabilizam as sociedades opressivas retratadas, eles costumam ser incapazes de fazer qualquer coisa e sua revolta parece fútil. O apocalipse nuclear assombra sua obra, e a geopolítica da Guerra Fria é o pano de fundo de seus romances que mostram pessoas comuns ameaçadas por forças políticas e tecnológicas além de sua compreensão e controle.

Nas sagas de Star Trek, e para cientistas e visionários como Carl Sagan, a viagem espacial é objeto de êxtase poético, representada como a próxima etapa da evolução humana. Já para Dick, ela é inerentemente ambígua e potencialmente catastrófica. Embora essas perspectivas contrastantes sobre o futuro vejam a viagem espacial como uma consequência inevitável da ciência, da tecnologia, da indústria e do capitalismo, Dick tem sérias preocupações quanto às tecnologias espaciais no contexto histórico das armas nucleares, das rivalidades da Guerra Fria, da política do poder global e do capitalismo predatório. Os épicos de Dick sobre a colonização espacial, como *Martian Time-Slip* (1964), representam hierarquias de classe e formas de dominação política e tecnológica desenvolvidas na Terra e reproduzidas nas colônias espaciais. Seu romance *Os três estigmas de Palmer Eldritch* (1965) mostra colonizadores tornando-se viciados em drogas para superar condições sombrias de vida em outros planetas.

Além disso, os alienígenas que povoam esses volumosos contos e romances raramente são benignos. Sagan, é claro, imagina a inteligência alienígena de forma positiva à maneira de Steven Spielberg, enquanto a saga Star Trek projeta narrativas que implicam que questões mundanas de classe, gênero, raça e poder podem ser transcendidas em velocidade de escape. Dick, pelo contrário, retrata espécies alienígenas que ameaçam dominar e destruir a humanidade, bem como representa os humanos criando novas formas de vida e novas tecnologias que também podem subjugá-los e devastá-los em sociedades que combinam opressão e hierarquias de gênero, raça e classe.

Enquanto o imaginário tecnocrático da nossa época vê a ciência e a tecnologia como forças do inevitável progresso humano, Dick é profundamente cético quanto ao seu impacto, especialmente quando as ciências ficam nas mãos de grupos sociais obscuros e destrutivos, como, em sua percepção, a polícia, os militares ou os políticos corruptos. Para dar um exemplo do temor quanto à tecnologia militar fugindo ao controle, um primeiros contos de Dick, a fábula "The Gun", de 1952, trata de uma nave espacial que encontra um planeta estranho emitindo uma intensa radiação nuclear. Quando a nave se aproxima do planeta, a tripulação vê o que parece ser uma cidade destruída, e é alvejada e forçada a aterrissar. A tripulação fica horrorizada com as evidências de uma guerra entre espécies, e encontra uma arma programada para disparar contra qualquer intruso. O planeta desolado parece desprovido de vida e, estarrecidos com a indiscriminada violência gerada pela arma mencionada, eles a inutilizam e descobrem um esconderijo subterrâneo com literatura, filmes e artefatos culturais. Ao passo que eles filosofam sobre a terrível a destruição desse planeta, nós também somos levados a imaginar a possível extinção da nossa própria Terra, com suas ricas culturas e biodiversidade. A tripulação fica então perplexa ao observar o aparecimento de carros robóticos carregados com materiais para reparo e uma ogiva atômica, se movendo em direção à arma destruída.

Essa figura evoca a imagem de um aparato militar cibernético pronto para reparar a arma, de modo que ela possa causar mais devastação em um sistema tecnológico que se autoperpetua, dedicado a uma guerra interminável.

O conto "Segunda variedade"[6], de 1952, que foi transformado no filme *Screamers* em 1996, apresenta uma estéril paisagem pós-guerra nuclear, na qual duas superpotências sobreviventes continuam uma guerra fútil na Terra e em suas colônias (Dick 1987b). As forças armadas dos Estados Unidos criaram um tipo de arma robótica, bastante parecida com as máquinas insetoides inteligentes usadas para explorar Marte desenvolvidas pelo cientista Rodney Brooks, do MIT. Essas armas inteligentes matam qualquer um que não tenha um aparelho de dissuasão eletrônica. Conforme a história avança, descobre-se que as máquinas criaram aparelhos assassinos de aparência humana. Após presumivelmente eliminar as duas variedades conhecidas desses aparelhos, os humanos restantes descobrem que outra "segunda variedade" foi criada, e o enredo gira em torno do mistério sobre qual dos personagens "humanos" é na verdade um androide assassino, antecipando temas de obras posteriores de Dick.

No mesmo ano em que esses contos surgiram, foram publicadas várias FC que eram alertas admonitórios relativos ao futuro. *Limbo* (1952), de Bertrand Wolfe, delineou um assustador mundo hi-tech pós-holocausto.[7] Levando a projeção bio-cirúrgica de Wells em *A ilha do dr. Moreau* a um nível mais alto, *Limbo* vai mais longe ao retratar a reconstituição do humano, mostrando indivíduos cansados da guerra em uma sociedade cibernética, os quais concordam em ter amputados seus braços e pernas – e às vezes órgãos sexuais. No bizarro clássico cult de Wolfe,

---

6   Publicado no Brasil na coletânea *Realidades adaptadas*, de Philip K. Dick. Editora Aleph, 2012. [N. de E.]

7   Wolfe havia sido guarda-costas de Trótski, autor de um livro sobre blues, escritor de textos pornográficos e professor de literatura. Veja a introdução ao trabalho dele em Ellison (1972: 308f.) e o estudo em Hayles (1999).

após uma Terceira Guerra Mundial nuclear e devastadora, indivíduos se juntam a um movimento pacifista, o "Immob", que os recompensa por amputar os membros. Usando slogans como "Não há desmobilização sem imobilização" ou "Não há pacifismo sem passividade", o movimento Immob compensa os amputados voluntários (volamps) com prestígio social e benefícios especiais, uma paródia irônica do Estado de bem-estar social. Os ciberneticistas, por sua vez, inventam próteses que por acaso empoderam os volamps, tornando-os superiores aos humanos e, portanto, uma figura irônica do pós-humano. Satirizando o projeto cibernético de reconstituir os humanos e a sociedade, Wolfe retrata uma sociedade na qual a ciência e a tecnologia redefinem e reconstituem a própria estrutura e as fronteiras dos seres humanos, criando novas fusões entre humanos e tecnologia e, dessa forma, um novo tipo de tecno-humanos, bem como sistemas de controle tecnológico.

Tanto Dick como Wolfe ligavam a cibernética à guerra e ao medo de que a tecnologia militar saísse de controle, criando um apocalipse nuclear ou simplesmente dominando os seres humanos e a sua sociedade. Obviamente, ambos tinham consciência, graças a Norbert Wiener e outros, das origens militares da cibernética, de como, durante a Segunda Guerra Mundial, surgiu uma nova ciência da teoria da informação, além de novas tecnologias da comunicação e tecnologias militares... inclusive a teoria e as práticas da computação e da cibernética.

Dick também era obcecado com o surgimento de novas formas de estado policial totalitário. Em seu conto de 1954 "O relatório minoritário"[8] (adaptado para o cinema em 2002 com o título *Minority Report*, sob a direção de Steven Spielberg), Dick esboçou uma sociedade futura na qual a polícia usa "precogs" que podem ver o futuro e prende suspeitos antes que um crime seja cometido. Esse sistema é desafiado pela possibilidade de um dos precogs emitir um "relatório minoritário", que admite que o suspeito pode não ser culpado. O

---

[8] Publicado no Brasil na coletânea *Realidades adaptadas*, de Philip K. Dick. Editora Aleph, 2012. [N. de E.]

conto fornece uma interessante antecipação do programa de base de dados "Total Information Awareness", da administração de George W. Bush, que, suspostamente, permitiria à polícia prender "terroristas" antes que houvessem cometido qualquer crime, apenas com base em seus perfis de dados e na análise de seus computadores.

Os contos de FC e fantasia de Dick também interrogam e rompem as fronteiras entre os humanos, os animais e os objetos inanimados. O conto "Roof" assume o ponto de vista de um cachorro e outros contos antropomorfizam tanto animais como objetos; alguns mostram humanos se tornando animais ou objetos, conforme as fronteiras entre espécies e objetos se tornam mais porosas e permeáveis. Os escritos do autor frequentemente apresentam acontecimentos a partir de múltiplos pontos de vista, tornando Dick um precursor da moderna visão multiperspectiva. Em seus romances clássicos de FC, Dick trata da invenção de androides que colocam em dúvida os limites entre realidade e simulação, tecnologia e humanidade. É o caso de *Androides sonham com ovelhas elétricas?* (1968), base do filme cult *Blade Runner* (1982).

Para entender apropriadamente as muitas dimensões da incrível obra de Dick, deve-se ler o autor no contexto do gênero *pulp science fiction*[9] no qual seu trabalho foi concebido e publicado inicialmente, do ambiente sócio-histórico em que ele escrevia e das dimensões filosóficas e estéticas de sua obra. Em certo sentido, Dick é um dos escritores de FC mais cômicos, escandalosos e envolventes de sua geração, e publicou seus contos nas principais revistas de FC e quase todos os seus principais romances com editores de livros de bolso de FC. Embora nosso foco seja, em grande parte, filosófico e teórico, as obras de Dick costumam ser extremamente engraçadas e radicalmente inventivas, cheias de personagens estranhos, situações intrigantes e imagens e

---

9   Essa expressão é usada para referir-se ao período entre os anos 1930 e 1950, época em que as revistas com histórias de ficção científica eram publicadas com papel barato. [N. de E.]

ideias originais e reveladoras.[10] Nossa leitura de *Androides*, no entanto, evidenciará os pontos de vista de Dick sobre a mercantilização, a tecnologia e o destino do ser humano, de outras espécies e do ambiente natural sob as condições de um capitalismo global e militarista.

ANDROIDES, HUMANOS E ENTROPIA

"Meu grande tema é: quem é humano e quem apenas parece finge ser humano? A menos que nós possamos estar individual e coletivamente certos da resposta a essa pergunta, enfrentamos o que é, no meu ponto de vista, o problema mais grave possível. Sem responder adequadamente a ela, não podemos sequer ter certeza do nosso próprio eu. Não posso sequer conhecer a mim mesmo, que dirá você. Então continuo trabalhando nesse tema; para mim, nenhuma questão é tão importante. E a resposta surge com muita dificuldade."
Philip K. Dick

"A maior mudança florescendo no nosso mundo nos dias de hoje provavelmente é o impulso dos vivos em direção à reificação e, ao mesmo tempo, uma entrada recíproca do mecânico no reino dos animados."
Philip K. Dick

Provavelmente, é a obra *Androides sonham com ovelhas elétricas?*, de Dick, que proporciona sua visão apocalíptica mais convincente, que também exemplifica os temas tipicamente dickianos da implosão entre o real e o artificial, os humanos e a tecnologia, e a realidade natural e a simulação em um mundo hi-tech. No enredo do romance,

---

10   Não estamos lidando, entretanto, com a questão do falecido Dick, reverenciado por seus seguidores como um profeta religioso e filosófico após experiências místicas alucinógenas em torno de 1974. Sobre essa dimensão da obra de Dick, veja Sutin (1989) e o documentário *The Prophetic Vision of Philip K. Dick*.

que é significativamente diferente do filme *Blade Runner* (vagamente baseado no livro), Rick Deckard, um caçador de androides por recompensa, anseia, sobre todas as coisas, possuir um animal de verdade, em vez de seu animal elétrico artificial. A narrativa do romance sugere um futuro no qual uma espécie animal atrás da outra desapareceram após uma guerra nuclear e os animais são altamente valorizados como uma forma de vida estimada que está em extinção. Deckard recebe ordens para exterminar um grupo de androides altamente avançados do modelo Nexus-6 que escaparam das "colônias distantes", onde eram escravos, a fim de prolongar suas curtas vidas pré-programadas. O caçador de recompensas cada vez mais simpatiza com os androides e sente empatia por eles, tendo se envolvido sexualmente com um deles, Rachael. Como consequência, Deckard se sente cada vez mais incomodado com os assassinatos ou as "aposentadorias" exigidas por seu trabalho, uma vez que ele passa a reconhecer os outros androides como semelhantes aos sujeitos e às formas de vida humanas, da mesma forma como reconhece que os humanos estão se tornando mais mecânicos e reificados.

Dick enquadra sua história na economia política de um capitalismo global interplanetário, situado em um cenário de ruína humana e extinção maciça de espécies em 2021, após a Guerra Mundial Terminus. Os androides foram construídos originalmente para ajudar a colonizar Marte, quando as corporações capitalistas, tendo devastado sua base natal, começaram a povoar outros planetas. Em uma corrida competitiva entre duas gigantes globais, a Associação Rosen e a Corporação Grozzi competem para comercializar os androides mais avançados. Essa guerra de tecnologia produziu criaturas cada vez mais complexas que são, ao que parece, idênticas aos seres humanos, compartilhando capacidades como a memória, o amor, a empatia, o desejo e o medo da morte. Na forma do modelo Nexus-6 produzido pela Associação Rosen, os androides também adquiriram um alto nível de auto-reflexividade, o que os leva a repudiar seu status de escravos. Logo, como Marx viu em um contexto industrial anterior, os capitalistas criaram os seus próprios coveiros ao produzir trabalhadores cada vez mais complexos que finalmente adquiriram a consciência de classe e a vontade de se rebelar. Assim, Dick fornece uma personificação futurística da visão de Marx de um proletariado rebelde, ao mesmo tempo em que enfatiza a contraditória lógica do capital.

Dick apresenta um universo de mercantilização total, de tal modo que nada escapa da redução niilista da lógica de mercado e do imperativo do lucro. Os colonizadores que concordam em ir embora da Terra ganham um androide como recompensa, um bônus que revela a intensificação da mercantilização dos seres humanos e de outras formas de vida. Depois da destruição da natureza e dos animais causada pelo holocausto nuclear, os animais também são mercantilizados, reverenciados como símbolo de prestígio cujo valor de mercado é documentado de perto e observado por investidores que anseiam pela compra e pela posse de espécimes. Dick apresenta, portanto, retratos penetrantes de uma sociedade regida pelo consumo obsessivo e pelo fetichismo das mercadorias.

Como em muitos romances e contos do autor, o texto interroga o que é real e levanta a questão: "o que é humano?". Rejeitando a clássica equação do ser humano com língua e racionalidade, Dick, ao contrário, escolhe a empatia para caracterizar a espécie. No romance, os humanos são capazes de entrar em um estado de fusão empática com Mercer, uma figura religiosa que aparece quando os indivíduos interagem com uma "caixa de empatia", que cria uma unidade quase alucinatória com Mercer e com os outros que estejam participando da experiência. Um tema importante na história é a dificuldade de distinguir entre o que é real e o que é simulação, o que é orgânico e natural, e o que é construído e artificial. O colapso das distinções claras entre o falso e o autêntico se aplica tanto aos animais como aos seres humanos em *Androides*: é um animal de verdade ou um modelo elétrico, é um ser humano ou um androide? Nem mesmo os androides sabem de fato, uma vez que eles têm vidas simuladas através de lembranças implantadas e, a certa altura, Deckard e seu parceiro Phil Resch, outro caçador de recompensas, começam a duvidar se eles mesmos são humanos ou não, como também resta aos leitores se perguntar.

Os caçadores de androides administram um teste para detectar se uma entidade é um humano ou um androide, atualizando desse modo o velho teste de Turing para diferenciar a inteligência artificial da humana. O exame é baseado, curiosamente, na empatia; ao que parece, os seres humanos são capazes de sentir simpatia e compaixão pelos animais e por outros seres humanos, enquanto os androides não têm essa capacidade. No entanto, o romance *Androides* retrata humanos que perderam todos os sentimentos naturais, tornando-se mais controlados pela mídia e pela sociedade. O autor questiona assim o que restou de humanidade em um mundo hi-tech, e se os traços característicos do humano sobreviverão. Da mesma forma, Deckard se sente atraído pela androide Rachael e faz sexo com ela, um episódio que pode ser lido alegoricamente como uma maneira de negociar novas relações com a tecnologia em um mundo pós-humano. De fato, os androides são superiores aos humanos em alguns aspectos, eles são seres humanos hiper-reais, mais reais que o real, melhores que o real, o que lhes permite ser, como insinua Dick, melhores guerreiros, amantes, trabalhadores, intelectuais e afins.

Em uma trama secundária, John Isidore, uma pessoa "especial", um "cabeça de galinha" que ficou retardado por conta da poeira radioativa, mora sozinho em um prédio abandonado; a maioria dos habitantes da Terra partiu para as colônias e só os mais pobres e os mais desesperados permanecem no planeta. Isidore ouve outra moradora assistir à televisão no apartamento, desce timidamente para encontrá-la, levando um tablete de margarina para ela de presente. A vizinha é Pris, um dos androides que fugiu e cujos líderes, Roy e Irmgard Baty, juntam-se a ela no dia seguinte, preparando o consequente confronto com Deckard. A estrutura do enredo é típica dos romances de Dick, que apresentam um protagonista, em geral uma pessoa comum jogada em uma situação extraordinária, seguido pela apresentação de outros personagens, frequentemente sub-humanos ou da classe baixa. Então os personagens na máquina narrativa do autor tipicamente encontram humanos ou alienígenas extraordinários, como os androides, que costumam ameaçar a raça humana. Os personagens enfim se reúnem em uma situação de crise e a resolução do enredo se desenrola. Trata-se de uma estrutura literária seguida por William Gibson e outros escritores cyberpunk, que acertadamente veem Dick como seu Padrinho.

Entretanto, há uma dimensão conservadora na resolução narrativa de *Androides*, na qual Dick afirma a superioridade dos humanos sobre outras formas de vida, por sua capacidade de sentir empatia. Além disso, a subjetividade branca, masculina e profissional de Deckard é valorizada em detrimento de outros participantes da história. Além do mais, Deckard volta para a esposa e aceita as convenções do casamento heterossexual, do consumismo e da normalidade burguesa, quando ele passa a aceitar sua antiga vida e volta para a rotina. Desse modo, os limites que o romance desconstruiu de maneira tão poderosa são ressuscitados e os valores e as identidades conservadoras são, em última instância, afirmados.

O filme *Blade Runner*, ao contrário, dirigido por Ridley Scott, contesta de forma mais radical as fronteiras entre o natural, o artificial e o humano. O filme apresenta Deckard como o detetive individualista dos filmes noir (enquanto, no romance, ele é casado e volta para a esposa) e o coloca em uma ambígua relação romântica com a androide Rachael. O caçador de recompensas é chamado de "blade runner" no filme (um termo que provém de William Burroughs), e Harrison Ford faz o papel do personagem com sua postura de cansado da vida. No filme, os androides são chamados de "replicantes", ou "bonecos", e são descritos como "mais humanos que os humanos". Enquanto Dick apresenta seus androides como modelos de seres inumanos e mecânicos em oposição aos humanos, no filme os replicantes parecem ter desenvolvido de maneira mais completa as sensibilidades e a paixão pela vida, bem como a força, a astúcia e a lealdade entre seus iguais, que é maior do que a que existe entre humanos.

O deslumbrante ambiente visual de *Blade Runner* proporciona imagens surpreendentes da metrópole pós-moderna, encharcada de chuva saturada de radiação, os escombros e a rejeição da cidade industrial moderna, e o detrito de uma sociedade global e multicultural. O *mis-en-scene* está povoado de várias camadas de denso imaginário. O céu está repleto de arranha-céus com muitos apartamentos, chaminés industriais flamejantes e veículos aerodeslizadores, cercados por outdoors de neon de corporações globais e anúncios de uma nova vida nas colônias distantes. O filme de Scott emprega a estratégia pós-moderna do pastiche, combinando os signos do gênero FC de Dick com a narrativa em voz baixa de Deckard – representado por Harrison Ford, apresentado ao estilo de um detetive de filme noir –, e variações dos personagens arquetípicos do filme de crime urbano também aparecem.[11] A replicante Rachael é representada como uma *femme fatale* de filme noir que, no entanto, ajuda Deckard a destruir os androides e até parte com ele em um romance altamente ambíguo... um nítido afastamento do romance, no qual Deckard volta para a casa, para uma incômoda reconciliação com a esposa.

As representações da tecnologia em *Blade Runner* são extremamente interessantes. Diferente dos conservadores filmes tecnofóbicos, não se privilegia a natureza e o humano em detrimento da tecnologia[12], e Deckard afirma a certa altura: "Replicantes são como qualquer outra máquina. Podem ser um benefício ou um malefício". No filme, o protagonista passa a simpatizar com os replicantes e até se apaixona

---

11   Curiosamente, a narração em voice-over não foi utilizada na versão do diretor de *Blade Runner*, criando assim um texto de FC mais ambíguo e modernista e descentrando a junção entre a ficção de detetive noir e a FC.
    A narração voice-over também tende a criar simpatia e identificação com o detetive noir Deckard, enquanto a versão do diretor torna Baty mais central e talvez atraente. Sobre a diferença entre as versões, veja os estudos de Kerman (1991).
12   Para uma elaboração sobre esse argumento, veja Kellner e Ryan (1988:251f.); sobre as representações da cidade em *Blade Runner* que usam a teoria pós-moderna de Jameson para interpretar o filme, veja Bruno (1990); e para uma grande variedade de ensaios sobre o filme, veja Kerman (1997).

por Rachael, enquanto Roy Baty é apresentado como a figura mais articulada e filosófica da história, expressando um profundo amor pela vida e lealdade para com seus colegas replicantes e, por fim, salva Deckard, a quem ele passa a respeitar e enfatizar, embora o caçador de recompensas tenha sido enviado para "aposentá-lo".

Blade Runner aponta para o núcleo opressivo do capitalismo que cria a tecnologia para explorar os seres humanos e apresenta figuras de rebelião na forma de replicantes que rejeitam seu status como puros instrumentos de trabalho mercantilizado com duração de vida limitada. A Tyrell Corporation explicitamente produz replicantes como uma força de trabalho complacente, inclusive mulheres que são construídas alternadamente como escravas sexuais e castradoras, apontando para o papel socialmente construído das mulheres no patriarcado capitalista. Tyrell mora em um apartamento bem alto em um edifício cuja arquitetura neo-maia sugere o sacrifício humano para a divindade empresarial e o próprio empresário é retratado como um patriarca capitalista sinistro e pervertido.

Mais significativamente, o filme apresenta humanos, máquinas, instituições e a própria "realidade" como socialmente construídos e, portanto, passíveis de reconstrução. Diferente de narrativas conservadoras que contrastam seres humanos fixos e imutáveis com a tecnologia reificada, o filme de Scott coloca em primeiro plano a natureza construída dos humanos e da tecnologia, turva as distinções e mostra ambos como capazes de ser reconstruídos para propósitos mais socialmente benevolentes. Os principais protagonistas, Deckard e Roy, renunciam por fim à violência e passam a sentir empatia por seus supostos adversários e inimigos.

A entropia em proliferação é um tema importante de trabalhos chave de Dick, como *Androides*, que retratam o movimento incessante desde o nascimento até a morte, desde a adolescência até a senescência, desde a ordem até a desordem, e desde a heterogeneidade até a homogeneidade. Como a segunda lei da termodinâmica, a "entropia" é um processo natural; o cosmos, nos termos de Dick, inexoravelmente acaba em um estado de "bagulho". "Ninguém pode vencer o bagulho, a não ser temporariamente e talvez em um único lugar [...]. É um princípio universal que opera por todo o cosmo; o universo inteiro está se movendo na direção de um estado final de total e absoluta bagulhificação." (página 104)

A entropia é de fato a condição prototípica para o mundo futurístico de Dick: as cidades estão se corroendo; o ambiente natural está desaparecendo; a curta duração de vida dos androides diminui gradativamente; e as mentes e os corpos dos infelizes presos na Terra estão se deteriorando. A entropia também fica evidente na "diminuição do afeto", um sintoma da subjetividade pós-moderna, de acordo com teóricos como J.G. Ballard e Fredric Jameson. Em estágios avançados de "civilização", os indivíduos são tão desprovidos de afeto que precisam contar com suplementação mecânica – através de tecnologias como um "órgão de condicionamento mental" ou a "caixa de empatia" de Dick – a fim de sentir. Dick retrata uma espécie humana exausta que perdeu todos os sentimentos e as conexões com os outros, e mostra os androides ganhando empatia. Dessa forma, ele assinala uma fusão entre humanos e máquinas, questiona o que restou da humanidade em um mundo hi-tech e coloca em dúvida a capacidade de sobrevivência da espécie humana a longo prazo, uma vez que seus membros estão perdendo laços emocionais positivos uns com os outros.

Os textos de Dick sugerem que, do mesmo modo como os indivíduos podem acelerar a entropia de seus próprios corpos, os sistemas sociais podem agilizar o seu próprio declínio e o do mundo natural. Como uma devoradora de energia, esgotadora de recursos, produtora de resíduos e ininterruptamente glutona mega-máquina de crescimento e acúmulo, o capitalismo avançado rapidamente acelera o colapso entrópico. Enquanto *Blade Runner* mudou muita coisa do romance de Dick e omitiu os temas dos efeitos manipuladores da cultura de massa e da religião, o filme capturou, de forma brilhante, a aparência e a sensação de um sistema de produção global hiperintensivo afogando-se no próprio desperdício. A incessante torrente de chuva tóxica, as chaminés que expelem fumaça, o lixo imundo da metrópole ultramoderna, as ruas da cidade e os apartamentos dos altos edifícios densamente povoados, os outdoors brilhantes de neon e o tráfego entrecruzado de veículos aerodeslizadores, e o detrito de uma sociedade multicultural em que até mesmo a linguagem se desfaz em fragmentos de bagulho enfatizam a presença de um tecno-capitalismo moribundo e niilista.

Blade Runner também acrescenta o toque irônico de dirigíveis metálicos movendo-se pesadamente pelo céu vermelho-nuclear, divulgando propagandas de uma boa vida nas colônias distantes. Os habitantes de classe baixa – em grande parte asiáticos e mestiços – vivem em áreas densamente povoadas em condições semelhantes a guetos no nível térreo, enquanto a classe alta remanescente reside em luxuosos apartamentos nos andares mais altos, reproduzindo a estrutura de classe retratada pelo filme *Metrópole* (1927), de Fritz Lang. Essa cidade futurística – que se tornou o protótipo para o universo do cyberpunk – era reconhecidamente Los Angeles, onde o filme foi gravado, mas poderia representar qualquer cidade global e multicultural de um futuro pós-holocausto, ou a consequência de um colapso da economia global.

DESAFIOS PARA UM NOVO MILÊNIO: EM DIREÇÃO A UMA VISÃO TRANSFORMADORA

"Como uma pessoa dá forma a um livro de resistência, um livro de verdade, em um império de falsidade, ou a um livro de retidão em um império de mentiras cruéis? Como uma pessoa faz isso bem diante do inimigo?"
Philip K. Dick

Em retrospecto, Dick pode ser lido como um visionário distópico da aventura pós-moderna em que a ciência e a tecnologia são apresentadas como aquilo que cria novas formas de vida e desgasta as fronteiras entre o humano e o tecnológico, o natural e o artificial, ocasionando uma condição pós-humana altamente ambígua. Ele proporciona um contraponto dialético aos pontos de vista otimistas de *Star Trek*, de muitos dos filmes de Steven Spielberg, de cientistas como Carl Sagan e dos tecnocratas loucos pelo progresso. Conforme as novas mídias e ciberculturas implacavelmente alteram a vida cotidiana, conforme as tecnologias de progresso se tornam armas de destruição, conforme as incríveis tecnologias virtuais, a clonagem possibilitada pela engenharia genética, e as utopias e os pesadelos tecnológicos jamais sonhados se tornam o nosso destino, Philip K. Dick se torna um guia essencial aos elementos mais perturbadores da aventura pós-moderna.

Entretanto, o ponto de vista dialético requer esperança em uma vida melhor e a promoção de uma transformação social emancipatória. Dick ocasionalmente oferece visões alegóricas de luta, resistência e esperança, tais como a revolta dos replicantes em *Androides*, mas sua crítica social persistente deveria ser suplementada por visões emancipatórias que articulam tanto os aspectos negativos como os positivos da era contemporânea. [...]

As próximas gerações têm nas mãos o destino da evolução de toda a vida na Terra. A janela de oportunidade está se fechando, e a aventura pós-moderna contém mais promessa, mais perigo e mais surrealidade do que qualquer aventura anterior conhecida pela humanidade. Devemos procurar possibilidades no presente para seguir em direção a um futuro melhor. A aventura pós-moderna está apenas começando e futuros alternativos se desenrolam à nossa volta. As sociedades ocidentais habitam um terreno historicamente único entre o moderno e o pós-moderno e precisamos de uma variedade de perspectivas teóricas e políticas para entender o sentido das mudanças decisivas que estão ocorrendo agora. No Terceiro Milênio, as escolhas que os agentes farão determinarão se a própria aventura da evolução continuará de forma criativa neste planeta, produzindo cada vez mais biodiversidade ou entrará na sexta e talvez última crise de extinção na história da Terra (veja Leakey e Lewin, 1996).

Conforme a ciência, a tecnologia e o capitalismo continuam a evoluir conjuntamente em uma rede global cada vez mais densa, a questão suprema é se a espécie humana consegue reformular as forças motrizes da mudança para harmonizar a evolução social com a evolução natural, de tal modo que a diversidade e a complexidade cresçam em ambas as esferas. Ou será que os progressos atuais produzirão guerras e destruição intensificadas, a morte do humano, a espoliação da Terra e até mesmo o fim de toda a vida complexa? Nenhuma das opções está pré-determinada, ambas são futuros possíveis, e essa tensão e essa ambiguidade em si são um aspecto fundamental da aventura pós-moderna.

REFERÊNCIAS

BEST, Steven; KELLNER, Douglas. *The Postmodern Adventure*. Science Technology, and Cultural Studies at the Third Millennium. Nova York; Londres: Guilford e Routledge, 2001.

BRUNO, Giuliana (1990). "Ramble City: Postmodernism and Blade Runner". In: KUHN, Annette. *Alien Visions*. Nova York: 1990. p.183-195.

DICK, Philip K. *Do Androids Dream of Electric Sheep?* Nova York: Ballantine Books, 1968.

_____. "The Gun" e "Autofac". In: _____. *The Short Happy Life of the Brown Oxford*, Vol. 1 of Collected Short Stories of Philip K. Dick. Nova York: Citadel, 1987a.

_____. "The Minority Report". In: _____. *The Minority Report*, Vol. 4 of Collected Short Stories of Philip K. Dick. Nova York: Citadel, 1987b.

EDWARDS, Paul. *The Closed World*. Computers and the Politics of Discourse in Cold War America. Cambridge, Mass.: The MIT Press, 1996.

ELLISON, Harlan. *Again, Dangerous Visions*. Nova York: Doubleday, 1972.

HAYLES, N. Katherine. *How We Became Posthuman*: Virtual Bodies in Cybernetics, Literature, and Informatics. Ithaca: Cornell University Press, 1999.

HORKHEIMER, Max; ADORNO, Theodor. *Dialectic of Enlightenment*. Nova York: Continuum, 1972.

KELLNER, Douglas. *Media Culture*. Cultural Studies, Identity and Politics Between the Modern and the Postmodern. Londres; Nova York: Routledge, 1995.

KELLNER, Douglas; RYAN, Michael. *Camera Politica*: The Politics and Ideology of Contemporary Hollywood Film. Bloomington: Indiana University Press, 1988.

KERMAN, Judith B. (ed.). *Retrofitting Blade Runner*. Bowling Green, Ohio: Popular Press, 1997.

LEAKEY, Richard; LEWIN, Roger. *The Sixth Great Extinction*: Patterns of Life and the Future of Humankind. Nova York: Doubleday, 1996.

LYOTARD, Jean Francois. *The Postmodern Condition*. Minneapolis: University of Minnesota Press, 1984.

MCCAFFERY, Larry. *Storming the Reality Studio*. Durham; Londres: Duke University Press, 1991.

SUTIN, Lawrence. *Divine Invasions*. A Life of Philip K. Dick. Nova York: Harmony Books, 1989.

_____. (ed.) *The Shifting Realities of Philip K. Dick*: Selected Literary and Philosophical Writings. Nova York: Vintage Books, 1995.

SOBRE OS ILUSTRADORES

LINIERS, PÁGINA 55

Quadrinista e ilustrador nascido na Argentina em 1973, começou sua carreira criando fanzines. Desde 2002 publica no jornal *La Nación* seus quadrinhos mais famosos, as tirinhas "Macanudo". Junto com sua esposa, Angie, fundou a Editorial Común com o objetivo de publicar graphic novels de autores locais e estrangeiros. Tem mais de 30 livros publicados, muitos dos quais foram traduzidos para inglês, francês, italiano, tcheco, alemão, português, coreano e chinês. Ilustrou 5 capas para a revista *The New Yorker*.

PETER KUPER, PÁGINA 65

Famoso por abordar temas autobiográficos, políticos e sociais, Peter Kuper é ilustrador e quadrinista estadunidense. Já ilustrou para revistas e jornais como *The New Yorker*, *The New York Times*, e *Mad*, na qual, desde 1997, é responsável pelos quadrinhos "Spy vs. Spy". É co-fundador da antologia *World War 3 Illustrated* e adaptou várias obras de Franz Kafka. Seus livros incluem *Sticks and Stones* e *Ruínas*, que ganhou o prêmio Eisner da indústria dos quadrinhos na categoria de melhor *graphic album* e foi publicado no Brasil no ano passado pelo selo Jupati da editora Marsupial.

REBECCA HENDIN, PÁGINA 81

A artista Rebecca Hendin atua em diversas mídias: ilustradora, cartunista, designer e animadora. Já foi indicada para vários prêmios e, em 2015, ganhou o World Illustration na categoria Novo Talento em Ilustração Editorial. Reconhecida internacionalmente por seus cartuns políticos, atualmente trabalha em tempo integral como ilustradora e designer no site BuzzFeed.

ANTONELLO SILVERINI, PÁGINA 113

Ilustrador italiano, Antonello Silverini foi o primeiro ganhador do prêmio Master of Art and Craft, em 2016. Já trabalhou com diversos jornais italianos e internacionais, além de ter criado a identidade visual do Festival de Cinema de Roma em 2012. Também ilustrou capas de livros de Philip K. Dick para a editora italiana Fanucci.

DAVE MCKEAN, PÁGINA 131

O artista inglês é ilustrador, fotógrafo, quadrinista, cineasta e músico. Ganhou vários prêmios por livros que criou com Richard Dawkings, John Cale, David Almod, Ray Bradbury e Neil Gaiman, além de ter escrito e ilustrado *Cages*, *Pictures That Tick* e *Black Dog: The Dreams of Paul Nash*. Dirigiu três longas: *Luna*, *MirrorMask* e *The Gospel of Us*. É também o produtor do livro *The Big Fat Duck Cookbook*, além de ter se apresentado na Sydney Opera House.

GUILHERME PETRECA, PÁGINA 137

Ilustrador e quadrinista, Guilherme Petreca publicou sua primeira história em quadrinhos, *Galho seco*, em 2013. Entre suas outras obras publicadas estão *Carnaval de meus demônios*, *Mishto!* e *Ye*, além de ter participado das HQs *Tudo já foi dito* e *Gibi quântico*. Trabalha, também, em animações de longa e curta metragem e com séries.

ELENA GUMENIUK, PÁGINA 219

É uma ilustradora e animadora que vive em Londres. Seus clientes incluem MTV, Red Bull Music Academy, Mother, VICE e SBTV. Formou-se no Camberwell College of Arts, com mestrado em Artes Visuais em clipes musicais, curtas-metragens e animações, sobretudo de suas próprias ilustrações 2D. Elena trabalha muito para criar trabalhos completamente únicos e autorais, com um estilo de traços grossos e cores agressivas.

BIANCA PINHEIRO, PÁGINA 237

Quadrinista e ilustradora, Bianca Pinheiro começou a publicar webcomics em 2012. Seus trabalhos mais famosos são *Bear*, que foi reunido em três volumes impressos, e *Mônica: Força* (da coleção

Graphic MSP). Em 2015, ganhou o Troféu HQ Mix na categoria Novo Talento, como roteirista.

DANILO BEYRUTH, PÁGINA 249

Ilustrador e quadrinista, Danilo Beyruth é autor de diversas histórias em quadrinhos, entre elas *Bando de dois*, vencedora do Troféu HQ Mix. Com trabalhos para a Marvel, desenhando os personagens Deadpool e Ghost Rider, seu portfólio inclui também a série de quadrinhos *Astronauta*, para a Graphic MSP.

GUSTAVO DUARTE, PÁGINA 263

Cartunista e quadrinista brasileiro, começou sua carreira em 1997. Desde 2009 tem trabalhado com histórias em quadrinhos como roteirista e desenhista. Além dos seus próprios livros, publica em revistas de editoras como Marvel, DC Comics, e Dark Horse. Trabalhou em títulos como *Guardiões da Galáxia*, *Lockjaw* (Marvel) e *Bizarro* (DC Comics) e *Chico Bento: Pavor Espaciar* (Graphic MSP). Com seus livros *Có!* (2009), *Taxi* (2010), *Birds* (2011), *Monstros!* (2012) e *Có! & Birds* (2014), recebeu nove Troféus HQ MIX, a maior premiação de quadrinhos do Brasil.

SOBRE O AUTOR

Philip K. Dick nasceu nos Estados Unidos em 1928. Ao longo de sua vida e de sua carreira, Dick nunca deixou de suspeitar do mundo a sua volta, em aparência e em essência. O profundo questionamento da condição humana e da verdadeira natureza da realidade tornou-se uma marca indelével de sua obra. Tanto que a ficcionista Ursula K. Le Guin chegou a considerá-lo o Jorge Luis Borges norte-americano.

Embora não tenha tido o justo reconhecimento em vida, várias de suas obras tornaram-se conhecidas ao serem roteirizadas e transformadas em grandes sucessos do cinema, como o clássico *Blade Runner*, baseado no romance *Androides sonham com ovelhas elétricas?*, além de filmes como *O vingador do futuro*, *Minority Report* e *Os agentes do destino*, inspirados em seus contos.

Autor de mais de 120 contos e 36 romances, entre eles *VALIS*, *Ubik*, *Os três estigmas de Palmer Eldritch* e os premiados *O homem do castelo alto* e *Fluam, minhas lágrimas, disse o policial*. Philip K. Dick morreu em 1982, aos 53 anos.

TIPOGRAFIA:
Cheltenham [texto]
RT Alias Fine [entretítulos]

PAPEL:
Pólen Soft Natural 80g/m² [miolo]
Couché fosco 150 g/m² [revestimento da capa e sobrecapa]
Offset 150 g/m² [guardas]

IMPRESSÃO:
Ipsis Gráfica [outubro de 2022]
1ª edição: setembro de 2017 [3 reimpressões]